Abdel Hafed Benotman

Éboueur sur échafaud

Collection dirigée par
François Guérif

Rivages/noir

Retrouvez l'ensemble des parutions
des Éditions Payot & Rivages sur

www.payot-rivages.fr

106, boulevard Saint-Germain – 75006 Paris

ISBN : 978-2-7436-1919-0

Avertissement

Toute ressemblance avec des personnes existantes ou ayant existé, dans les faits et situations, serait fortuite et involontaire.

Mal écrit parce que mal vécu ?

à mes sœurs
Joëlle, Véronique, Idoïa, Nathalie, Florence, Audrey

LA FAMILLE BOUNOURA

BENAMAR BOUNOURA
père de famille

NABILA BOUNOURA
mère de famille

NOURREDINE (ou NORDINE) BOUNOURA
DIT NONO
fils aîné

KARIMA BOUNOURA
DITE KIM
fille puînée

NADIA BOUNOURA
DITE NADOU
fille cadette

FARAHT BOUNOURA
DIT FAFA
petit dernier

Le père masque la mère dans le cœur de l'enfant un insecte brûlé qui toujours volera de ses ELLES *atrophiées.*

Le savoir – *lire et écrire* – ne lui servait à rien. Il en avait pourtant boulotté, des bouts de crayons. Il s'en était avalé, des millilitres d'encre. Il se l'était mâchouillée, à avoir des aphtes, la langue. Sans parler des torticolis, de la scoliose, du durillon au coude et, malgré tout ça, pas de récompense. Il se l'était tapé, cet alphabet, lettre à lettre, voyelles et consonnes. Puis, dans son petit crâne, il avait sans rien bouger tiré et les verbes et les temps de ce double mikado intellectuel – grammaire-orthographe. Il en avait sorti, phrase à phrase, la compréhension pour maîtriser lecture et écriture. Résultat ? Zéro.

Fafa cherchait son prénom dans le calendrier des PTT. *Nada.* Dans celui des pompiers ? *Walou. Idem* pour les Éboueurs de Paris. Quedalle.

Son index rongé, désonglé d'angoisse, avait beau suivre dans tous les sens le nom des saints, pas le moindre Faraht. Il y avait bien Fatima, cette salope qui l'avait induit en erreur, dans un légitime *pourquoi elle et pas moi ?,* mais de Fafa que tchi. Ne le trouvant décidément pas, il sut de ce jour, intuitivement, instinctivement, qu'il ne serait jamais un saint en ce bas monde… Pourtant, ce fut souvent sa fête.

Il lui restait tout de même un petit espoir, le Bottin ! Il ouvrit l'énormité et se perdit dedans. Saloperie tout juste bonne à se poser le cul dessus pour se faire ratiboiser le crâne chez le merlan. Fafa ne savait pas chercher dans ce *là-dedans-là* mais, vaillant, ne se laissant pas décourager, coudes sur la table de la salle à manger, visage entre les mains, il partit en quête du *B* majuscule de son nom, lui le petit dernier de la famille Bounoura. Fafa le minuscule.

Mauvais karma, pas plus de Bounoura dans le Bottin que de Faraht dans les calendriers. Fafa douta un instant de son existence avant de se dire qu'il existait peut-être quelque part un saint Fafa enturbanné puisque depuis peu, ses parents lui ayant expliqué qu'il n'était pas français d'origine gauloise mais algérien ex-colonisé croisé musulman, il serait question d'une fête en son honneur mais en temps et en heure. En attendant, Fafa se sentait un rien en devenir de bien peu.

Pour calmer ses inquiétudes, il lui fut juré qu'en bon petit mouslem il serait inscrit dans le grand livre de Dieu, bouquin qui valait tous les Bottin et calendriers du monde.

Le grand jour qui devait consoler Fafa de cette décevante lecture toute neuve, de cette labyrinthique recherche de soi, d'une hiéroglyphique reconnaissance calligraphique, vint. Le vendredi, Dieu initia Fafa et enfin, ce fut sa fête.

Lorsque son frère Nono et ses sœurs Kim et Nadou lui firent la bise, Fafa demanda le pourquoi de son déguisement constitué d'une mini-djellaba blanche sous laquelle son petit cul nu se grumelait de chair de poule. Son frère et ses sœurs allaient sans lui chez Monique Caldérini, voisine et amie de madame Nabila Bounoura.

Fafa aimait Monique et tenta de suivre sa fratrie malgré ses saletés de babouches glissantes, mais Nabila le stoppa avec mille cajoleries et promesses de cadeaux. Le cœurillon de Fafa se calma sous les salamalecs et sa petite gueule sucrée saliva. Confiant, il attendit la grande révélation comme ses copains d'école espéraient jadis le père Noël… Fafa attendit *son sien à lui* de papa Noël des Mille et Une Lunes.

Lorsqu'il entendit la clef tourner dans la serrure de la porte d'entrée, il se mit à glousser et faillit se casser la figure en glissant sur le parquet ciré. Fafa entra en collision avec les genoux de Benamar Bounoura, son gigantesque père adoré. Benamar le souleva du sol et le prit contre lui. Fafa, encerclant le cou paternel, jeta un œil par-dessus la large épaule et son regard tomba sur l'œil noir, enfoncé dans l'orbite, d'une espèce de gnome qui lui fit un grand sourire de tout son or buccal. Fafa eut peur, très peur de voir cette gueule-là au jour dit de son rencard avec Allah.

Benamar serra un peu plus fort son fils et le porta, suivi du gnome, dans la salle à manger. L'homme salua Nabila tout émue et posa une sacoche de cuir sur la table. Toujours perché sur son père, Fafa se demanda un bref instant s'il n'était pas temps pour lui soit de sauter et filer à toutes jambes chez Monique Caldérini, soit d'escalader sa statue de père jusqu'au sommet et de se jucher sur le haut de son crâne pour n'en plus bouger.

L'homme était barbu et portait un fil de cuivre au lobe de l'oreille. Le tour de ses yeux maquillé de khôl lui filait un quelque chose d'affreusement malsain.

Fafa repensa au crapaud qui, paraît-il, se transformait en beau prince voire en bon djinn selon que la magie avait ou non de la bouteille. Cette idée le réconforta et il se posa sérieusement la question de savoir si oui ou non, la présence maléfique et un tantinet puante de cet homme n'était pas en somme une épreuve qu'il se devait de franchir. Lorsque Nabila fit un geste vers la sacoche de cuir, l'homme hocha sa vilaine tête en disant : « Oui oui », qui en arabe se dit : « Ouha ouha. »

Fafa se concentra alors sur la sacoche tandis que l'homme ôtait sa gabardine et sa veste. Les cadeaux étaient-ils là-dedans ? Il ne voyait rien au travers. Alors, montrant du doigt la sacoche, il se fendit d'un bon sourire édenté de garçonnet et, plissant sa bonne bouille, il hurla :

– Cadeau ? !

L'homme rigola en se dandinant. Benamar passa sa paume sur la tête de son fils. Nabila, heureuse, secoua la tête. Soudain, l'homme approcha de Benamar et, sans qu'on s'y attendit, il glissa ses doigts secs sous la djellaba et des ongles pinça la bite de Fafa qui devint tout rouge, trop stupéfait pour s'indigner.

Benamar pouffa et, après une question de l'homme, Nabila le conduisit dans la cuisine. Fafa, *made in* inquiet de chez angoisse, fixait le dos de l'homme retroussant ses manches de chemise aux poignets élimés.

Fafa tenta de descendre mais Benamar le retint en lui faisant faire une pirouette qui l'amena sous le bras de son père. Ce bras d'ouvrier qui pouvait tordre une barre de fer. Cette main de gorille qui se faisait rarement tendre le surprit lorsqu'elle se posa sur son dos et le retourna, dos cassé sur l'avant-bras noueux.

Nabila revint avec des serviettes propres, suivie de l'homme qui marmonnait dans sa barbe en ouvrant sa sacoche. La nuque cassée, Fafa vit ce qu'il en sortait. Il aurait pu croire à un jeu jusqu'au clac de la serrure cuivrée. À une farce lorsque la sacoche tannée, ridée et craquelée ouvrit ses babouines de cuir gercé. Mais plus du tout quand Nabila contourna son mari pour attraper les chevilles de Fafa. Son père le tenant au torse et sa mère aux jambes, Fafa se tordit le cou pour surveiller l'homme qui ouvrait un gros livre dans lequel il se mit à lire à haute voix que Dieu était grand.

La leçon de lecture allait être aussi longue que cet interminable aujourd'hui qui, pour Fafa, durait déjà l'éternité.

L'enfant hurla une fois d'exhiber son ventre nu et une autre en voyant de la sacoche, insecte hallucinant, s'extraire les mandibules d'une paire de ciseaux.

Fafa dansa la samba, la rumba, le kazatchok mais rien n'y fit. Ses parents le bloquaient si bien que l'homme n'eut aucun mal à prendre le zizi de Fafa par le prépuce et de tirer dessus pour laisser une chance au gland de fuir puis, tenant les doigts passés dans les ciseaux, coincer la peau contre le fer. Il regarda Benamar qui hocha la tête. Jeta un œil sur Nabila qui souriait en larmes et après avoir inspiré fortement se mit à prier sans lâcher des yeux ceux écarquillés de Fafa qui couina en même temps qu'un « *Allah Akbar* » général couvrait sa voix.

Le coup de ciseaux synchronisé avec la bouche bée d'un Fafa cherchant son souffle pour gueuler de plus belle, l'homme dut sentir le glissement de la soie du sexe et Fafa la brûlure de la chair ouverte. Le divin boucher avec un rire gras déposa la lilliputienne dépouille, le gigantesque trophée sur la sous-tasse ébréchée.

À sept ans pile, dans le 6e arrondissement de Paris, Fafa fut circoncis à vif avec toute la légitimité de la barbarie.

Fafa ne tomba pas dans les pommes, il rua et commença à donner des coups de poing et de pied tandis que son sang giclait entre les doigts de l'homme qui essayait d'entourer le minuscule organe dans la serviette blanche. Non pour calmer mais pour mieux y voir.

L'homme conseilla de sa voix gutturale d'allonger l'enfant sur la table, ce qui fut fait... Le plus dur l'étant, restait le pire.

Nabila, toujours aux jambes, les écarta tandis que Benamar tendait les bras de son fils de part et d'autre en écrasant son torse d'ours contre la joue d'un Fafa en pleurs, en bouhs et en snifs.

Du coin de l'œil, dans le couloir créé entre son père et lui, Fafa vit la grande aiguille et le fil. Toujours sans anesthésie, l'homme s'attela à lui coudre le pourtour.

Fafa s'égosilla tout le long sans entendre le rire fier du papa et les encouragements de la maman. Le boucher divin, l'œil sur l'oisillon haché et l'autre sur le Coran ouvert, répondait invariablement à chaque cri du gosse que Dieu était plus grand que grand.

Que Dieu soit grand, Fafa n'en doutait pas. Grand Malhonnête surtout ! Quand on coucha Fafa dans le lit deux places qu'il partageait avec Nono, qu'on le couvrit d'un drap fin pour ne pas appuyer sur la plaie, que le monstre disparut de sa vue avec sa sacoche de torture, Nabila et Benamar de part et d'autre du lit le félicitèrent de son courage de cochon égorgé et lui dirent que, dans la salle à manger, les invités avaient hâte de le voir. Tout à son malheur, Fafa n'avait pas plus entendu qu'attendu des visites. En file indienne, Fafa vit débouler au pied de son lit d'étranges rois mages et des pèlerins – ceux *du mont Chauve* – dont il n'avait jamais vu la figure, si ce n'est celle d'une folle, voisine de Nabila d'un banc de square mirador à surveiller les gamins, qui lui vrilla les tympans d'un strident *yououououyouou.*

Sur le drap, entre ses jambes, le premier billet de dix francs se posa, suivi d'un autre et encore d'un autre, une pluie de billets comme si l'on avait secoué au-dessus de lui un arbre à pognon ce jour d'automne. Des de dix et de cinquante, d'Hugo et de Corneille. Fafa pleura de lassitude joyeuse. Enfin, les cadeaux tant rêvés montraient leur nez. Certains déposaient sur la table de chevet qui des bonbons qui des gâteaux. Le tout s'accumulait sur son zizi martyrisé et défiguré. Et on l'embrassait et la folle voulut s'asseoir sur le bord du lit et, ce faisant, elle créa un creux qui tirant le drap écrasa le zozio de Fafa qui lui jeta un tel regard de haine qu'elle se releva d'un coup d'un seul, provoquant un autre choc à la pauvre quéquette.

« Dieu est grand », s'excusait-elle.

Les gens, un à un, félicitaient Nabila et Benamar avant de partir vers d'autres lieux d'ignominie. Fafa resta seul avec ses parents et, après la torture, il connut l'injustice. Benamar commença à prendre entre les jambes de Fafa les billets de banque, les comptant d'une phalange mouillée, les grosses pièces d'argent de cinq francs, les croquant d'une dent dure, et en fit une liasse qui disparut dans sa poche ainsi qu'une poignée qu'il donna à Nabila. Fafa ne vit jamais le bout de la queue du moindre argent. On lui vola ses célestes dommages et intérêts. D'où la grande malhonnêteté du dénommé Allah !

L'enfant roi du jour resta seul dans la chambre, au milieu du grand lit sans bouger. Les yeux fixés sur la porte fermée. Tournant la tête, il eut un sourire chagrin vers les sucreries trop éloignées pour qu'il puisse les saisir. Il entendit du brouhaha dans le couloir et, la porte s'entrebâillant, la tête de Nadou apparut en bas du chambranle, puis celle de Kim au-dessus et enfin celle de Nono dominant. Les trois jetèrent un œil de cyclope dans la chambre et, voyant la table de nuit, se jetèrent d'un bond dans la pièce. Fafa tenta de se lever avec une grimace, il retomba sur les oreillers avec le même masque et ne put articuler qu'un faible et pitoyable :

– C'est à moi…

Nordine, Karima et Nadia engouffraient gâteaux et bonbons en lui jetant des regards de bébés chacals jouant à la tétine musicale.

Fafa se mit à haïr Dieu et, à cet instant, pour avoir payé d'un bout de chair la connaissance du pseudo-grand mystère de Dieu – la Cruauté –, il se jura vengeance contre tout et tous pour ce guet-apens, cet attentat, cette trahison, cet abus de confiance. Dieu, ayant d'autorité pris un acompte sur Fafa, devait se considérer en dette vis-à-vis de lui.

Maigre consolation mais possible placement, Fafa, pour ne pas mourir de désolation, se persuada qu'un bout de sa personne, qu'un morceau de son être, et pas le moindre, s'archivait en paradis et qu'à sa mort les anges viendraient, preuve à l'appui, vérifier que le prépuce dudit Faraht Bounoura, *alias* Fafa, amputé ce jour d'un vendredi d'automne 1967, correspondait bien à l'extrémité de son pistolet à eau.

Le cannibalisme récusa sa rêverie quand, le lendemain du sacrifice, Nabila lui raconta que son bonnet de chair avait fait office de fève dans le couscous mouton mangé la veille et qu'on ne savait qui l'avait dévoré lors de ces réjouissances. Fafa, à qui une assiette avait été portée, faillit plus vomir que rendre l'âme. Après la boucherie-triperie d'hier, voilà qu'on lui racontait avec un grand sourire une abomination. « *Mangez, ceci est mon corps. Buvez, ceci est mon sang* » eut d'étranges résonances en lui.

Qui ? Qui des siens ? Lequel avait avalé tout rond le bout de bite ? Nono, le grand frère dont le nom Nordine ou Nourredine disait la lumière du jour alors qu'à peine, une luciole, il n'en était pas une ? Karima que deux fautes d'orthographe avaient à tout jamais bannie du calendrier ? Nadia qui avait la capacité extraordinaire de tout faire bouche et dont le proverbe favori était de manger tout ce qui était et serait mort avant elle ? Son père ? Sa mère ? Ce couple dans le piège duquel il avait chuté ? Lui-même peut-être ? Ce qui ne serait que justice même horrible. Fafa n'arrêta pas d'y songer et, à table, semblait hypnotisé par les bouches mastiquantes, les gorges déglutissantes, les pommes d'adam yoyotantes, les joues gonflantes expulsant des rots pétants. Il les regardait tant que Benamar s'énervait et, d'une chiquenaude derrière la tête, plongeait le nez de Fafa dans une assiette boudée. Suite au crime gastronomique, Fafa entama comme une grève de la faim sa période végétarienne. On ne lui ferait pas bouffer, à lui, Bounoura sixième du nom, le zob d'un enfant inconnu qui peut-être à cette heure hurlait de tous ses poumons contre ses bourreaux d'amour.

Fafa, dans son costume de martyr, passa les quinze jours les plus difficiles de sa petite existence. Sous sa djellaba il ne supportait pas le moindre contact et déambulait les jambes écartées pour éviter la torture du frottement des deux tissus, chair et textiles.

Tout faisait mal mal MAL !... Bobo.

Le goutte à goutte de l'urine comme les soins apportés à sa pauvre zigounette. Quinze jours à soigner tant bien que mal son zigouigoui sur le pourtour duquel les pansements s'acharnaient, fibre à fibre, à s'accrocher à la plaie en croûte. Il pissait de partout, des pores jusqu'aux yeux en passant par la fuite constante du jaune et rouge de sa robinetterie.

Ses parents avaient beau lui expliquer les vertus de l'hygiène, Fafa n'en démordait pas :

– J'pouvais m'laver tous les jours…

Et puis, logique oblige, si Dieu avait placé là cette protection, c'est qu'il devait savoir que Fafa allait plus que souvent se renverser entre les cuisses de bouillants liquides. Il était omniscient, oui ou merde ? Benamar, pensant qu'une quinzaine suffisait au deuil de l'ablation, conclut définitivement par un :

– T'es un homme maintenant.

Tout était dit et il devenait dangereux d'insister. Nono, en catimini, laissa entendre à son petit frère qu'il était passé par là aussi mais que, né en Algérie, il ne s'en souvenait pas puisque bébé il ne s'intéressait pas encore à son organe.

Puisque Fafa était à présent un homme, il allait se comporter comme tel, en Manneken-Pis ! En *j'pisse debout* !

Nés du même sexe
Nourris au même sein
Qui pouvait aimer l'un sinon l'autre ?
Ne parlez plus d'inceste, vous, pauvres
orphelins, liés par des microbes d'amour.

Puisqu'il fallait faire l'apprentissage de la masculinité, Fafa, petit manœuvre macho, débuta par la surveillance de ses sœurs Kim et Nadou. En bon chien de berger il commença par taquiner les mollets de Nadou qui rua des deux talons aiguilles lorsque sortant de l'école elle vit devant le collège Fafa qui lui intima l'ordre de retourner fissa à la maison sans parler à oncques. Fafa prit le coup de pied et, inconscient, s'en alla tenter le putsch du côté de chez Kim qui, elle, le reçut avec un magistral crochet au foie doublé d'un uppercut à la tempe. Fafa comprit que l'union faisait la force et que ses deux sœurs n'étaient pas des chèvres à la monsieur Seguin mais bel et bien des filles Bounoura. Il prit le parti d'en dire deux mots, deux prénoms en fait, à son père qui d'un œil méprisant le renvoya au front. Benamar ne rentrait qu'à dix-neuf heures, ce qui laissa le temps à Kim et Nadou de coincer Fafa dans le couloir et de le battre comme plâtre *aux poings qu'à coups de pied* elles en firent un féministe convaincu en moins de deux rounds. Fafa, à l'époque, ressemblait à un os avec des cheveux dessus, le tout monté sur deux mollets de corbeaux de course. Physiquement il ne faisait pas le poids et, pour tout dire, ne boxait pas dans la même catégorie que ses frangines.

Ne voulant pas sembler trop lâche aux yeux du père, Fafa réinventa le mensonge en rapportant ses enquêtes aux pieds de Benamar :

– Oula l'radim, elles sont sages comme des images…

En échange de ses bons et loyaux services, Nabila et Benamar lui inculquaient ce qu'ils savaient du Coran. Comme ils étaient illettrés, les sourates rapetissaient en proverbes et le fond spirituel s'imageait dans une forme superstitieuse :

– Si tu dors avec une ceinture ? La nuit elle devient un serpent qui t'étrangle.

Fafa passait des nuits blanches avec des yeux de hibou à guetter sa ceinture de pyjama.

– Si tu bois du lait aux WC ? Tu te transformes en rat.

Fafa en buvait des litres debout sur la cuvette des chiottes et, circonstances aggravantes, y trempait même du pain. Ce pain que les musulmans embrassent avant de le jeter lorsqu'il est rassis.

– Et si je mange du cochon ?

Fafa recevait, sur la figure, l'explication emballée dans une paume sèche et dure :

– Tu vas direct en enfer où un serpent à neuf têtes te dévore éternellement en passant par tes orifices.

Autant fit-il l'expérience de la ceinture et du lait, autant il ne tenta pas les pieds de porc. Mais il ne pouvait éviter ce lieu de tous les dangers que sont les cours de récréation d'école. Au jeu du chiche/pas chiche, Fafa refusa la règle du jour qui voulait que lui, mouslem jusqu'au bout de la queue, croque dans un sandwich au jambon. Hérésie, la feuille rose et caoutchouteuse souillait le pain. Les petits copains listés dans le calendrier se concertèrent et la petite bande enfantine sauta sur Fafa qui, maintenu au sol, serra les dents en secouant sa tête de mauvais joueur. On le pinça. On le chatouilla. On lui boucha les narines. Rien n'y fit. Révulsé, Fafa ne put empêcher qu'on lui barbouille la figure de la tranche et, lorsque les petits monstres chrétiens réussirent à soulever une lèvre et à baisser l'autre, il sentit contre ses dents devenues râpe à halouf s'immiscer des petits bouts de chétâneries… Il hurla le temps que ses camarades lui violent la bouche d'un bon morceau que Fafa recracha *illico*. La course-poursuite qui s'enclencha dans la cour, autour des marronniers, cessa à la sonnerie qui renvoyait chacun chacune à sa place dans le train-train scolaire en partance pour le futur.

Fafa entra le dernier dans la classe de dixième, le visage barbouillé de larmes tant il s'était enfoncé les doigts dans la gorge pour vomir. Roland de Roncevaux ne le vengea même pas :

– Atézemock Charlemagne !

Ce jour-là Fafa rentra chez lui et fila directement dans la salle de bains où il s'ensanglanta les gencives à furieux allers-retours de brosse à dents. Chez lui, il n'avait pas osé ouvrir la bouche de peur que d'abominables grognements et couinements porcins ne sortent de sa gorge en un flot délateur. À table, il ne pipa mot, persuadé qu'un *groiiing* allait donner le départ à une métamorphose cochonnesque. Fafa commençait à sentir en lui les gargouillis du serpent à neuf têtes s'infiltrant des narines à l'anus. Trois jours durant, personne ne put se vanter ou se plaindre d'entendre la voix de Faraht Bounoura. Seul, il s'exerçait à mouvoir ses lèvres et tentait même quelques sons timides voire un mot :

– Muima.

Fafa se demandait si Dieu ne le bluffait pas. Seul, il parlait maintenant très vite, mais que se passerait-il en famille s'il venait à prononcer une syllabe ? Moktob et Zob ! Fafa prit une décision, n'en pouvant plus, lui le don Quichotte des Moulins à Parlotes, de fermer sa gueule. Soit son père l'égorgeait sitôt le *groiiiing* émis. Soit Dieu, témoin du viol buccal, lui pardonnait *que c'est pas sa faute*. Soit Dieu n'existait pas plus qu'un chiotte plein à ras bord de lait dans lequel nagerait un rat et, dans ce cas-là, il pourrait envoyer Dieu au diable en faisant sienne la maxime qu'il y aurait de toute façon toujours une couille entre le cœur et l'esprit et qu'il valait donc mieux aller au diable que revenir à Dieu. Point barre.

Ce n'était pas aussi simple pour Fafa qui, n'ayant pas les avantages d'un orphelin, redoutait les inconvénients d'un fils reconnu. Il fallait faire avec et contre la reine mère, Nabila.

Faute d'eau proche ou cause de sécheresse, Nabila fut élevée comme un chaton que l'on aurait oublié de noyer. Sa mère morte en couches et son père incapable de l'assumer dans une Algérie de misère, elle fut donnée à une famille d'accord pour investir la nourriture permettant à Nabila d'arriver à cet âge où l'on tient sur ses jambes pour porter l'eau et, la nuque raide, les paniers. Dès qu'elle sut mettre un pied devant l'autre sans chanceler, Nabila ne se reposa jamais plus. Il lui fallait rembourser les frais d'élevage. Toute petite elle travailla dans la dureté de l'esclavagisme. Se nourrissant de restes. Logeant à part. Vêtue de rien. Souvent battue et chargée des tâches ménagères les plus dures. Petite Cosette voilée, elle ne connut que la méchanceté, la douleur et cette humiliation d'être toujours rappelée à l'ordre d'un lapidaire :

– Avec tout ce qu'on fait pour toi.

Sans éducation, sans échange avec le monde extérieur, sans même un regard possible vers l'ailleurs, elle vécut juste pour ne pas mourir. Elle ne se possédait même pas et n'avait d'espoir qu'une fin rapide. Elle craignait même au cimetière de n'avoir pas sa place et plaisantait douloureusement en pensant qu'à son enterrement les morts manifesteraient, lui disant :

– Nabila, sors de cette tombe. Nous ne voulons pas de toi comme voisine.

À cinquante ans passés, il arrivait que Nabila pleure en appelant sa mère.

C'est là que Benamar Bounoura la trouva et, à crédit, l'acheta. Elle ne pouvait rien dire et, au fond d'elle, le pire des mariages ne pouvait qu'être doux en comparaison des dix-sept années survécues. Benamar la ramena chez lui dans un petit village de pierre et de terre rouge. La confiant à sa mère Zorla, il vanta ses mérites de travailleuse et mère et fils, tâtant les hanches de Nabila, conclurent que l'affaire était bonne pour les pontes à venir. Benamar, le temps de faire fortune en France, sachant déjà qu'il laisserait là son épouse, se dépêcha de masquer d'un voile de soumission ces yeux noirs de poupée violée. Benamar immigra et Zorla se chargea de la garde de sa belle-fille qui, déjà, portait en ses flancs Karima et sur sa hanche Nourredine. Les deux femmes, l'œil écarquillé derrière l'œilleton cellulaire du voile, surveillaient les allées et venues des légionnaires français lassés des chèvres.

En France, monsieur Benamar Bounoura débarqua dans le grand chantier de la reconstruction d'après guerre mondiale. Entre la France et l'Indochine, il ne sut jamais si son choix avait été le bon. Père de deux enfants, il évita de se faire rafler pour se faire tuer en Asie et commença le long parcours des indigènes sujets français mais non citoyens. Dans un Paris lumineux, il gagna sa croûte en grattant les siennes à l'ombre des ghettos. Il débuta modestement en logeant son mètre quatre-vingt et ses quatre-vingt-dix kilos le long de l'étroitesse des bancs du métropolitain l'hiver et des jardins publics l'été. Se lavant dans les fontaines avant de connaître les bains-douches municipaux et les foyers de travailleurs immigrés. Benamar avait une idée fixe, vivre et faire vivre sa famille. Zorla, sa mère. Nabila, sa femme. Karima et Nourredine, ses enfants, et Mohamed, son fainéant d'imbécile de frère aîné unijambiste qui n'avait pas trouvé mieux que de jouer comme tous les enfants du tiers monde, d'Amérique latine aux grandes banlieues européennes, de la noire Afrique à la trouble Asie, avec le seul jouet gratuit qu'est la vie. Mohamed s'amusait à s'accrocher à l'arrière des voitures pour s'asseoir sur les fins pare-chocs. Déséquilibré, il fit une chute qui lui envoya une patte dans les étoiles. Toute sa vie, appareillé d'un pilon, il boita un peu à la manière d'Arthur Rimbaud.

Atlas portant son petit monde sur le dos, Benamar, l'âme fière et le cœur dur, encaissa. Le jour il travaillait à tout et n'importe quoi, amassant centime sur centime. Il fit de l'économie une vertu et de l'avarice une seconde vie. Sans aucun vice, il ne buvait pas, ne fumait pas, ne jouait pas et ne connut pas d'autres femmes que Nabila qui tous les mois reçut LE mandat au bureau de poste vénéré comme une mosquée au guichet numéro 6, lieu sacré. Même de l'autre côté de la mer, Benamar gardait le pouvoir sur tout et tous et surtout sur sa Nabila dont la place dans le puzzle était celle d'une ombre, l'ombre seconde de Benamar. Ombre grise, si grise que l'avenir l'ensoleilla de démence dès qu'il la fit venir en France par le biais du rapprochement familial.

Benamar fit bien les choses et un peu de chance aida à ce qu'il soit expulsé de la chambre de bonne d'un immeuble insalubre du 6e arrondissement de Paris, on le relogea, lui et les siens, à Bagnolet où Nabila mit au monde Nadia et Faraht. Une rencontre les fit tous revenir dans le 6e arrondissement puisque s'élevait là, à la place de leur premier logement, un bel HLM tout neuf dont l'abécédaire brillait de toutes ses lettres. Les services sociaux avaient répertorié les candidats aux logements sociaux et la famille Bounoura – deux adultes quatre enfants – avait été l'heureuse gagnante. On cumulait là une famille ouvrière et maghrébine. La smala Bounoura était la seule réellement prolétaire et étrangère dans le sens de non européenne. Perdue au milieu de fonctionnaires, de petits cadres, de petits bourgeois et de gros bourgeois même. Une secrétaire du préfet de police. Un taximan à son compte. Un fleuriste. Beaucoup de RATP. Un avocat. Un commissaire. Des assistants sociaux. Des commerçants dont les magasins ceinturaient l'immeuble. Des responsables du Bon Marché, grand magasin de la rue de Sèvres où se dressait le cube alignant ses cages d'escaliers du A au H de l'immeuble enfermant la famille alibi – BOUNOURA – escalier B premier étage face. Chose étrange, mystère de l'Afrique du Nord. Les Bounoura n'étaient en rien typés pour ce qui concernait les natifs d'Algérie.

Benamar, cheveux lisses et peau blanche. Nabila *idem*. Nourredine châtain clair, blond à la naissance. Karima, brune à peau diaphane. Et deux vilains petits canards. Nadia était brunâtre, le nez fort et busqué, la tignasse épaisse et frisée de même que Faraht. Comme un tonneau de vin transporté une nuit de pleine lune, Nabila semblait avoir inversé ses ovaires. Les deux mômes nés à Paris avaient, comme une protestation, des gueules d'Arabes.

C'est là, dans cette ambiance, dans ce décor entre la rue du Cherche-Midi et la rue de Sèvres, qu'allaient grandir les quatre enfants.

La vie familiale réglée comme une horloge dont les parents restaient le mécanisme interne et précieux. Nono, l'aîné, la clef qui inlassablement, par les tâches confiées allant de l'aide ménagère à la surveillance des plus petits, remontait le mécanisme. Kim, la grande et petite aiguille marquant de concert par son âge et sa position de cadette l'équilibre entre le grand frère et le petit. Nadou la cadette ayant le rôle ingrat du coucou étranglé entrant et sortant brièvement, marquant le temps d'existence de son chant prisonnier et cherchant, sans jamais le trouver, son envol. Fafa, le dernier, petit dit-on, comme pour mieux le cacher, l'enfouir... Comme un joker familial à sortir d'une manche. Fafa allant de l'un à l'autre, pendule attaché et se balançant au rythme éternel de l'enfance. Fafa que tous et toutes guettaient puisque lui grand ferait craquer le bois de l'horloge pour que tous et toutes puissent, libres, marquer leur temps comme bon leur semblerait. Qui cadran solaire. Qui sablier. Qui par les étoiles. Qui un pied en avance, l'autre en retard, constamment en décalage horaire.

Pourtant un grain se glissa dans la routine bien réglée du quotidien des Bounoura. Fafa fut le premier à s'apercevoir que sa maman était folle. Pas du tout la fofolle sympa et drôle. Pas l'excentrique originale dont on pourrait avoir un peu honte mais qu'on adore et qu'on défend. Non, la cinglée ! La vraie de vraie. La schizophrène dangereuse. La démente. La *camisolée*, quoi ! Le plus simplement du monde, une malheureuse comme on dit lorsqu'on ne vit pas avec.

En dehors de son mari et de ses enfants, Nabila vivait recluse dans sa mémoire d'Algérie et les rares fois où elle osait sortir pour aller à l'école chercher ses enfants, elle ne regardait ni à droite ni à gauche. Tout droit, les bras ballants un peu écartés du corps, elle crochait Nadou et Fafa pour partir dans l'autre sens, direction maison. Elle ne parlait pas français et n'allait ni faire les courses, envoyant l'un des gosses pour le pain ou le lait, ni visiter une amie. Benamar veillait aux achats tous les dimanches, il faisait le marché, assumant son rôle de chef et ne confiant sa bourse à personne d'autre qu'à son bon sens. D'avoir sillonné la France entière avec des rails sur le dos, les posant du lever au coucher du soleil. D'avoir creusé des fondations du nord au sud de la France, obstiné, travailleur, solitaire, increvable, silencieux, lui donnait le droit de gérer seul le budget. Les enfants une fois en âge d'aller au jardin seuls, Nabila n'allait même plus prendre l'air dans un des grands squares du quartier.

Pour Benamar, Nabila faisait office de racine. Elle vivait comme lui l'entendait. En femme musulmane. Rassuré sur son identité d'homme quand il rentrait le soir, il lui suffisait d'un coup d'œil à Nabila pour gommer les vexations du dehors. Les ordres reçus dans le tutoiement. Les imitateurs spécialisés dans les « Ilictriciti » et « Zalimettes ». Benamar ne faisait jamais allusion au racisme, il enfouissait au plus profond de lui. Sûr de la force de son rêve qui clignotait en néon dans son crâne lorsqu'il tombait comme une masse après le dîner – RETOUR INCH ALLAH. Le masque du Père soudé dans la chair, soulagé de voir Nabila gardienne de son foyer, il tenait l'appartement comme s'il s'agissait d'un territoire occupé. D'une ambassade. Un morceau de pays dont Nabila était la frontière, l'ambassadrice dévouée, l'otage volontaire ou la condamnée à perpétuité. Benamar y tenait à n'importe quel prix. Y compris celui de la dictature.

Enfance, enfance
voilà les mauvaises fièvres
au sein des mauvais rêves.

Le courant tourne dans le corps comme s'il cherchait une sortie, il circule et la bouche ouverte on ne souhaite plus que crever ou que ça cesse. La folie de Nabila circulait *idem*, à circuit fermé.

Pour s'en débarrasser elle ne trouva que ses enfants à électrocuter en déversant en eux le fleuve mental de sa maladie, charriant le limon de ses angoisses, de ses craintes, de ses superstitions, de ses haines, de sa solitude et aussi d'une sorte de monstrueux amour moitié victime moitié bourreau. Dans son culte du sacrifice, celui qui fait tuer ceux que l'on aime, devrait aimer, Nabila, grosse de mysticisme, tendait à l'avortement de sa propre existence.

Qui aurait pu voir chez madame Bounoura l'état d'esprit dans lequel elle agissait lorsque ses câlins d'ogresse faisaient mourir de rire un Fafa gazouillant qui repoussait de ses deux menottes la tête de sa mère et parfois lui tirait les cheveux tant il s'étouffait de rigolade ? Le visage de Nabila, du nez et de la bouche, plongé contre le bas-ventre de son fils, grondait, soufflait, remuait avec d'énormes onomatopées chatouillantes. Fafa fou de bonheur se tortillait en chantonnant d'aiguës vocalises sans rien savoir du flou regard maternel.

C'est vers l'âge de dix ans que Fafa ne trouva plus drôle du tout les jeux de maman lorsqu'elle l'appelait pour d'étranges siestes obligatoires ne le tortillant plus de chatouillis mais qui le recroquevillaient d'incompréhension :

– Viens dormir…

Dans le grand lit conjugal, Nabila prenait contre elle, de part et d'autre, Faraht et Nadia. Elle guettait l'instant où l'âme de sa fille sombrait comme une pierre dans le sommeil, laissant les cercles concentriques de sa respiration chauffer la pénombre de la chambre, pour se retourner contre son enfant mâle.

***

Nadia dort en morte.

La mère ôte de son épaule la tête de sa fille et la repousse lentement, la fait glisser puis, pivotant, elle tourne le dos au corps mou et son haleine vient sur la joue de Fafa. Fafa, les yeux écarquillés dans le noir, l'entend chuchoter entre un grincement de dents et un soupir brûlant :

– Maman est belle… Miuma est une gazelle… Tu aimes maman…

Le poignet de Fafa se sent alors pris dans l'étau d'une serre. Une main aux doigts métalliques qui déplie le bras enfantin. Le maigre bras enfantin de Fafa. Le bras sans muscle encore. L'aile fragile, les os fins, les chairs veinées, les minuscules nerfs tendus d'épouvante. Contracté des phalanges à l'épaule, Fafa résiste le peu qu'il peut jusqu'à ce que, impitoyable, la voix hypnotique de Nabila menace :

– Dors.

Soumis, l'enfant joue le sommeil. Ferme les yeux et prend la fuite. Il s'abandonne à Nabila qui amène la paume de Fafa sur son sein découvert. Son sein qu'elle remonte de la main pour le faire gonfler à se toucher le menton. De l'autre elle tient toujours le poignet friable et force la caresse. Sous ses doigts Fafa sent le sein mou au mamelon érigé de sa mère et il suit le rythme qu'elle donne. Toujours les yeux fermés, la mère, sûre de sa première victoire, se tourne sur le flanc, elle ploie la nuque de son fils et, amenant la bouche close à son téton maternel, lui donne à téter. C'est après, le nez contre la peau tiède de la poitrine, que Fafa sent sur lui, incandescentes, les mains de Nabila semant sur tout son corps à lui *des cendres qui l'étouffent de chagrin.*

Parfois par-dessus le corps géant de sa mère, sans jamais franchir cette frontière, il tente de – ou pense à – réveiller Nadia. Il ne sait plus s'il rêve ou agit. Souvent, toujours avant la sieste, il prétexte une envie d'uriner. Permissive et rieuse, l'œil luisant ou suintant, elle lui conseille de revenir se coucher vite, très vite. Il regarde dans le lit sa mère nue jusqu'à la taille, appuyée sur les coudes, sa bouche de folie pincée d'un sourire et son regard mi-clos de femelle fauve. Là, il gagne quelques minutes.

Le temps n'arrangeait rien, au contraire. Nabila se dégradait de plus en plus. Elle savait les siestes et plutôt que les nier elle préférait que Fafa les oublie vague après vague, s'effaçant l'une l'autre, pour ne garder que la Mère. La folle l'appelait pour le ménage :

– Le chiffon !

Il la trouvait juchée sur un escabeau. Cambrée sur cette hauteur, le visage tourné vers lui, les narines pincées… Elle présentait à son fils des fesses nues sous une jupe remontée vers le haut des cuisses. Jupe ainsi portée avec l'excuse qu'elle n'entrave pas les jambes lorsqu'il faut passer au sol une serpillière tenue à deux mains puisqu'il n'y avait pas de balai capable d'aussi bien nettoyer que l'ancestrale manière de faire le ménage :

– Le chiffon !

Fafa devait se coller à l'escabeau et sur la pointe des pieds tendre un chiffon que sa mère ne prenait que lorsqu'elle croisait ses yeux.

Ensuite, le nez baissé, Fafa attendait l'ordre pour un autre accessoire, un nouveau prétexte qui l'amènerait au cul de sa maman.

Puis il y eut enfin les crises. Les cyclones. Fafa en fut heureux. Maigre bonheur de ne plus être la seule victime de la violence maternelle. Nabila envoyait tout valser avec des rictus de rage. Elle commençait par parler toute seule en se lamentant, puis se balançait sur elle-même en baragouinant d'épouvantables prières et, après ce cérémonial qu'elle faisait assise par terre, elle commençait à se faire du mal. Les joues griffées. Les cheveux arrachés puis ses propres vêtements comme si elle suffoquait. Là elle se levait hagarde et, voyant les enfants courir se cacher chacun dans un trou, elle se mettait en chasse.

Elle hurlait des obscénités et avait sa façon, unique, de poser ses paumes, par-dessus ce qu'il restait d'habits, de part et d'autre de son sexe dont elle mimait l'écartèlement, de serrer les fesses pour faire ressortir le bassin. Donnant de grands coups de reins dans le vide, elle hurlait :

– *Souha thâr mock ! Artchoun ï mock !*

(Le sexe de ta mère ! La chatte à ta mère !)

Celui ou celle qui se faisait coincer le premier par Nabila recevait, en plus des coups, des glaviots reniflés de loin en plein visage. Ou encore Nabila, défigurée de grimaces, dansait sa transe directement sur sa proie à terre. Elle piétinait, insultait, crachait. Le plus souvent, Fafa et Nadou étaient de corvée de suppliciés, les plus grands les éjectaient de leur cachette pour les envoyer bouler aux pieds de Nabila.

Les crises de Nabila s'achevaient sur d'affreux moments de culpabilité. Elle tombait par terre en se tordant et en pleurant jusqu'à ce qu'un des enfants comprenne que c'était bon pour aujourd'hui. Alors, ils venaient un par un relever la mère toupie et la mettre au lit. À ce moment, elle prenait contre elle les plus petits et les embrassait comme pour ravaler ses crachats, les caressait comme pour gommer les coups. Balbutiante, pleine de pitié pour eux et elle-même :

– Pourquoi vous faites des bêtises qui me fâchent ?

Personne ne plaidait l'innocence ni ne secouait la tête et encore moins ne vrillait sa tempe du doigt. Le moindre geste pouvant redéclencher l'avalanche. Elle s'endormait et Nono courait chercher le docteur Lafarge qui soignait la famille Bounoura en général et Nabila en particulier.

Dieu existe
Hier j'ai été à son enterrement
Satan existe
Demain je suis invité à son mariage
Je ne sais pas si j'irai...
Je suis tout de même en deuil!

Fafa ne pétait jamais les plombs, à croire qu'il fonctionnait à l'énergie solaire le jour et qu'à la nuit une mini-éolienne lançait ses fantasmatiques pales au-delà du réel. Fafa rêvait beaucoup jusqu'à en devenir absent. Loin de tout. La violence seule pouvait le ramener au cauchemar quotidien et encore, il reparaissait de moins en moins entièrement dans le monde des vivants. Des bouts de lui restaient ailleurs. Solitaire petit chaos doué tout de même de paroles, les mots comme un leurre qui le faisait croire là. Les mots, masque du vrai silence. Fafa se mettait à parler pour ne rien dire et à écouter pour ne rien croire.

Benamar, en bleu, faisait parfois la surprise de débarquer de son travail vers midi pour s'attabler et vite manger. Une livraison pour un chantier le faisait passer dans le quartier. Il avait fait son chemin, l'Homme. D'ouvrier de chantier faisant du rodéo sur un *secoue-bicot*, il s'était spécialisé dans la charpente métallique pour devenir chauffeur-livreur avec la responsabilité de fournir les matériels en temps et en heure aux pauvres bougres de la confrérie Pelles & Pioches. Nabila en profitait pour crier tandis qu'il se concentrait sur son gros cahier à petits carreaux pour apprendre l'alphabet ou pour tracer les rectangles et les carrés de LA future maison au bled. Benamar levait les yeux sur sa femme puis les rabaissait sur ses enfants et, afin que Nabila se taise, l'énorme main se dressait pour retomber en un lourd poing colossal sur le crâne de Nono, l'épaule de Kim, la joue de Nadou ou le nez de Fafa. Là, Nabila satisfaite cessait d'égrener la liste des méfaits commis par les enfants. Le père ne cherchait pas à comprendre l'hystérie de l'épouse. Il la dessinait en filigrane sur son cahier comme étant la première pierre de son foyer, le premier pas de son retour.

Benamar avait peu de moyens intellectuels mais beaucoup de physiques pour arriver à ses fins. Il lui suffisait de marier ses filles vierges et d'offrir ses deux garçons au Moloch social qu'est le monde du travail afin de gagner une place au paradis d'office tant Dieu sait qu'il est extraordinaire de garder des pucelles garanties scellées et d'être respecté aux yeux du monde en appuyant sa vieillesse sur ses enfants, petits-enfants et, *inch Allah*, arrière-petits-enfants. Le programme de Benamar semblait aussi évident que simple. Il commença par Nourredine qui, à seize ans, voulut évidemment devenir comédien. Le père rêvait d'autre chose pour son grand. Un métier vrai. Un boulot d'homme. Un de ceux dont on dit : « C'est de l'or dans les mains. » Benamar voulait former un électricien qui ferait carrière en Algérie auprès de lui dans sa future petite entreprise de travaux public – BOUNOURA & Fils.

Lorsque Benamar hocha la tête d'un air entendu au mot « acteur », Nono ne sentit pas le danger et aurait dû être à l'écoute. Il aurait de suite compris que LE papa traduisait « acteur dramatique » par « prostitué mâle ». Nono avait la passion, Benamar la volonté. L'un le talent, l'autre le pouvoir.

Nono, se voyant déjà en haut de l'affiche, prenait des cours de théâtre en catimini et avait à disposition la bibliothèque d'un dit Jean-Christophe, fils de bonne famille des locataires du bâtiment F. Jean-Christophe, cultivé, s'étant pris de camaraderie pour cet ignare de Nono, lui bourra le crâne d'alexandrins raciniens, cornéliens et moliéristes. Initié à la lecture, Nono se dépêcha de dresser Fafa à la réplique après que le petit dernier se fut farci le déménagement d'un immense miroir volé dans un ascenseur du 7e arrondissement. Face à la glace qui reflétait Nono de la tête aux pieds, Fafa apprit que la Grèce s'inquiétait en sa faveur. Que le monde est une étrange chose où meurent des petits chats et que Nono connaissait ses classiques. Tant bien que mal, Fafa essayait de suivre en voyageant dans le temps. De l'Antiquité au XVIIIe siècle, il lisait le texte en soupirant, soufflant celui de Nono :

– Que diable allait-il faire dans cette galère ?

Fafa, se demandant ce que lui faisait dans celle-là, envoya Agnès aux Grecs et Pyrrhus se pacser avec Oreste, n'en déplaise à Pylade. Nono, à ces moments de découragement fafadiens, intervenait avec toute l'autorité du grand frère. Il chopait Fafa par le col et, le clouant au sol, il lui balançait sur les joues de secs petits allers-retours baffants jusqu'à ce que, rouge d'apoplexie, Fafa se mette à pleurer de rage impuissante. Nono se délectait de martyriser Fafa qui, lui, ne cédait pas malgré la douleur de ces biceps écrasés par les gros genoux de son frère. Lorsque Nono sentait la résolution définitive de Fafa de ne plus s'extasier devant les « Petits Classiques Larousse », il achevait la punition éducative en mortifiant Fafa par son jeu sale et favori. Toujours à cheval sur ce Fafa rebelle aux beautés de la dramaturgie, il soulevait son propre postérieur et, glissant une main le long des reins, engouffrait son majeur dans le trou de son fondement pour le ressortir et l'enfoncer, ainsi parfumé, directement dans la narine horrifiée de Fafa. Il se relevait, digne et fier, pour toiser son petit frère apoplectique en pleine crise d'hystérie.

Fafa espérait bien que son papa allait le venger de toutes ces choses que lui faisait subir le droit d'aînesse. Pour rien au monde il n'aurait raté l'entrée de Nono sur la scène de la salle à manger lorsqu'il vint, drapé dans son art et monologue bien appris, demander à Dieu le Père son affranchissement :

– Ah, le théâtre ? Tu veux faire le théâtre ?

– Heu, ben oui…

– Et la liberté aussi ? Tu veux faire la liberté ?

– Bheu… Ben non… Enfin oui…

Nono n'avait pas vraiment bien répété et aurait peut-être dû se méfier des applaudissements de l'unique public logé en son miroir. Benamar posa ses énormes battoirs sur ses genoux, secoua la tête dans un soupir chagrin puis, levant les yeux sur Nono qui lui rendit un regard de lapin, il déplia sa colossale carcasse.

Aucunement déstabilisé, Benamar que rien ne bouleversait invita Nono, bas du cul façon hyène, à le suivre jusqu'à la porte d'entrée.

Benamar l'ouvrit d'un grand geste paternel et fit signe à Nono de prendre son envol. Nono, sentant un grand danger, regretta d'avoir travaillé le rôle d'Icare plutôt que celui d'Œdipe – Nabila, absente, ne pouvait le défendre en mère maghrébine hurlante, pleurante, accrochée aux jambes de son mari. Nono, du bout des doigts de pieds, franchissait le seuil quand l'herculéenne poigne de Benamar le ramena, par la tignasse, à l'intérieur de l'appartement sans même en refermer la porte.

De loin, Fafa, une narine encore dilatée, se lécha les babouines. La Saint-Nono commençait. Alertée par les : « Ben non, papa… », Nadou se positionna l'oreille déployée et l'œil à la serrure de la porte de la cuisine. La tentative d'émancipation de Nono intéressait tout le monde, même Karima barricadée dans sa chambre en attente des nouvelles que porteraient Fafa et Nadou. Benamar lâcha la chevelure romantique de Nono :

– Dis-moi, mon fils, la veste sur ton dos ? Qui il l'a payée ?

Ainsi l'humiliant strip-tease de Nono commença. Benamar, jouant de son fils comme d'une vulgaire poupée de chiffon, le tourna et retourna dans tous les sens le forçant à quitter la veste puis le pantalon que les chaussures bloquaient puis la chemise puis les godasses que Nono enleva assis par terre. Par le bas du pantalon Benamar le leva en l'air et Nono se tint sur la tête avant de rouler en boule pour que son père ne lui ôte pas le slip kangourou qui craqua tout de même. Benamar ouvrit grand la porte entrebâillée et poussa sur le palier la pitoyable nudité de Nono qui résista en s'arc-boutant autant qu'il put avant de choisir de cacher son sexe à deux mains. À poil sur le paillasson, il sentit sur son dos la violence de la porte claquée. Nu et suppliant, il sonna, frappa, pleura :

– Papa, s'il te plaît, papa… ouvre. Papa… Papa.

La longue prière de larmes et de honte dura et les moments de lourd silence n'étaient que les trêves d'un Nono allant se cacher dans l'ascenseur lorsqu'il entendait des bruits ou des pas dans l'escalier. L'assistante sociale du cinquième étage ne le vit pas en descendant. Elle se contenta de pester contre cet ascenseur constamment occupé et quand bien même l'aurait-elle vu ? Grand acteur, Nono savait se rendre invisible au point que le fleuriste du premier étage gauche ne le vit pas en rentrant chez lui lorsque Nono, lui tournant le dos, tentait de fléchir Benamar. L'immeuble entier savait mais à 0,75 franc le coup de téléphone aux services sociaux c'était un peu cher payé pour un adolescent vicieux et de surcroît exhibitionniste.

Il fallut que Nabila revienne de chez le docteur Lafarge pour que s'ouvre la porte. Nabila hurla, gloussa et Benamar se hâta d'ouvrir. Nono s'engouffra derrière sa mère et tomba aux pieds du père qui le roua de coups. Soumis à deux cents pour cent, Nono put enfin ramasser son petit tas de vêtements et, dernière humiliation, Benamar l'insulta :

– *Kelhb !!*

(Chien !!)

Nono, serrant ses habits contre sa nudité comme le ferait une femme sitôt terminés le calvaire et la torture d'un viol, partit se rhabiller dans sa chambre. Durant la semaine qui suivit le domptage, il déambula comme un fantôme dont la damnation serait, suprême châtiment, d'avoir encore quelques-uns de ces besoins qu'ont les vivants.

Benamar, homme de ressources, se dépêcha de distraire le mélancolique cafard de Nono en deuil artistique. À cinq heures du matin, il pénétra dans la chambre des garçons et par la cheville le tira hors du lit :

– Tu commences aujourd'hui comme manœuvre.

Nono, les yeux jaunes, se retrouva dans la salle de bains. Hagard, un début d'entorse, il boita en suivant son père dans une putain d'aube gelée.

Benamar le fit embaucher dans l'entreprise Vardoïe & Cie et le confia à l'électricien en chef qui lui promit qu'il ferait de Nono un digne prolétaire.

L'aîné Bounoura rentra, conscient de miser sa vie, dans le jeu social. Sournois et hypocrite, veule et bas, il se disloqua pour tenir dans le moule de la classe ouvrière avec en tête l'idée fixe :

– Le fric ! Le pognon ! L'oseille ! La fraîche ! Voilà le salut.

Il travailla d'arrache-pied en se faisant aimer de tous jusqu'à voir sur le dur visage de son père un début d'étonnement qu'il pouvait prendre pour de la fierté. Nono donnait l'intégralité de son salaire ou plutôt Vardoïé, patron puissant et vénéré, versait à Benamar la paie de l'apprenti qui, de la main du père, recevait la pièce. Pièce que Nono se gardait bien de dépenser alors que tout son être tendait à la cigale. Il se fit fourmi le temps d'engranger un petit pécule. Nono trouvait tout de même son compte dans cette vie active grâce au conseil de son mentor Jean-Christophe :

– Ça te servira, l'électricité. Pense aux lumières ! Éclairagiste ! On doit tout savoir faire au théâtre. N'oublie pas que *rien ne se perd, tout se transforme.*

D'un mal Nono fit donc un bien. Le vilain petit canard se transformerait un jour en cygne, Nono y croyait dur comme fer. Il ignorait simplement que cygne, il continuerait à causer en *coin-coin.*

Deux ans. Deux ans pour avoir enfin un costume à lui. Une panoplie d'adulte avec tous les accessoires. Deux longues années, sept cent trente jours de cinq heures trente à dix-neuf heures à mûrir son plan. Nono réussit même le tour de force en mettant quelques centaines de francs à gauche avant de se volatiliser sans prendre le risque de faire ses adieux à la famille. Benamar aurait été capable de l'attraper pour le deuxième acte :

– À qui tu dois cet œil-là ? Et cette jambe, hein ?

Pour conserver son capital humain, au risque de franchir la limite, de frôler dangereusement le fait divers, Benamar était capable de toute la sauvagerie possible.

Nourredine fit bien de passer la douane clandestinement à l'insu du terrible douanier qui ne lui aurait laissé que le squelette et encore, évidé de sa moelle. Avant de partir, Nono grava dans l'esprit de Fafa un dernier vers :

– *On n'est pas sérieux quand on a dix-sept ans...*

Les yeux pétillants de famine joyeuse, Nono maigrelet réapparaissait de temps à autre. Heureux d'être sale, il mangeait tandis que Nabila lui remettait son linge proprement troué. Nono guettait longuement avant de s'aventurer près de l'immeuble de crainte de croiser son père. Nabila lui faisait souvent des petits colis mais ne lui donnait jamais d'argent faute d'en avoir. La maman se désolait pour son grand garçon et lui la consolait en étalant sous ses yeux admiratifs, qui n'y comprenaient rien, un tas de photos savamment prises que Nono baptisait press-book. Nabila en cacha une que Nono signa d'un illisible graffiti.

N'ayant pas de référence, elle ne vit pas la gueule blême de son rejeton, les cernes, l'aspect général maladif et cet étrange tremblement d'excitation qui prenait Nono dès qu'il parlait en bègue bavant un peu. Nono avait viré alambic. Il repartait après le signal de Fafa indiquant que la voie était libre et disparaissait, avalé par la foule qui le recrachait dans la solitude du trou à rats où il vivait, survivait en créant sa légende d'artiste maudit.

Nabila avait prévenu son grand que le père s'était mis en chasse du fugueur avec en tête le légitime *Wanted* de l'avoir nourri et vêtu depuis la naissance.

En prenant le maquis, Nono fit l'erreur, le mauvais choix, de se réfugier dans les boyauteuses ruelles de Maubert-Mutualité. Benamar justement se rendait dans ce quartier du 5e pour acheter le thé, la menthe fraîche en branches et les olives écrasées. Les noires et les vertes. Les servies à la louche. Celles baignant dans les tonneaux de bois ou de fer. La semoule en boisseaux et la sacro-sainte viande égorgée au fil des pages coraniques. Benamar, photo de Nourredine Bounoura en poche, prospectait toutes les ALIMENTATION GÉNÉRALE et, verre de thé au poing, nouvelles du bled en bouche, demandait aux commerçants maghrébins d'ouvrir l'œil après avoir mémorisé Nono le fils indigne. Benamar retrouvait Fafa gardant la blanche Simca 1000 aux sièges de plastique rouge toujours garée au petit bonheur. Le père frotta la tête de son gamin dans un geste de tendresse dont on ne savait si c'était la caresse donnée au *chienchien* gardien de la *tuture* ou le contentement de l'ogre ayant déniché la planque de Nono. *Miserere*...

Alexandre De Senna, dit Alex pour les intimes, *alias* Nourredine Bounoura, tenait le bar Minable en s'occupant de la régie Médiocre d'un Mauvais bouge baptisé Café/Thé/Âtre où il cumulait l'emploi d'homme à tout faire et le rôle d'amant de la maîtresse du lieu, Maryvonne Marest, titrée la Patronne. Méchante femme de cinquante ans – bien moins metteur en scène que metteuse en sein –, logeuse d'Alex dont le loyer se bornait au bénévolat, les charges en mots d'amour, l'impôt en regard d'adoration.

Maryvonne, *veinarde*, se sirotait du Nono dix-huit ans d'âge sans rien lui dire de la théorie des M. Maudits.

Nono s'initiait au savoir hermétique des théâtreux. La faune qui grouillait au Café/Thé/Âtre lui conta, à crédit, les mythes et légendes des maudits géniaux dont il se devait d'être. Artaud, Stanislavski et tout un troupeau de célèbres inconnus. Nono, pardon Alex, n'admettait pas que les statistiques prévoient son plus de chance de voir arriver Godot sans rendez-vous que d'attendre, d'espérer plutôt, après un éventuel mécène ou metteur en scène, de Brook à Mnouchkine, susceptible de lui donner sa chance par le biais du rôle de sa vie. Parler donnant soif et l'alcool aidant à la parole qui, ivresse oblige, frisait le géant, Nono/Bacchus but le bar et Alex/Dyonisos joua Hamlet sur la minuscule planche avec au creux de la paume le dentier de Maryvonne qui lui expliqua longuement que ce n'était pas faute de budget mais que la prothèse transcendait le texte de Shakespeare bien mieux qu'un crâne passé au carbone 14. Nono s'enivrait de bla-bla et incarnait son éthylisme sur l'épave fragile du radeau théâtral. Piège à cons pour la majorité et à rêves pour la minorité. Les quelques rares artistes talentueux présents se gardaient bien de ramener Nono à une réalité simple : *monter sur scène pour en descendre dans tous les sens, les cinq*.

C'est qu'il était foutrement mignon, ce jeune Arabe pas sérieux de dix-huit ans tout juste. Les faiseurs lui conseillèrent la métamorphose patronymique pour cause du peu d'attraction qu'exercerait Nourredine Bounoura sur les tracts photocopiés qu'ils nommaient affiche.

Alexandre De Senna avait une tout autre gueule et les foules en délire étaient déjà acquises, du moins celles à qui Nono faisait une ardoise. Il fit donc sien le dostoïevskien pseudonyme et en bon professionnel il se mit vite à la langue de la Comédie-Française en ne disant plus, levant le coude cul sec, à la Bernard Dimey :

– Réjouis-toi, ma gueule, voilà une averse.

Mais :

– Je prendrais bien de la matière vin dans l'espace verre…

De fil en aiguille ses amitiés se firent très particulières et Alex Narcisse se mira dans le miroir quasimodien qui reflétait un Nono avide d'encouragements :

– Tu es une évidence. Je crois en toi, alors crois en toi sans analyser. Ne cherche pas à comprendre : crois !

Nono y crut tant qu'il écrivit même son premier poème.

Je suis de ce pays barbare
où les femmes voilées
ont le cœur dénudé
et où la derbouka épouse la guitare
Né d'une pierre
cuite au soleil
j'explose par les nuits froides
J'étais de tous en tout
là-bas
Moi qui suis né ici
l'Europe mon *zami*
Passager clandestin
dans un ventre de Femme
moins immigré qu'affamé
Le fardeau de sa peau

hissé comme un drapeau
en cible quotidienne
J'étais de tout en tous
là-bas

Je suis de ce pays sauvage
où les Femmes immobiles
commandent de leur cage
Lorsque la derbouka épuise la guitare
Que la figue de barbarie prend le goût de la menthe.

Et se mit à composer sa première pièce que Maryvonne allait monter, qu'un producteur comptait produire et après tout il semblait bien qu'on tenait là le nouveau Rimbaud oriental. Nono se laissa persuader par ce fameux *dérèglement de tous les sens*, dont l'interdit, lorsqu'un célèbre photographe lui proposa de poser nu. Alex serra les dents et laissa l'esprit le pénétrer pour pouvoir accéder à ce monde invisible qu'est la Création.

Il vécut et survécut à la chose avec tout le cynisme verlainien. Le photographe, certainement bouddhiste, lui enseigna le proverbe du sage chinois Onâka Ifôyaka qui est : *Dis mon nom et tourne en rond.* L'homme, aussi acteur sexagénaire, chassait ses proies de lit dans les viviers où une faune affamée de ratés, de mythomanes et d'autres épaves se dispute la lumière, l'unique projecteur qu'est le rayon lunaire lors de l'éclipse éthylique de deux heures du matin qui les noircissait sur le trottoir. Les photos montraient les portraits d'un jeune homme imberbe, aux poses efféminées et aux grands yeux de biche pleins d'une foi désespérée.

La pièce promise fut montée et Alexandre De Senna joua en improvisation trois rôles surréalistes en trois tableaux. Tout nu, il incarna le « vide », le « rien » et le « néant », entre ces tableaux il ne changeait ni de costume ni de décor.

C'est en ce jour de gloire qu'un client inattendu fit son entrée. Alexandre/Nono était heureusement déjà derrière le rideau de douche servant de coulisses, à se rhabiller. Quand il revint, derrière le bar, moissonner les compliments admiratifs des invités et les demandes d'autographes des places payantes lui tapant sur l'épaule pour un verre à l'œil, il vit ce que l'homme a cru voir : le diable. Benamar le fixait. En colère, très en colère. De cette colère qui faisait tout Benamar. Cet homme cognant sur une enclume sans fatigue. Prenant dans sa main nue un tuyau de métal et en chauffant le bout sans craindre la chaleur. Papa Bounoura ordonna :

– Viens…

– Mais…

– Ou je casse tout.

Nono ramassa en deux temps trois mouvements son baluchon sans piper de peur que Benamar ne commette un artisticide. Le fils suivit le monstre et Maryvonne frôla la mort :

– Vous voulez boire quelque chose ?

La clientèle, héros de cape et d'épée, réunie sur le trottoir regardait le duo s'éloigner. L'enfant prodige, le surdoué trottinant la tête baissée. À défaut de solidarité, ils poétisèrent l'événement :

– Qu'y pouvons-nous si Pluton lui-même arrache notre Orphée à la vraie vie ?

– Pluton ? Ce cyclope ?

Rideau.

Nono monta dans la Simca 1000 et Fafa à l'arrière lui fit la fête. Il retrouvait son frère. Son Nono *au doigt qui pue.* Son grand frangin, plus doux. Il reprit sa place à la maison et son dos couvert de pustules comme des gargouilles dégoulina d'un pus alcoolisé. Nono se refit une santé et il cicatrisa des stigmates dermiques tandis que son cœur ouvrait des plaies. Parfois, nouveauté, le téléphone sonnait et Benamar, dégainant plus que décrochant, hurlait :

– Y a pas d'Alexandre ici !

Il raccrochait en foudroyant du regard Nono qui baissait ses yeux de biche apeurée. Plus que trois ans avant la majorité. Trois ans de bagne. Benamar ne savait ni lire ni écrire, mais compter, oui. Deux fois plutôt qu'une.

Il se rendit dans le plus grand secret au consulat d'Algérie et là, sans aucun scrupule, il dénonça son fils pour l'armée. Nourredine Bounoura reçut sa convocation avec un billet d'avion :

– J'ai fait aucun jeu, c'est quoi ça ?

– Un homme qui ne sait pas se servir d'une arme n'est pas un homme.

Fafa, avec ses oreilles décollées, enregistra la maxime paternelle en se jurant de ne pas plus l'oublier que de ne pas décevoir son papa. Les armes ? Il allait moins les connaître que les aimer. Benamar accompagna Nono à Orly et glissa une fortune de cinq cents francs dans la poche de son fiston. Lâche et soumis, ce qui fut Nourredine Bounoura, *alias* Alexandre De Senna, dit Alex pour les intimes, s'envola pour un pays dont il ne connaissait ni la langue ni la culture. Son poème, comme la beauté, lui avait porté malheur.

Né au monde génétiquement raté
pour y demeurer socialement taré
me voilà mûr au meurtre
Mais à chaque envie de tuer un homme
J'ai plus d'une fois sauvé la vie d'un homme
– la mienne.

La question Nono réglée pour deux ans, se posa celle de Karima. Un matin elle se réveilla avec sur le bout de son nez rond un point rouge. Un grain de laideur rouge qu'elle ne put, malgré ses efforts, ni percer, ni effacer, ni camoufler et pas plus accepter. Il était là, incongru :

– C'est le signe que tu ne verras jamais plus loin que le bout de ton nez.

Disait Nadou.

– Y brille tellement qu'c'est l'phare qui guidera ton prince charmant…

Ajoutait Fafa.

– C'est Dieu qui te punit.

Concluait Nabila.

– Hein ? Quoi ?

S'en foutait Benamar.

Kim n'écoutait qu'elle mais prenait conseil auprès de tous. Elle cadenassait son petit cœur face à l'indifférence générale et gravait en elle l'adolescente épitaphe :

– Personne ne m'aime.

Elle s'installait bourgeoisement assise dans son chagrin et il fallait la voir se préparer à sa petite messe d'une demi-heure. Toute une cérémonie. Karima calait son coude sur la table comme pour un bras de fer contre le destin, elle fermait fort son petit poing potelé qu'elle posait sur son front bombé. Ainsi positionnée à la Rodin, elle réunissait les vaguelettes de ses rides frontales en concentrant ses sourcils en une flèche visant le bout de son pif et, fermant les yeux, enfin prête, elle condamnait le terroriste petit point carmin en pleurant dans le confort de sa tristesse. Elle pleurait vraiment. Avec des bouhs pathétiques et des snifs déchirants. Personne ne se hasardait à la consoler dans ces moments-là. De peur d'être pris à témoin, à partie, aspiré dans la spirale d'une réflexion à se ficher à l'eau, se jeter par la fenêtre. Karima avec son QI de poisson rouge pouvait disserter des heures sur l'étrange mystère dermique. Elle fit monter son égocentrisme et son narcissisme de son nombril, croyant que la terre tournait autour d'elle, à son appendice nasal. Bref, Kim focalisa et, ce faisant, elle fit tout pour que la planète et l'univers ne s'attardent pas à cet affreux handicap la défigurant mais voient en elle sa beauté intérieure. À la loupe, ce petit point incarnat n'était même pas vilain. Incongru ? Oui. Moche ? Pas tant que ça.

Incomprise, Kim s'enferma dans *son elle-même*. Contrairement à Fafa et Nadou, elle n'était quasiment pas battue.

Sa capacité – surnaturelle – à passer inaperçue la stationnait immobile dans un coin. Son instinct de conservation joua à fond la carte des études en comprenant que sa liberté passerait par ce long laminoir estudiantin qui, malgré les œillères obligatoires dont sont dotés la plupart des spécialistes diplômés, la guiderait vers un avenir plus jojo que le présent. Elle s'accrocha à l'école, au banc attaché à la table de bois, à l'encrier de porcelaine, au tableau noir. Elle mit tout son petit intellect à rude épreuve pour emmagasiner sans forcément comprendre et renvoyer à l'Éducation nationale le savoir acquis. Kim devint, comme tout bon élève, ruminante.

Adorée de ses professeurs. Aimée de ses camarades de classe. Elle sautait les haies de cette course une à une sans trébucher. Elle n'en sauta jamais deux à la fois, mais bon. De la famille Bounoura, Kim se fit la figure de proue. Comme elle comprenait ce qu'elle lisait, elle put écrire ce qu'elle lisait et, faisant ce tour de passe-passe, elle prit le pouvoir dans la maison. Les papiers administratifs ? Pas de problème :

– Donne voir un peu ça ? Ah oui, c'est rien…

La sécurité sociale ? Pouf, un enfantillage. Reconnue par tous, elle administra la famille Bounoura, et donnant son avis sur tout, elle imposa son point de vue. Son unique point de vue :

– Moi je…

Tout n'était pourtant pas rose dans l'existence de Karima. Elle souffrait des cris de Fafa et des pleurs de Nadou. Elle en souffrait tant qu'elle se mit à les détester doucement. Elle ? On ne la battait pas ! Bon, parfois une réflexion vexante. Un regard dur. Un geste retenu… Mais dans l'ensemble, rien de tragique. Elle avait eu le tableau d'honneur quand même. Pour ne plus entendre les cris des petits qui selon elle manquaient totalement de diplomatie, Karima prit la décision de se faire sourde :

– Entend qui veut entendre.

Parfois, dans son mépris, elle allait jusqu'à donner raison aux parents puis peu à peu, sans se rendre compte du danger, elle se fit neutre. C'est à cette époque qu'elle fit la plus grande découverte de sa vie. Sous les narines, Kim avait une cavité rose et mignonne. Elle s'aperçut du grand bonheur éprouvé lorsqu'elle mettait dans ce trou-là une nourriture ayant franchi la douane de son odorat. Le plaisir était si divin…

Elle commença à remplir son vide intérieur et c'est ainsi que Karima Bounoura devint bouddha. L'appétit venant en mangeant, elle dévora l'appétit lui-même et ne garda que la goinfrerie :

– Je suis gastronome.

Qu'elle disait.

Mâcher, avaler, déglutir, savourer. Poliment rotés, des petits *boubs* jouaient sur ses tympans. Comme les plongeurs décompressent en soufflant dans leur nez bouché, Kim s'enfonça en sous-marin dans la boulimie. Dans le cocon de son organisme, elle s'éloigna de la peur. Cette terreur de ne pas être martyrisée et de toujours s'attendre à l'être.

Pour bouffer, Kim avait une amie dans l'immeuble. Francine, la petite d'un contrôleur de la RATP qui avait cinquante francs d'argent de poche par semaine et qui les partageait volontiers avec elle. Le matin Francine et Kim main dans la main prenaient l'autoroute sociale sans surprise et sans déviation de l'école. Elles revenaient ensemble, chacune une friandise en bouche.

Kim, en boule, ne laissait aucune prise. Elle glissait des mains. Elle roulait sur elle-même. À table, Benamar la surveillait d'un coin d'œil se dilatant au fur et à mesure qu'il la voyait grossir. Il la pesait, la calculait pour un prochain mariage. Il s'inquiétait. Autant il ne déplairait pas aux prétendants, maghrébins musulmans, d'avoir une épouse obèse, autant ils apprécieraient au début une fiancée mince et belle, ne serait-ce que pour la cérémonie, les photos, le qu'en-dira-on et, bien sûr, la nuit de noces. Benamar se méfiait de sa fille autant qu'il s'en étonnait. D'avoir une femelle douée à l'école le rendait moins fier que perplexe tant il eût préféré que cette réussite scolaire revienne à ses deux ânes de fils. Mais que Kim commence à s'émanciper par le savoir et à lui tenir tête en répondant :

– Heureusement que je suis là pour remplir tes papiers.

lui donnait un sacré doute déjà de la livrer vierge à son mari, puis de la marier tout court et, catastrophe, qu'elle se choisisse elle-même un homme qui, déshonneur, serait français. La voyant manger, il l'imaginait moisir vieille fille :

– *Bhégra.*

(Vache.)

Benamar trônait en bout de table mieux qu'un seigneur féodal. À sa gauche, Fafa, dans l'assiette duquel il avait la sale manie de déposer les os évidés de moelle. À droite, Nadou, qui jouait avec sa pitance comme pour la faire durer. Voisine de Fafa, Nabila, qui aussi regardait, face à elle, Kim dévorant sa gamelle à la manière d'un python avalant un éléphant. L'insulte – vache – ne levait même pas le nez de Karima. Nabila, de voir tout ce petit monde bouffer, cherchait l'erreur, l'anomalie dans ce cadre trop parfait à son goût. Souvent elle envoyait un jet de salive dans l'assiette de Fafa ou de Nadou lorsque l'un d'eux boudait la nourriture. Elle touillait en ordonnant :

– Mange.

– J'ai p'us faim...

Benamar avait sa façon de clore les repas en mettant un coup du tranchant de son couteau sur les doigts récidivistes s'aventurant vers la corbeille de fruits :

– Assez de sauvagerie !

Un dessert et rien qu'un, quand bien même serait-ce un abricot. Un par tête de pipe. Les quatre bouches, cent vingt-huit dents, terrorisaient le portefeuille du père qui assurait, jour après jour, les trois repas quotidiens tout en renvoyant à la semaine des quatre jeudis les petits seize heures. À chacun ses coutumes.

Karima faisait des opérations commando contre le Frigidaire avec Fafa et Nadou en éclaireurs. Revenant bredouille, elle pleurait :

– J'ai faim, mon Dieu comme j'ai faim…

Ça tournait chronique au point que son estomac des talons lui monta au cerveau. Benamar voulut reprendre le contrôle de Kim, la reprendre en main en quelque sorte, mais la pogne paternelle, rodée aux baffes, se plaqua sur la joue de son aînée. Karima chancela, déséquilibrée, sa malle arrière l'attira vers le bas et un gros pouf salua l'atterrissage de son cul sur le sol. Ce n'était pas la première gifle mais ce fut la dernière quand Benamar, dépassé par son geste, la vit sourire entre ses larmes. Kim regardait son père avec un œil froid, en eau mais de cette eau dont on cause quand on cause diamant. Elle scruta Benamar comme si elle voyait un chocolat fourré. Elle articula :

– Frappe-moi encore une fois et je t'envoie en prison.

– Quoi ?

– Je porte plainte.

– Quoi ?

– Com-pris ?

Le chef de famille sembla petit devant la chair de sa chair. Comme toutes les brutes il saisit l'essentiel des propos de Karima. L'essentiel étant qu'elle ne bluffait pas. Soit il la tuait sur place, soit il faisait comme de rien. Qui sait si l'homme ne soupçonnait pas un sort jeté ou alors qu'une malédiction avait frappé ses testicules. Kim serait-elle une politique à tendance régicide ? Il se sentit mal, mal et seul quand Kim, un doigt tendu, intima :

– Sors de *ma* chambre.

Benamar, penaud, baissa la tête alors que Kim se relevait :

– Sors !

La victoire de Kim ne servit qu'à elle. De crainte d'un sursaut de Benamar, elle se garda bien d'en faire profiter les petits en prenant leur défense. Tout pouvait basculer en sa défaveur si Benamar dans un bête réflexe d'orgueil se réveillait après avoir pris conseil auprès d'un imam ou d'un collègue de chantier :

– Moi j'ai laissé mes enfants au bled. La France, c'est pas pour eux. Là-bas, ils bougent pas Roya l'Arziz… Ta fille, si tu veux pas qu'elle tourne putain avec la cigarette à la bouche ? Envoie-la vite chez nous. Ici, le président de la République, c'est le chétâne.

Non, Kim ne se chargerait pas des poids morts Fafa/Nadou. Là, le père aurait sa raison de briser le mouvement. Il n'avait pas tant souffert pour récolter en son sein une régicide et des parricides. De plus, Kim considérait les jeunes comme étant des débiles dégénérés. Si encore Nono… Mais Nourredine était loin et elle seule. Sans complice. Ne lui restait que sa farouche détermination et son point rouge en guise de phare.

Dans la terreur ambiante, Karima louvoya en bon marin. Tint bon le cap et n'eut aucun regret à passer par-dessus bord son frère et sa sœur, à la guerre comme à la guerre. Karima ne savait pas que, seule à bord, elle pilotait une barque fantôme. Se faire tanner le cuir de temps à autre aurait mieux valu pour elle puisque l'âme, contrairement au corps, paraît-il, ne cicatrise pas.

Du lycée Montaigne, par le jardin du Luxembourg, elle passa à la faculté d'Assas.

Sa meilleure amie, Francine, la quitta et Kim, se retrouvant solitaire dans le grand amphithéâtre, ne put se lier avec les étudiants. L'extrême droite régnait et les petits *énucléés* du GUD, incultes en anagrammes, trouvaient que « la petite Arabe » n'était pas à sa place.

Kim, bien que ronde, était belle, de cette beauté qu'ont les grosses lorsqu'elles sont jeunes, fraîches comme des pommes ou des pastèques. Peau blanche et yeux noirs. Crinière brune, souple, bouche naturellement rouge. Les dents parfaites en un sourire lumineux. Karima était baisable. Les fachos du coin la laissèrent tranquille mais Karima sentait leur bave :

– La petite Arabe…

Kim ne se laissa pas décourager. Bon. OK. Elle n'avait plus Francine qui partageait avec elle les trois francs six sous hebdomadaires, cette richesse qui camouflait son indigence, eh bien, dans ce nouvel univers, elle assumerait sa pauvreté :

– J'y suis ? J'y reste !

La bourgeoisie lui laisserait bien un strapontin pour rectum prolétarien. La différence sociale ouvrit un gouffre sous ses pieds. Les étudiants organisaient des soirées sans elle. Parlaient de paradis qu'elle n'imaginait pas exister. New York ? Genève ? Jamais Alger.

Karima allait en cours, en revenait, y retournait et dans ses allers-retours elle trébucha sur Benamar dont le cerveau reptilien n'enregistrait pas la différence entre l'école maternelle et la faculté :

– Il faut acheter les livres, papa.

– Hein ?

– Il faut payer l'inscription.

– Hein ? Voilà des années que tu vas à l'école et maintenant il faut payer ? On te les donne pas ?

Monsieur Bounoura tenait enfin sa revanche et refusa tout net de débourser le moindre centime. Kim prit donc la résolution de travailler et Benamar accepta après une rude bataille. Sa fille en prise directe avec le monde du travail ? Même à mi-temps, c'est que ça *coïte* dans la vie active et c'est bien pour ça qu'on la qualifie comme telle puisque, d'évidence, elle est passive, cette existence des masses laborieuses. Dans une boutique de fringues de la rue du Four, Kim fit ses francs mais pas assez pour les polys et autres accessoires estudiantins. À trop fréquenter les riches, elle prit des goûts de luxe. De la sape à la bouffe. Elle voulait manger traiteur et se vêtir griffé. Après tout, elle serait peut-être avocate ou juge ! Sans oublier qu'elle se devait d'être à la hauteur de son amour naissant, Gérard Post. Son Gégé venait la chercher à la boutique et l'entraînait dans sa garçonnière. Le garçon, fils d'un architecte, avait tout pour plaire. Chaussé de skis, il semblait en avoir un d'hiver au pied gauche et un nautique au pied droit. Il parlait trois langues couramment et avait un humour fou fou fou :

– Un pervers passe en cour d'assises pour viol buccal ! La victime vient témoigner et le président lui demande quelles sont les séquelles de cette fellation forcée. *Regardez, monsieur le président, j'en ai encore les oreilles toutes décollées*, qu'elle lui répond. Elle est pas drôle, celle-là ?

Kim parla mariage. Gérard répondit par oui. Kim arrêta une date. Gégé éludait :

– Nos études d'abord. Tu comprends ? Pour notre avenir…

Karima, à la cool, laissa et se laissa faire. Gérard prit le pucelage de la « petite Arabe » et la fuite, laissant Kim prendre vingt kilos. Le gendre idéal était d'extrême gauche mais pas au point de décevoir ses parents.

Karima se drapa dans son malheur en chauve-souris, le cœur en bas. Elle se donna aux études comme à Dieu en refermant la petite brèche incisée dans son cocon par Gégé et dans sa chrysalide elle se mit en attente de déployer les deux ailes noires d'une robe d'avocat pour s'envoler puis atterrir, gargouille démoniaque, au sommet du palais de justice de Paris. Papillon du droit, Karima Bounoura portait déjà sur sa figure cet air glacé et psychorigide de la justice. Elle avait décidé de passer de l'autre côté, dans l'autre camp. Le pire, celui des victimes devenues tortionnaires d'autres victimes. Karima dans sa rondeur joviale, sa modestie prolétarienne, suait la vengeance. Métamorphose réussie.

C'est à cette époque, dans la cour des grands, qu'elle siffla Fafa.

Pour l'amour d'une femme
(ou d'un homme)
Plutôt qu'ouvrir ton cœur
Fracture ta mémoire...

Fafa, aussi maigre que rapide et nerveux, se faufilant partout, était comme un chien de berger. Depuis le vol du miroir pour Nono, Kim passait par lui lorsqu'il lui fallait « absolument » quelque chose. Fafa se perdait un peu dans les codes Dalloz, les petits pavés juridiques se ressemblant tous. Deux fois, la queue remuante, il avait rapporté à sa sœur le code pénal :

– De pro-cé-dure pénale…

Râlait Kim.

La marchandise n'étant ni reprise ni échangée, Fafa boudait sans savoir que Kim revendrait l'ouvrage en double à un camarade de fac.

« Le nain », comme l'avait surnommé son grand frère, regrettait l'heureux temps des bouquins de cul qu'il volait chez monsieur Morin, le papeterie-journaux du quartier. Ce commerçant aimait Fafa au point qu'il fermait parfois les yeux sur le manège du gamin :

– Faraht ?

– Oui, m'sieur Morin.

– Quand tu auras lu les livres, si ton frère te laisse les lire, pense à me les rapporter s'il te plaît.

– Quoi, m'sieur Morin ? J'ai rien pris, m'sieur.

– D'accord. Dis simplement à Nourredine de ne pas les tacher et rapporte-les plus tard quand je serai dans l'arrière-boutique.

Zara, Isabella, Sambotte, Magella, Terrificolor, Fafa les connaissait tous et, *idem* que pour les livres de la loi, il arrivait qu'il vole l'ancien numéro :

– T'es vraiment con.

Fafa regardait Nono en se demandant si oui ou non il pourrait lire les BD mi-érotiques mi-pornographiques. C'est qu'il se le faisait tout dur, le zizi, rien qu'à penser feuilleter les revues.

Nono échangeait avec un autre petit branleur de sa connaissance les livres avant même que, croyait-il, Fafa puisse les lire. Le nain connaissait la planque de Nono.

À ras le sol, entre la salle de bains et les WC, un gros tuyau traversait le mur mitoyen. Tuyau des eaux usées créant dans le mur un orifice assez gros pour laisser passer le bras jusqu'à l'épaule et déposer des secrets. Kim, elle, n'y cachait rien. Pour tout l'or du monde elle n'aurait glissé sa menotte dans le noir gargouillant d'humidité du trou. Par le regard de la baignoire, on pouvait récupérer les choses prohibées. Nono ses cigarettes et *cuculeries*. Fafa les jouets volés et Nadou l'erreur de sa vie.

C'est d'ailleurs le trou qui fit faire à Nadou ses premières tentatives de suicide. Malchanceuse, elle sauta par la fenêtre du premier étage et n'eut rien. Pas une entorse, pas un bras cassé, rien. Là où d'autres seraient devenus, au niveau du squelette, télescopiques ! Talons dans les chevilles, chevilles dans les genoux, genoux dans les hanches et hanches dans les épaules. Nadia fit un atterrissage miraculeux. Rien. Même pas peur. Juste un grand étonnement qui la fit remonter l'escalier quatre à quatre pour sonner à la porte de l'appartement. Benamar, intrigué de l'heure, ouvrit :

– Qui t'a permis de sortir ?

Nadou n'eut pas le temps de répondre qu'une grosse baffe l'assomma. Elle avait le droit de mourir mais pas de sortir... même de la vie ? Comme un enfant retourne au toboggan géant qu'il a vaincu et l'adolescent sur le plongeoir de dix mètres, elle enchaîna les suicides pour emmerder ses parents, Dieu et la mort. La petite sœur était sur le gril, la sellette depuis l'affreux jour, à marquer d'une pierre tombale, DU TROU.

Allongé le long du mur, la figure plaquée contre la *suintance* du plâtre, la nuque bloquée par le pied de faïence froide des toilettes, Fafa cherchait à tâtons son *Clint Eastwood* dérobé dans un magasin de jouets. L'inspecteur Harry outillé d'un Magnum.44 faisait rêver Fafa qui se dépêcha de se procurer le jouet de la copie de l'arme. Ses doigts sentirent une boule de plastique ramenée *illico presto*. Il examina l'objet assis sur la lunette. Un petit porte-monnaie inconnu. Rose et gonflé. Lorsqu'il l'ouvrit, Fafa n'en crut pas ses yeux. Un billet de banque et une fortune de pièces. De sa vie il n'avait vu autant d'argent, même lorsque Nadou repassait les papiers de bonbons pour rendre la monnaie lorsqu'elle jouait à la marchande et lui au hold-upeur. Il y avait là de quoi s'offrir un eldorado de confiseries, une montagne de glaces, un volcan de bonbecs. Dire que sa pauvre mère fouillait plus souvent que parfois toute la maison en quête d'une pièce jaune de cinq centimes pour ajouter à l'achat d'une baguette de pain et que lui, sous les yeux, devait avoir plus de quatre-vingts francs :

– Merci, mon Dieu...

Si seulement cette manne était tombée avant le scandale des bouchers quand, dyslexique, Fafa avait dû rapporter l'habituelle viande hachée, cinq cents grammes, de chez le chevalin et plaider :

– Qui peut manger du ch'val peut manger d'l'homme, m'sieur.

Le boucher ricana du proverbe nabilien et refusa tout net de rembourser la barbaque. Fafa, la peur au ventre, tenta le coup de la rapporter chez sa mère mais Nabila d'un coup d'œil l'avait trouvée bien rouge et sanguinolente pour du bœuf. Elle l'entendait même hennir de tout son sang :

– Elle est même pas égorgée !

La honte au front, Fafa s'était farci plusieurs allers-retours avec à la main l'impureté empaquetée à la diable. Le boucher resta sur ses positions, Nabila sur les siennes. Comprenant que rien n'y ferait, le putain de cadavre haché connut la poubelle et Fafa la ceinture. S'il avait eu cette oseille avant, il aurait lui-même payé le bœuf et le tour était joué. Fafa resta longtemps à contempler l'argent, trop longtemps. Il sentit la peur lui grimper le long des mollets. L'affaire, trop grosse pour lui, le dépassait. Cet argent ne pouvait être à Nono, ni à Kim, ni à Nadou, et il voyait mal son père se servir de la planque. Non non non. Cet argent venait soit de Dieu soit du diable. Il ne pouvait y avoir d'autre alternative. Fafa ne se le mit pas à gauche et, posant le trésor sur les genoux de Benamar :

– Papa…

Il ne comprit pas de suite ce que son cou de poulet faisait dans la pogne de son père. Ce dernier, voyant l'argent, devint blanc, tout blanc mais d'un blanc… de métal chauffé si vite qu'il n'aurait pas eu le temps de passer au rouge, le grillant direct ! Benamar desserra l'étreinte qui empêchait Fafa de témoigner, d'avouer et cessa aussi de le secouer pour lui poser la question avant de le soumettre à celle-ci.

– C'est pas moi.

Benamar et Fafa tournèrent la tête d'un mouvement synchronisé vers la voix horrifiée et déjà en larmes :

– C'est pas moi.

Nadou, droite et blanche, les yeux ronds d'hypnose, le menton tremblant, répéta avec une légère variante :

– C'est pas moi… pas à moi.

Nabila glissa dans la salle à manger. Excitée et nerveuse, elle se léchait et pourléchait les lèvres. Benamar regardait Nadia et, sans la lâcher, se leva, lourd, puissant, en branle. La statue Bounoura marcha. Il repensait la chose en amont. Cent francs avaient disparu de son portefeuille. Un billet de cent francs. Il mettait sa veste dans son placard sur lequel il fixait un cadenas qu'il fermait et vérifiait deux-trois fois lui-même, le secouant. La petite clef ne quittait pas la poche de son bleu de travail. Jamais au grand jamais Benamar n'avait songé à soupçonner l'un de ses enfants :

– On t'a bougé un corneille de ta profonde ?

S'étonnait un de ses collègues.

Benamar menait une enquête *zizanique* parmi les ouvriers, accusant tout le brave monde de l'entreprise Vardoïé. On lui répondait qu'il n'était pas plausible qu'un camarade puisse trahir la prolétarienne confiance qui régnait. Connaissant la dangereuse avarice du père, pas un des enfants n'aurait risqué sa vie sur ce coup-là et pourtant :

– Pas à moi…

La voix de Nadia aurait fait pitié à un détecteur de mensonges mais elle avait osé. Nadou la sacrilège, briseuse de lois et de tabous, avait commis l'irréparable :

– Papa…

⁂

Il l'attrape :

– Z'bêl !

(Saleté !)

Nadia l'ordure. La fille à jeter. À lapider. À enterrer vivante. La fille du péché, du scandale. Pour Fafa c'est le brouillard. Ce n'est pas Dieu, ni diable, pas plus un bon djinn, ce miracle d'argent. C'est donc Nadia la voleuse ? Nadou, sa petite frangine, que le père tire par les cheveux comme un sac, qui traîne par terre sans pouvoir se remettre debout. C'est elle qui disparaît dans la chambre des parents, dont les gros genoux cognent contre le chambranle. Nadou sur qui se referme la porte et dont le premier hurlement fait éclater Kim en sanglots et donne envie à Fafa de courir ouvrir la porte et de crier, hurler à son tour, que le voleur, c'est lui. Le traître à la famille, c'est lui ! Le crime, c'est lui ! Mais Nabila le devance, elle glisse – serpent dressé sur sa queue – et entrouvre la porte, se faufile dans un rayon de lumière tamisée. À la main elle tient une règle, une en fer, longue, rectangulaire, pleine et dense. La règle de Fafa, dérobée à l'école.

Nadia hurle aigu. Pleure animal. Geint morveuse. Suffoque dans la douleur. Nabila ressort souriante et laisse la porte entrouverte pour que les autres voient ou devinent l'acte éducatif.

Le père en sueur déjà, les veines du cou et du visage lui sculptent une autre figure. Il est là, debout. Dans une de ses mains, les deux chevilles de Nadia. Dans l'autre, la règle qu'il abat de toutes ses forces sur la plante des pieds de sa fille. Il sait son métier de forgeron. Il sait que ça fait mal. Il veut que chaque coup remonte jusqu'au cerveau de Nadou. Elle ne gigote plus. Quand il lâche les chevilles, les pieds frappent le sol dans un son de cartilage. Les talons sont éclatés, en sang, les plantes de pied mauves et des plaies ouvertes palpitent. Nadia a vomi.

Le soir même, elle ne mange pas. Elle est nue dans la chambre des parents, allongée en descente de lit, recroquevillée sur elle-même. Elle reste cinq jours dans la pièce étouffante. Le père part travailler et revient, elle n'a pas bougé. Elle ne mange pas. Elle boit un peu. Nabila lui porte l'eau mais ne la console pas. Elle la bat encore. Crache son venin. Cent francs ! Elle, la mère de famille, ne les a jamais eus, touchés, dépensés, espérés, rêvés.

Ensuite il faut quinze jours pour que Nadou marche un peu. D'un meuble à l'autre, elle s'aide. Elle ne parle pas. Pour dire quoi ? Elle ne regarde pas. Pour voir quoi ? Son frère baisse les yeux quand il la croise. Sa sœur lui fait des reproches :

– T'es folle.

Nadia ne répond pas, elle se concentre à vivre. Pour un oui ou un non elle est giflée. Juste parce qu'elle est là, on lui crache dessus. On ? père/mère ! Elle dégoûte… Nadou. Benamar l'insulte tous les jours, rien qu'à la voir sa mémoire se réveille et il entend les dénégations de ses compagnons de chantier. Il a honte, Benamar.

Fafa va mal lui aussi. Il s'en veut à mort. Nadia n'est pas coupable puisqu'elle est folle. C'est instinctif chez Fafa, il sait que Nadia est handicapée. Tout le monde le disait bien avant le trou. *On en plaisantait même et même que ça ne la fâchait pas. Tenez, sur la photographie scolaire de fin d'année on remarque dans la brochette de demeurées alignées sur trois rangs que Nadou est une des plus atteintes de sa classe de réadaptation :*

– La toute dernière née de la famille Addams.

Nadou venue au monde prématurément comme une tentative d'évasion. Nadia tombée sur sa pauvre tête plusieurs fois. La grosse cicatrice sur sa tempe témoigne de son innocence. Oui, quoi qu'elle fasse, Nadia, on dit qu'elle n'a rien fait. Si petite Nadia avec ses yeux d'enfant bizarre. Son petit sourire étrange, timide, comme si ses propres dents allaient la mordre. Ses dents en avant. Minuscule Nadou malgré les gros bourgeons violacés de ses seins méchamment pincés par les épais doigts du père.

Fallait pas torturer Nadia, non, fallait pas. C'est pas bien, monsieur Bounoura, pas bien du tout. Nadou, la préférée de Fafa.

Nadou, retrouvant des forces, ouvrit la fenêtre et sauta. Peu après, Fafa fit une entrée fracassante dans la salle à manger en proie au fou rire :

– Nadia est en train de mourir !

Il rigolait du rictus de Nadia se tordant au sol, l'écume à la bouche. Trop marrante, la grimace. Les yeux à moitié blancs louchaient et son corps arqué ne touchait le sol que du crâne et des talons. Sa figure clownesque et changeante faisait craquer Fafa qui ne pouvait retenir ses hoquets. Elle était drôle à mourir de rire, la petite sœur. Homme de réflexe, Benamar courut dans la chambre du fond en raflant au passage les clefs de la Simca 1000. Portant sa fille dans les bras, il cavala en sens inverse, se fit ouvrir la porte d'entrée et dévala l'escalier, Fafa derrière lui. Dans la rue, sans hésiter, Nadia sur l'épaule, il ouvrit la portière de voiture, puis celle arrière et jeta le paquet – Nadou – sur la banquette. Fafa monta avec sa sœur et :

– Tiens-lui la tête, qu'elle salisse pas.

– Trop tard.

– *Z'bêl !*

À l'hôpital, on fit un lavement, et Nadou fut sommée de s'expliquer sur son geste :

– J'avais mal aux dents alors j'ai pris des cachets.

– Quel genre de comprimés, mademoiselle ?

– Je sais plus… plein. Beaucoup, quoi !

Chez les Bounoura on ne dénonçait pas. Sauf ce petit con inconscient de Fafa. Benamar, dans un silence glacial, ramena Nadia à la maison et Fafa resta dans la voiture en attendant qu'une place se libère dans la rue. Il était rodé à ce rôle de sentinelle. Tous les soirs, il guettait dès dix-huit heures trente l'arrivée du père et au premier coup de Klaxon, il descendait prendre son poste pour faire le guet contre les contraventions.

Fafa obéissait à tout le monde, chaque membre de sa famille pouvait lui demander la lune. Avant qu'il n'aille à l'armée se viriliser, Nono commandait ses bouteilles d'alcool pour des fêtes dites cocktails. Fafa fracturait les caves du quartier. Pour Kim, feuilleteuse de magasines people, il vola une bicyclette pour la *désinquiéter* de sa prise de poids. Avec elle il traversait tout Paris le dimanche matin jusqu'à en avoir marre des pauses en-cas de sa sœur qui ne pouvait pas manger en pédalant :

– Lâche une main.

– Je vais tomber…

Fafa vivait, respirait, tentait de penser par et pour sa tribu. Nadia torturée, il changea. La souffrance de la fillette et la honte du gamin se mêlèrent pour faire front ensemble jusqu'au matin :

– Faraht ? Où est ta sœur ?

– Qu'est-ce que j'en sais, moi ?

Nabila se mordit les lèvres. Une de ses filles, partie dans la nuit, lui avait échappé. Le ventre noué, la mère mit son foulard. Honteuse, elle prit la direction du commissariat de police.

À l'école, j'ai appris le verbe ÊTRE *puis* AVOIR.

C'est du verbe OBÉIR *que date ma longue fugue loin – très loin – de tous chemins apprivoisés.*

Même en enfer il arrive qu'on entende les éternels garrottés fredonner entre leurs dents *Y a d'la joie*. Les dimanches, le Père, s'il n'avait pas un chantier au noir en vue, emmenait Fafa et Nadou au cinéma. Rue de la Gaieté se jouaient deux films pour le prix d'un. Benamar sacrifiait quinze francs, plus cinq de confiseries. Il s'habillait comme pour l'opéra, une gabardine sur un costume. Le père marchait les mains dans le dos et dans l'une d'elles, il tenait les mimines de ses enfants obligés de suivre en crabe, quasiment dos à dos. Benamar remontait toute la rue de Rennes jusqu'à Montparnasse en traînant les gosses derrière lui. Un petit arrêt pour le sachet de bonbons au détail, dont les Valda affectionnées de lui, il plaçait ses enfants de part et d'autre puis durant tout le film il donnait un à un les bonbons. À l'entracte, Nadou et Fafa baissaient la tête pour ne pas voir l'ouvreuse et son panier de merveilles. Ils s'en revenaient de la même façon, à la différence que Benamar faisait sa pause devant le grand chantier de la tour Maine Montparnasse. Il s'arrêtait pour la construire du regard, l'imaginer. Levant la tête, Benamar souriait car il savait que là-haut, un jour, son entreprise allait travailler à la finition du restaurant. Devant un chantier de travaux publics, Benamar semblait heureux. Lorsque les deux hochets vivants dans son dos commençaient à s'impatienter, l'homme reprenait son pas de tank et poussait boulevard Raspail acheter le litre de glace qui faisait office de gâteau du dimanche. Enfin, ils franchissaient le seuil de l'appartement. La tête pleine des films, souvent des péplums, Nadia et Faraht filaient dans la chambre du fond rejouer les plus belles scènes. Le père, lui, sortait sa caisse à outils et cassait quelque chose pour ensuite, disait-il à Nabila, mieux le reconstruire. La maison Bounoura restait un éternel chantier miniature inachevé des mois durant :

– C'est provisoire…

Ces travaux du dimanche rendaient Nabila, maniaque de l'hygiène, encore plus cinglée. Toute la petite famille s'attablait et au dessert, Fafa vendait à la cuillère sa part de glace après s'être assuré que, gloutons, tous et toutes avaient dévoré la leur. Nono, son premier client, mangeait la crème glacée de Fafa et, de mémoire d'iceberg, ne le paya jamais. Voilà comment aurait dû se passer ce dimanche si :

– Faraht, où est ta sœur ?

– J'en sais rien, moi…

C'est vrai qu'il ne pouvait pas le dire. Dans la nuit du vendredi au samedi, Nadou s'était cavalée. Son père parti tôt refaire les chiottes du bar-hôtel d'un marchand de sommeil n'était pas passé jeter un œil dans la chambre des filles :

– Attends lundi.

– Non, chut… Parle doucement, tu vas le réveiller.

– Mais dimanche y a Lee Van Cleef au cinoche, heu…

– M'en fous. Je pars.

– Et moi ? Je vais rater les films dimanche…

– Bon ! Tu me dis comment descendre, oui ou merde.

– Va pas tomber, hein ! Fais gaffe.

– T'inquiète pas. Avec ma malchance, si je me casse la gueule, j'arriverai pas à me tuer.

Fafa, une fois de plus, s'était exécuté. La fenêtre de la chambre des garçons donnait sur une mince corniche qu'on pouvait suivre jusqu'au long tuyau de gouttière qui menait au sol. L'instant crucial était de passer de la fenêtre de la chambre à celle de la salle de bains. Plaqué contre le mur, il fallait en s'écartelant vite attraper les barreaux de la salle d'eau puis ceux des WC. Une fois en bas :

– À moi la liberté !

Nadou leva sa figure pâle et fit un signe :

– Viens avec moi. Allez, viens avec moi…

Une boule dans la gorge, Fafa secoua la tête :

– Les voitures. N'oublie pas les voitures dans les parkings. Dors dans les voitures.

Deux-trois fois la semaine, Fafa sortait par ce procédé en pleine nuit pour exercer le noble emploi de voleur à la roulotte. Il ramenait de ses expéditions nocturnes un butin hétéroclite. Un nombre incalculable de lampes de poche, des paquets de bonbons, de cigarettes, des lunettes de soleil en veux-tu en voilà et parfois des fringues. Il revendait le tout à l'école. Il resta longtemps à la fenêtre à regarder le ciel, la nuit dans laquelle Nadou s'était enfoncée. Il scruta la lune aussi pour la voir. La pleine lune comme un miroir pouvant refléter la fuite de sa petite sœur et dont, lui, suivrait la trace pas à pas pour la protéger :

– Bonne chance.

Fafa cette nuit-là se remit au lit et ne put s'endormir. Tout excité, il gigota et se mit même la main sur la bouche pour ne pas hurler de joie :

– Oui ! Oui ! Ouiiiii !!

Elle erra toute la nuit. Traîna toute la journée du samedi. Nadou n'avait pas où aller et la Samaritaine la jeta à la rue pour la fermeture. Elle était restée assise dans le magasin face aux dizaines d'écrans du rayon TV à regarder défiler le programme sans son de l'ORTF. Un petit sac plastique en bandoulière, riche d'un petit morceau de beurre et de quelques biscottes, Nadia traversa Paris pour finalement, provisions épuisées, revenir dans le quartier et s'asseoir face au commissariat de la place Saint-Sulpice. Le policier de faction l'observa longtemps avant de s'étonner et finalement de la faire ramasser. Nadou se laissa cueillir, ne chercha pas à se sauver. Elle n'en pouvait plus. À treize ans, la gamine se rendait.

Assise dans un coin, muette, elle refusa de répondre :

– Nom ?

Très pédagogues, les policiers misèrent sur la culpabilité plutôt que sur la compréhension :

– Tes parents doivent être très inquiets.

– Très malheureux.

– Tu n'as pas honte de faire ça à ta famille.

– C'est dangereux la nuit.

– Tu sais ce que c'est qu'une prostituée ?

– À ton âge.

Plutôt que la psychologie, les flics lui balançaient des restes de catéchisme. Nadou imaginait ses parents tristes, les rêvait à l'agonie, au bord du suicide même. Une putain ? Nabila le lui disait bien une fois ou deux par semaine. Elle savait donc. Quant au risque ? Qui pouvait lui faire du mal sinon ceux qu'elle avait fuis ? Au-dessus de sa tête baissée, aucun des policiers ne sut, ne put ou ne voulut lire l'énorme phylactère :

AU SECOURS !

Se taisant, Nadou se persuadait qu'on allait la mettre en prison, à l'orphelinat. N'importe où mais pas, plus là-bas. Elle pouvait même rester assise là toute sa vie. Il lui faudrait peu. Un café au lait, une tartine par jour. Elle dormirait sur le petit banc de garde à vue l'hiver et l'été, sur la place. Ils pourraient même l'attacher, elle ne se sauverait pas.

Le moment arriva où un policier vint lui caresser les cheveux, lui faire un grand gros bon sourire de :

– Moi aussi j'ai des enfants.

Nadou regarda ce bon gros jovial en costume et lut dans ce visage de clown couperosé l'horreur :

– Ta maman arrive. Elle vient te chercher.

Il eut de justesse le temps de l'attraper par le bas de la jupe tandis qu'elle fonçait vers la sortie. Ils la mirent en cage. Nadou se recroquevilla dans le fond de la cellule, au sol à même le carrelage pisseux, sous le bas-flanc dans le coin sale de mégots, de crachats.

Nabila avait donné la description de la fugueuse.

– Je n'ai jamais mis les pieds dans un commissariat de ma vie.

Devant l'argument, la mère fut de corvée pour sauver l'honneur de son mari. Le central avait répercuté l'information. Nabila, tragédienne dans l'âme, faillit faire pleurer les policiers tant elle y mit du cœur. En larmes, baragouinant, elle reconnut sa fille dans la cage, usa davantage son mouchoir et, après avoir signé d'un graffiti la main courante, elle se fit livrer la fugueuse. Nadou la suivit sans protester, fataliste. Les adultes s'étant finalement liés contre elle… Alors à quoi bon lutter ?

Bizarrement, elle ne fut pas frappée de suite. Benamar estimait qu'une bonne correction… Oui mais… Tout de même. La putain avait peut-être porté témoignage au-dehors. Mieux valait attendre pour l'écorchage, l'étripage, l'éventrage. On ne sait jamais. La police pouvait estimer que… Nabila estima qu'un bon exorcisme… En fait, la police estima avoir fait son devoir, c'est-à-dire : rien !

On ne battit pas Nadia Bounoura mais Nabila eut gain de cause. La pestiférée fut isolée du reste du troupeau et, le lundi, Benamar tout à son dur métier, la mère remonta du plus profond d'elle-même sa préhistoire individuelle et personnelle.

Elle fit chauffer dans une poêle une matière dure et translucide, un petit caillou *grigris* qui se liquéfia sous les incantations de Nabila en formant une flaque. Nabila retira du feu la poêle, souffla sur son contenu qui se solidifia à grand renfort d'« *Allah Akbar* ».

Elle plissa les yeux, hocha plusieurs fois la tête en signe de compréhension. Sa figure se tordit et, d'elle, un long cri fusa :

– L'œil !

Il n'y avait plus aucun doute, la naphtaline avait parlé ! Le *mauvais œil* était là ! Dans la poêle. Nadou possédée du démon, du chétâne, ne devrait son salut qu'au sacrifice de sa mère. Il n'y avait pas à tergiverser. Nabila planta le décor pour le film d'épouvante. Ne sachant rien de l'art, madame Bounoura avait un sens inné de la mise en scène égal à son don pour l'improvisation. Elle fit le noir dans tout l'appartement, ne laissant de lumière que celles des quatre feux de la gazinière et du frigo ouvert. Elle planta quelques bougies et alluma des bâtons d'encens puis, avec une passoire métallique, elle créa une sorte d'encensoir dans lequel elle fit brûler des herbes. Nadou, depuis son retour, n'avait le droit qu'à une chemise de nuit sous laquelle, nue, elle vint prendre place sur le tabouret au centre de la cuisine. Curieux, Fafa jeta vite fait un regard dans le dedans de la poêle à la forme nauséabonde et déduisit que l'œil satanique avait tout d'un trou rectal :

– C'est l'œil du cul !

Voyant la tournure des événements, il prit la sage décision de s'enfermer sans plus attendre à double verrou dans les toilettes. Nadia se laissa faire pour ne pas contrarier la folie religieuse de sa mère. Sagement, elle s'assit. Nabila, psalmodiant, se mit à tourner autour de sa fille en l'enfumant. Face à Nadia, elle souleva la chemise de nuit et balança l'encensoir dessous. Nadou voulut serrer les cuisses mais un rictus de Nabila l'en dissuada. Elle fit le choix de fermer les yeux très fort pour ne pas pleurer ni trembler, signes que Nabila détectait pour s'en délecter. Nadou ne résista pas non plus quand Nabila lui écarta grand les jambes. Le cri et la ruade de Nadou furent si violents que Nabila en tomba à la renverse. Elle ne tenait plus à la main l'énorme piment rouge, épluché et juteux, sorti en douce de sa poche et enfoncé jusqu'à l'hymen dans le sexe de sa fille. Nadia courut dans la salle d'eau sans un regard pour Nabila se tortillant au sol. La mère se releva dans la fumée, les feux tremblants faisaient danser son ombre sur les murs. Elle y vit des signes. Nabila tourna sur elle-même plusieurs fois avant de s'engouffrer dans le couloir menant à la salle de bains. Nadia calmait la brûlure de son ventre avec la pomme de douche, se frottant le vagin en serrant les dents. Elle entendait derrière la porte le gargouillis de Nabila et reconnut distinctement la voix du diable lorsqu'elle se mit à râler. Fafa dans les toilettes regardait le balai en se mordant les lèvres. Par le trou il appela sa sœur. Dans le regard sous la baignoire, le visage tout rouge de Nadou apparut :

– Tu veux le balai ?

– Quoi ?

– Tu veux le balai ?

– Pour quoi faire ?

– Ben tu t'envoles avec.

– Quoi ?

– Si t'es une sorcière ? Tu prends le balai et tu t'envoles avec.

– Putain, t'es con, toi.

– Quoi ?

– Rien.

Les deux enfants se regardaient sans rien dire, leurs petites bobines de hamsters terrifiés montées sur roulement à billes dodelinaient les oreilles tendues. Ils restèrent silencieux longtemps, les yeux dans les yeux. Ils imaginaient l'ogresse de l'autre côté des portes. La maman habitée par le diable qui, expulsé du corps de Nadou, avait naturellement élu domicile en Nabila. Un putain de SDF, le chétâne !

Dans le couloir, madame Bounoura frappa aux portes, hurlante et blasphémante, elle se fatigua et s'allongea à même le sol dans le désordre de ses vêtements déchirés comme à son habitude. Ainsi, elle se mit en devoir de chasser le démon d'elle, ce qui fut très simple. Le diable ne savait pas que Nabila, descendante directe du prophète Mahomet, était de la famille des Chérifiens, ceux-là même que Fafa confondait avec les shérifs des westerns. Cet imbécile de chétâne vit à qui il avait affaire et préféra s'en aller les queues entre les jambes. Devant Nabila le diable ne tenait pas la route. Même Freud aurait déclaré forfait. Par le trou, Fafa et Nadou se mirent d'accord pour tenter une sortie. Ils ouvrirent sans faire de bruit leur porte respective et regardèrent le couloir. Entre eux, Nabila, dans l'indécence de ses habits retroussés, dormait un sourire aux lèvres.

– Elle est belle, maman.

Nadou la recouvrit d'une couverture. Fafa lui glissa un coussin sous la tête. Nadou s'habilla et, une fois de plus, alla frapper chez le docteur Lafarge.

– Hé, fais vite, hein, au cas où elle se réveille.

– Pour aller plus vite tu veux que je prenne le balai ?

Tandis que l'aîné téléphonait en PCV d'Algérie tout heureux d'avoir retrouvé ses racines – *inclue celle qui lui fouillait l'estomac un mois durant quand ses compatriotes le refoulaient des restaurants, gargotes, etc., pour contrer ses tentatives de triches vis-à-vis du ramadan* – à l'armée où, comme dans toute l'Algérie d'ailleurs, la religion d'État torturait Nourredine Bounoura soumis aux obligations sociales, militaires, nationalistes et religieuses de cette autre planète où il survivait. Oui, Nono retrouvait ses racines et ses paroles sous-entendaient des envies de sécateur *made in France* pour Noël. Voilà plus d'un an qu'il se dépucelait l'occidentalisation dans les durs bras hermaphrodites de l'orientale patrie et ça lui faisait drôlement mal de l'avoir dans le cul pour deux ans en tétant les deux mamelles, Allah et Dinar, sans alcool du bled.

– Ça va, mon fils ?

– Oui oui.

– Bon. C'est bien. Je suis fier de toi. Au revoir.

Et – Clic !

Pendant que Kim roulait de l'école à la table, de la table au lit en se cultivant aux romans de la collection « Harlequin » et s'abonnait aux revues people de son temps, Nadia perfectionnait ses fugues en créant un réseau d'amitiés complices. Reprise de plus en plus tard, fréquemment exorcisée, prenant des raclées hebdomadaires, elle trouva entre deux cavales des moyens de tenir le choc. Il lui suffisait de se transformer en abeille :

– Bzzzzzzz.

Plaquée de tout son profil au mur de la salle de bains, sur la pointe des pieds, nez en l'air, elle papillonnait à vive allure des mains en faisant avec sa bouche des « Bzzzzzzz » que Fafa, dans la baignoire, entendait en regardant autour de son biceps tourner un manège, genre grande roue miniature, de lutins, gnomes, fées, trolls et autres êtres fantastiques des mythes et légendes. Dans la pièce d'eau close, une affreuse odeur d'éther empuantissait l'atmosphère. Nadou et Fafa se shootaient grave de grave à la bouteille bleue du froid liquide.

Benamar se lassait doucement de cogner Nadia, non qu'il se fût habitué à la dégénérescence de sa fille mais parce que la fillette trouvait des ripostes aux coups, des moyens de résistance. Dès qu'elle voyait, ou pressentait, le toro paternel fondre sur elle, Nadou emplissait son ventre et ses poumons d'air pour lancer un long cri aigu qui glaçait le sang, perçait les murs et vrillait les tympans du voisinage. Benamar ne pouvait que la bloquer, une main lui tenant la tête et l'autre lui fermant la bouche. La bâillonnant de la sorte, il ne pouvait la dérouiller comme il l'aurait voulu. Benamar approchait ? Nadou inspirait. Le père dut enfin se résoudre au dialogue :

– Qu'est-ce que c'est ?

– J'sais pas.

– C'était dans ton cartable.

– Ah bon… ? C'est une copine qui l'a mis là !

– Une copine ? Une co-pine ? Quelle côôôpine ?

En manque d'inspiration, Nadou ouvrit le bec pour prendre la sienne et Benamar en profita pour y coller l'objet du délit. Un paquet de Gitane filtres à peine entamé :

– Et maintenant tu fumes ?

– Noarg…

Benamar ôta le paquet de la boîte aux lettres buccale de Nadia. Entre ses gros doigts, il tourna et retourna le ballot de pipes :

– Non. J'te jure que non.

– Comme une putain, tu fumes ? C'est ça !

Benamar avait bizarrement l'œil rieur, le sourire même :

– Tu fumes depuis longtemps ?

Nadou ne savait plus sur quel pied danser, son papa la lui faisait à l'envers et elle n'y comprenait rien, alors elle misa sur des demi-vérités :

– Une fois seulement, une fois j'ai essayé…

– Ça se fume ?
– Hein ?
– Ça se fume ?
– Ben heu oui…
– Alors si ça se fume, Nadia ? Ça peut se manger aussi.

Ce fut la première fois que Nadou sentit, chez son père, quelque chose proche de l'humour. Pas très drôle mais bon, pour une fois que monsieur Bounoura privilégiait la communication. Benamar fit coulisser l'ouverture du paquet et offrit la première cigarette à sa fille. Elle les avala une à une avant de virer du jaune au violet. Des années plus tard, un cigarillo aux lèvres, elle sourirait en haussant les épaules, les yeux dans le vague :

– Mon papa m'a appris à chiquer.

Persuadée que l'affaire du tabac ne pourrait en rester là, question de vie ou de mort, elle fit enfin sa dernière fugue parfaitement orchestrée de l'extérieur. Nadou s'arracha de l'attraction familiale et, comme chacune de ses fugues s'associait à une rencontre, elle se perdit dans une foule de marginaux qui autour d'elle faisait un rempart, labyrinthe dans lequel Benamar s'égara. Résistante, clandestine, Nadou brouillait toutes les pistes. Ses yeux enfoncés, un peu rapprochés, son long nez affublé d'une boule de chair au bout, sa crinière frisée, épaisse, la cicatrice à sa tempe, ses dents de lapin rigolard style cartoon, sa taille moyenne toute de rotondités féminines, le petit lot sympa séduisait tout le monde, hommes et femmes. Dehors, dans la vie, Nadou plaisait. Sa voix surtout. Une voix qui partait grave, se modulait et montait dans les aigus sans douleur apparente et son souffle aussi, ce souffle étonnant qui faisait l'admiration de tous quand elle chantait. Nadou se promenait sur la gamme comme elle voulait. Inculte, ne connaissant pas les notes, incapable de sortir un son d'une guimbarde, elle portait le chant en elle comme Marie le Christ. Nadia Bounoura ? Un miracle de musique. À ceux qui s'étonnaient de ce don :

– T'as appris où ?

– C'est qui ton prof ?

Nadia, visage fermé, souriait intérieurement en pensant au chef d'orchestre à la baguette de fer. À faire rire et pleurer, sa voix attirait vers elle un public devant lequel elle dénudait son âme jusqu'à l'écorchement. Sa voix la rendait transparente, on pouvait voir tous ses organes, tripes, cœur, cerveau, sexe. Dans un immense amour d'enfant, Nadou s'offrit aux autres et, lui rendant, le monde se mit à l'adorer comme la muse qu'elle était. Au commencement de sa vie de bohème, elle tapina bien un peu pour un toit la nuit, un sandwich le jour. Fit mieux ensuite :

– J'ai deux-trois vieux qui m'bouffent le cul pour cinq cents balles. Parole, y font que ça ! Une feuille de rose en s'astiquant. Et hop ! Un Pascal ! En plus, j'ai toujours la rondelle propre.

Plus qu'une clientèle, elle se fit des amis, des complices qu'elle ne jugeait ni ne jugea jamais. Montparnasse et ses bars de nuit, la rue de la Gaieté et ses putains majuscules, tapineuses de bitume qu'on ne conjuguait pas au verbe jouir. Des écrivains, des peintres et sculpteurs pour qui Nadou posait, quelques proxénètes qui ne tentaient pas une OPA sur le gagne-pain de Nadia. Les julots du 14e décelèrent chez le petit frère amoureux de sa sœurette une dangerosité explosive pour quiconque s'aviserait de faire mal à sa sœur. Nadou la préférée de Fafa. Ironie, Benamar envoyait lui-même Fafa à la recherche de sa putain de fille. Le gamin la rejoignait la nuit dans les lieux louches et revenait bredouille en riant sous cape. Benamar, penaud, voyait doucement mais inexorablement les battants des portes du paradis se refermer devant le nez de son âme lorsqu'il visualisait le corps de son enfant femelle livré aux turpitudes lubriques de pénis non circoncis. Au-delà de sa liberté, Nadia Bounoura restait vigilante. Assise à la terrasse du Sélect ou de la Closerie des Lilas, elle guettait l'avenue au cas où… Les ami(e) s l'hébergeant s'étonnaient souvent de la voir filer se cacher sous un lit ou dans un placard lorsque la sonnette de la planque du jour se faisait entendre. Elle ne se laissait convaincre d'en sortir, de son trou, qu'avec la certitude que son père n'était pas le visiteur. Elle en riait ensuite malgré la tristesse du regard de ses ami(e) s lui souriant. Dehors, elle détalait parfois à toutes jambes, croyant deviner la silhouette de son père sur le trottoir, au coin d'une rue, en face d'une terrasse où, jambes écartées sous une minijupe, elle sirotait un grand ballon de vin rouge.

Lorsqu'elle chantait dans un bar de nuit, Fafa, adopté de la faune noctambule en tant que mascotte rigolote et gouailleuse, venait l'entendre bouche bée :

– *Une sorcière comme les autres…*

Sa Nadou.

Nabila se socialisait un peu depuis qu'elle ne craignait pas plus le *qu'en-dira-t-on* que le *qu'en pensera Dieu.* Elle cessa d'esquinter sa progéniture et déléguait au père la responsabilité des hurlements lorsqu'elle croisait des voisins aux sourires jaunâtres s'étonnant des jeux un brin bruyants des petits Bounoura. Vis-à-vis de la sarrasine famille, les voisins n'étaient pas dupes des cris mais tous et toutes avaient souvenir du malheureux fleuriste. Nabila secouait quotidiennement son paillasson au moment même où, en pyjama, le voisin sortait sur le palier pour exposer effrontément aux yeux de madame Bounoura sa bite. Debout, poings sur les hanches, sa braguette ouverte :

– Bonjour, madame.

Nabila, rouge de honte, se barricadait dare-dare dans l'appartement. Le manège dura un temps jusqu'à ce qu'elle en parle à monsieur son mari. Benamar attendit que l'exhibitionniste ferme boutique pour se positionner en haut de l'escalier. Il patienta jusqu'à ce que le couple de commerçants débouche, elle devant et lui derrière. L'homme avait sa caisse en mains et il devint pâle en voyant le Maure. Benamar pria poliment mais fermement :

– Poussez-vous, madame.

– Mais…

– Votre mari et moi devons discuter.

La femme sembla comprendre que quelque chose clochait mais n'eut le temps de rien. Benamar prit le menton du fleuriste dans sa main, serra, leva l'homme et le jeta dans l'escalier dans un tintamarre de monnaie. Menaçant, il gronda l'homme ensanglanté :

– Faut pas parler à ma femme ! Compris ?

Benamar entra chez lui sans laisser le temps à Fafa de se faufiler pour ramasser un p'tit pourboire. Le couple lava le sang, et ne porta pas plainte. Le maniaque sexuel déménagea et la famille Bounoura, excepté Nabila, ne sut jamais si le fantasme de l'homme n'était pas né dans l'imaginaire de madame Bounoura. Depuis, les voisins regardaient le diable d'homme avec une crainte respectueuse :

– Ces gens-là n'ont pas nos coutumes.

– Ils ont leur indépendance maintenant, alors hein ? C'est pas nos oignons.

– Monsieur Bounoura est un travailleur respectable, il m'a fait la plomberie.

– À moi l'électricité.

– Il m'a déménagé gratuitement.

– Il est serviable, cet homme là.

– Sociable.

– Ses enfants sont toujours bien vêtus, propres et polis... Non, franchement, rien à redire à cette famille.

– Quelle force de la nature...

Hé oui, plus d'une fois, pour les bricolages provisoires des week-ends, le voisinage pouvait témoigner du tour de force de monsieur Bounoura. Il montait l'étage sans s'arrêter avec sous chaque bras un sac de ciment ou de plâtre de cinquante kilos pièce. Monsieur Benamar Bounoura ?

– Cet homme-là ? Si vous voulez mon avis, faut pas lui casser les bonbons.

Le concierge savait de quoi il parlait.

Fafa, comme sa sœur hurleuse, trouva aussi la parade aux bastonnades. Il fixait son père. Les yeux dans les yeux, se forçant à ne pas les cligner, il défiait :

– Baisse les yeux devant ton père !

Fafa s'exerçait depuis longtemps à regarder l'astre solaire jusqu'à pleurer, jusqu'à voir blanc, jusqu'à s'évanouir même. Son père, espèce de Roi-Soleil, n'avait qu'une solution pour se dérober à ce regard télépathe :

–... *Crève ! Meurs ! Je veux que tu crèves !...*

Benamar assommait Fafa d'un grand coup. Littéralement : BOUM !

L'appartement des Bounoura virait salement triste à vivre avec ces vides laissés par Nono et Nadou. Nabila, contre sa nausée, n'avait plus que Fafa :

– Faraht, viens faire la sieste.

– Non.

Au pire ?
Tu finiras éboueur.
Au mieux ?
Sur l'échafaud !
(Papa)

Benamar, déséquilibré dans sa vie, travaillait comme si la science l'avait condamné. Tout foutait le camp autour de lui et, la barre entre les mains, il redoubla d'efforts pour mener l'équipage restant à bon port. Nabila à la vigie, Fafa le mousse et, dernière richesse, Karima la cargaison. Il étoufferait dans l'œuf le moindre soupçon de mutinerie, quitte à finir en première page du magazine *Détective*.

L'ARABE AU RASOIR
ÉGORGE TOUTE SA FAMILLE

Avec en médaillon la photo de Nabila et sur toute la double page, le mignon visage de Fafa. Kim ? Dans un fait divers de la sorte, elle ne pourrait être que la survivante dont les médias du monde entier s'arracheraient le témoignage. Benamar mit donc les bouchées doubles en affamant son petit monde par le rationnement. Fini les dimanches cinématographiques, ce qui n'était pas bien grave puisque la télévision trônait dans le salon. Même si au premier baiser échangé, le père éteignait le poste, Fafa pouvait voir le film d'aventures du soir en priant pour que ce connard de Gable n'embrasse pas cette salope de Dietrich. Au moins, avec Weissmuller, Fafa était tranquille ! Pas de risque que

Tarzan fasse une feuille de rose à Cheetah tandis que Jane dans la cuisine éplucherait des bananes.

Monsieur Bounoura connaissait l'admiration docile de son fils et très tôt misa dessus en traînant Fafa sur les chantiers du week-end :

– Il faut que tu aides ton père.

Promu petit manœuvre esclave, Fafa suivait sans rouspéter pour se retrouver à Boulogne-Billancourt avec dans chaque main des seaux de gravats qu'il jetait dans la benne VARDOÏÉ. Benamar empruntait tout ce qu'il lui fallait à son entreprise, d'où les nombreux chantiers au noir qu'il mettait en route. L'enfant se voyait payé d'insultes, d'un repas froid et d'une eau gazeuse dite *la gazouse* :

– Passe-moi la truelle, abruti.

– Hein ? La quoi ?

– Ça, là.

– Quoi ? Où ?

Une auge, un madrier, une truelle, un serre-joint, une clef de huit et diable sait quoi encore ! Que savait-il de tout ce micmac, le pauvre Fafa incapable de reconnaître sa droite de sa gauche ?

– Âne !

De sept heures du matin à dix-neuf heures le soir, le gosse aidait tant bien que mal son père sans recevoir de récompense, ne serait-ce qu'un sourire ou une caresse sur la tête ou un clin d'œil tendrement complice. Non, le monstre trimait en forcené et gueulait ses ordres sans lever le nez de sa tâche, sans voir Fafa les bras arrachés par la lourdeur des seaux pleins de gravats, de ciment ou d'eau :

– Verse doucement, imbécile.

Et attention, lorsque Fafa mélangeait le plâtre ou le ciment, le fin pour l'enduit :

– Pas de grumeaux, compris ?

Il y avait parfois une pause et Fafa se retrouvait accoudé (niveau front) au comptoir du bar-hôtel-épicerie d'un gros/gras marchand de sommeil où il ne pouvait même pas savourer sa *gazouse* :

– C'est ton fils, celui-là ?

– Hé oui, le petit dernier.

– Et le petit-là, il fait quoi plus tard ?

– Lui ? Il est bon à rien.

Benamar semblait lire la figure de Fafa comme si sa paume avait imprimé, décalqué à force de baffes les lignes de la vie de sa propre main sur les joues de son rejeton. Fafa portait comme un masque son devenir de futur clown social : un clown triste. Le patron du lieu, les clients (tous émigrés) posaient des questions à Fafa mais seul Benamar avait les réponses :

– Zéro à l'école.

(*... T'avais qu'à savoir lire et écrire pour m'aider, sale con...*)

Quand l'inévitable : « Et quand tu seras grand ? » tombait, Fafa tout sourire pensait :

– *J'en aurai une grosse pour tous vous niquer...*

Les zygomatiques niais et bêtas de Fafa donnaient raison à Benamar qui repartait, fiston au cul, refaire le carrelage des chiottes de la courette de l'hôtel. En guise de pancarte, la puanteur indiquait les WC. Sur le ciment craquelé, une colline de sable chapeautée d'une brouette de ferraille rouillée attendait Fafa. Benamar de son gros doigt désignait un tamis :

– Pour faire les finitions.

Fafa passait le reste de sa journée à tamiser le sable humide à l'aide des deux élastiques lui servant de bras. Le soir, la Simca se garait en double file et :

– Quand y a une place…

– Je klaxonne. Oui, papa.

L'invitation à la vie active resterait pour Fafa l'initiation au dégoût social. Dans sa poche, au lieu d'une belle pièce argentée de cinq francs, il serrait son petit poing de rage. Le travail ne donnait rien, même pas la satisfaction d'avoir aidé.

Il existe un hymen de l'amitié entre l'oreille et l'œil – au niveau de la langue – la main saigne déflorée.

Lorsque Benamar devait garer le camion de l'entreprise VARDOÏÉ dans le parking aux deux entrées de la

RÉSIDENCE PRIVÉE
DÉFENSE D'ENTRÉE

de l'immeuble, il faisait profil bas en réclamant et la clef et l'autorisation, jamais refusée, au concierge. Sujet de discorde entre Nabila et lui :

– Tu aurais dû faire la demande de parking à l'époque ! Pour quarante francs par mois tu garais la Simca 1000.

Benamar baissait la tête en maugréant tout en jetant un œil noir sur la 404 de même couleur aux sièges de tissu grenat stationnée face à l'escalier F. Benamar, poussé par Nabila, rêvait en douce de récupérer cette place-là au cas où – *Allah Akbar* – monsieur Lemoine viendrait, vu son grand âge, à casser son *cigare*. Ce fameux cigarillo qui ne quittait jamais ses lèvres même quand il saluait Fafa en lui tendant l'index collé à l'auriculaire façon canon de calibre. Fafa prenait les deux doigts très au sérieux car il savait qu'au bout, toute la tendresse d'une paume d'homme allait le conduire jusqu'à la boulangerie où monsieur Lemoine lui dirait de choisir un gâteau. Chaque fois que le garçonnet à la bouille grise de crasse et aux genoux cagneux croisait le vieil homme au cigare indévissable, il avait droit au détour chez cette salope de boulangère qui, tenant à servir elle-même ce bon client de Fafa, ne le laissait plus prendre lui-même des bonbons de un à vingt centimes au fond du magasin sous prétexte que :

– On a eu des vols.

Monsieur Lemoine, souriant du coin du bec, entrait majestueux dans la boulangerie, ôtait son chapeau et le collait contre son pardessus en cachemire beige à hauteur du cœur :

– Choisis.

Fafa se faisait un peu prier puis gronder de confondre viennoiseries et pâtisseries :

– Heu, un chausson aux pommes ?

Monsieur Lemoine observait Fafa avec cet œil rieur qui hanterait longtemps l'enfant. Non d'incompréhension mais d'amour. Avant que Fafa le sache, monsieur Lemoine aimait ce gosse :

– C'est les deux à la fois, m'sieur Lemoine. Un chausson aux pommes, c'est pas tout à fait un gâteau et pas non plus un croissant.

L'homme murmurait :

– Tu n'es pas tout seul ?

– Deux chaussons aux pommes.

Monsieur Lemoine n'oubliait jamais Nadou mais Fafa n'osait pas demander pour elle. Il s'en retournait par la rue Saint-Placide, Fafa serrant son petit sachet transpirant la chaleur moite et odorante de la compote et monsieur Lemoine portant sa dignité dans toute la droiture de son squelette qui, parole de Fafa, devait avoir une moelle en or. Ils se quittaient deux doigts contre une menotte et l'un pénétrait au F tandis que l'autre cavalait vers le B affronter Nabila qui, comme tous les soirs, attendait son crasseux de Fafa incapable de rester debout en récréation tant il se roulait sur le béton de la cour. Sale, effiloché, croûteux et parfois même morveux. Sa tignasse bouclée chewingumée une fois sur deux. Nabila, esclave dans l'âme, s'extasiait des dons alimentaires que monsieur Lemoine dans sa grande bonté faisait à Fafa :

– Tu as dit merci ?

Fafa devait rassurer Nabila sur les moult remerciements et salamalecs qu'il avait faits et refaits.

Madame Lemoine croisait souvent Fafa et elle lui envoyait mille petits signes d'amicalité, autant que les petits rayons de soleil ridant le coin de ses yeux le lui permettaient. Fafa adorait ce couple bourgeois, toujours bien mis, qui franchissait majestueusement, l'un contre l'autre, le temps. Le premier argent que Fafa reçut émergea du portefeuille de monsieur Lemoine : un billet de cinq francs à l'effigie de Victor Hugo. Pour la première fois de sa vie, Fafa reçut des prix : trois livres. Un de français, un d'histoire et un dernier d'étonnement. Les maîtres d'école rajoutèrent cet exemplaire pour bien marquer d'une pierre blanche ce miracle. Croisant monsieur Lemoine, Fafa, en petit paon tout de même timide, exhiba ses prix et, là, monsieur Lemoine sortit son portefeuille. Il glissa dans les *Misérables* du sieur Hugo le bif'ton de cinq balles à l'effigie du même sieur. Fafa, les larmes aux yeux, se jura de ne jamais dépenser ce billet sacré qui devait servir de marque-page jusqu'à la fin de sa vie. L'argent dépensé le jour même, l'enfant rêva d'être vite riche pour se racheter, honteux et penaud, chez un philatéliste numismate le jumeau du billet quand il sut que le Victor n'avait plus cours. C'est grâce à monsieur Lemoine qu'il connut par cœur la mythologie grecque, ce troisième livre dont il lui vanta et la beauté et les mérites.

L'enfant se questionnait tout de même sur la famille Lemoine, se demandant si le couple magique avait ou non des enfants. Pour l'adoption, il était prêt à poser sa candidature... au cas où. Il n'eut pas longtemps à attendre pour rencontrer toute la famille Lemoine. Fils, filles et petits-enfants. Le jour où l'escalier F se drapa d'un lourd catafalque et que toutes les cages d'escalier affichèrent cet avis affreux, bordé de noir :

LA FAMILLE LEMOINE A LE CHAGRIN
DE VOUS FAIRE PART DU DÉCÈS DE...

Fafa n'arriva plus à lire, des petits points blancs lumineux le cernaient et il tomba en sanglots. Il dut pourtant faire un effort le jour même pour informer Nabila. L'affiche blanche encadrée de deuil priait les habitants de l'immeuble de se rendre chez la concierge afin de déposer, selon son cœur et sa bourse, une somme d'argent à la discrétion de chacun. La concierge dans une note froide d'HLM précisait que le nom du donateur serait sur la ligne de la somme donnée et la liste remise à la famille cruellement touchée. Nabila, madame Sans-Gêne, se rendit dans la loge et, prétextant de son illettrisme, demanda dans son jargon *quoi qui fallait donner* pour l'achat des fleurs. Une fois renseignée et après avoir jeté un œil sur l'addition, elle en toucha deux mots à Benamar qui envoya Fafa porter la somme sans oublier d'inscrire en lettres capitales le don :

BOUNOURA : *50* FRANCS.

La famille se plaçait dans la moyenne et personne ne trouverait à redire. Fafa pleura longtemps et beaucoup la mort de son ami, grand-père, bienfaiteur, saint et encore quelques autres mots, adjectifs, qualificatifs du dictionnaire. Fafa ne pensait pas, ne croyait pas, ne trouvait pas le tissu noir plus léger et, plutôt que de porter le deuil, il souffrit doublement la perte de monsieur Lemoine en portant la mort de *son* mort. L'envie que Fafa sentait monter en lui de tuer ses parents s'ajouta au décès, les Bounoura calculaient la dépouille tiède de monsieur Lemoine comme si Nabila et Benamar avaient misé les cinquante francs. Fafa, malheureux comme une pierre, les regardait se tourner vers lui et lui dire l'innommable. Il les écoutait bouche bée. Eux qui savaient l'amitié du vieil homme et l'amour de l'enfant. Eux, lui confiaient la tâche de se rendre aux pieds de la veuve avec des loukoums plein les bras pour la prier de bien vouloir leur céder et la 404 noire aux sièges de tissu grenat et la place du parking :

– De première main ! C'est une bonne affaire et les vieux prennent toujours soin de leur voiture…

– Et la place de stationnement ? Hein ? Si tu m'avais écoutée dès le début…

Fafa allait de l'un à l'autre et, sans aucune honte, il s'imaginait chercher son *Clint Eastwood* pour faire de ses père et mère deux cartons. Fafa refusa tout net, sans un mot, juste en secouant la tête. Il quitta vraiment monsieur Lemoine lorsque la famille Bounoura se rendit, endimanchée, à l'église Saint-Sulpice pour un dernier hommage au grand homme. Fafa sut sans en savoir plus que son ami restait un fort important monsieur. La foule qui se pressait aux obsèques en témoignait. Lorsque la file d'attente se forma pour saluer et bénir la dépouille mortelle, Benamar prit le goupillon et signa d'une invisible croix... comme d'habitude... le cercueil ouvert puis, tenant toujours l'objet, il fit passer sa petite tribu sans lui permettre de parapher le néant du signe chrétien. Secouant le goupillon, Benamar faisait la gueule, non de chagrin mais d'intégrisme. Musulman, il ne fallait pas trop lui en demander. La famille Bounoura prit place dans la seconde file d'attente, celle des condoléances, au bout de laquelle la famille Lemoine attendait les mains moites, sèches, tremblantes, molles ou fermes transmetteuses de force et de courage. Fafa se présenta devant Catherine Lemoine et la magnifique femme encore blonde ouvrit de part et d'autre de ses yeux les éventails ensoleillés de ses ridules. Elle ne serra pas la main du garçonnet. Elle lui fit un sourire en lui tenant le visage dans les mains et doucement l'embrassa pour le coller contre son cœur, entre ses seins et Fafa comprit tout son malheur puisqu'il ne profita pas de cette poitrine pour fantasmer. C'est dire à quel point il était mal. Fafa serait bien resté contre elle une éternité. Elle le repoussa ou se recula pour le regarder encore une fois et de cet arrachement, Fafa sut qu'il laissait un bout d'enfance, un morceau d'être, dans le corps de la vieille dame et qu'elle lui transmettait en échange ce mystère qu'on appelle la greffe d'un souvenir.

Malgré la demande, la supplique, de Fafa, Benamar refusa de monter les siens dans la Simca 1000 pour les conduire jusqu'au cimetière. Benamar rata le coche et ne vit pas que son fils enterrait en lui monsieur Lemoine tout en ouvrant pour son père une fosse commune où il jetterait les uns après les autres tous les décevants qu'il rencontrerait sur sa route. Fort de son prix de français,

Fafa écrivit un poème pour Catherine Lemoine qu'elle ne lut jamais faute de l'avoir reçu. Il n'osa pas. Parfois la veuve et l'enfant se rencontraient mais, timides l'un et l'autre, ils n'échangeaient que des banalités de météo et de santé. Elle tentait parfois un geste vers l'enfant mais retenu au point qu'il mourait entre eux à chaque fois. Alors elle souriait et Fafa la regardait s'éloigner. Lui aussi essayait cette chose difficile qu'est la première parole. Il sentait l'appel tout en restant incapable de dire et de partager ce lien profond échangé dans l'église. Faraht Bounoura et Catherine Lemoine se ratèrent tout en se conservant l'un l'autre du fait, paraît-il, qu'on retrouve toujours l'être cher puisque c'est souvent au plus profond de soi qu'on l'a perdu. À force de repousser cet éternel rendez-vous jamais pris, jamais daté, ils devaient l'un et l'autre se savoir séparés d'être ensemble. Pliés en quatre, dans le Victor Hugo jauniraient tranquillement quelques vers signés Fafa.

Pourtant je me souviens
D'un grand-père merveilleux
Qui me donnait la main
Comme j'ai ouvert les yeux
Dans ce grand cimetière
Où dort monsieur Lemoine
J'ai laissé sur une pierre
Mon dernier bonnet d'âne.

Fafa, 1970

Condamné à vivre, Fafa continua sa petite existence en acceptant d'avance que sa mémoire, de temps à autre, le prenne nostalgiquement à la gorge pour l'étrangler de tristesse souriante.

Ton souvenir bat en moi tant ma mémoire est liée à ton cœur...

– Votre fils est un âne.

Nabila regarda la maîtresse de Fafa et haussa les épaules. Tant qu'il n'était pas un porc ! Après tout, un bourricot peut travailler, hein ?

Fafa faisait ses classes rue Littré dans le 6e arrondissement, petite rue en biseau qui diagonalisait entre la rue de Vaugirard et le haut de la rue de Rennes. Madame Lapierre aimait bien les ânes en particulier et les animaux en général. D'ailleurs elle maquillait aux craies multicolores la figure des cancres pour, peut-être, les ramener à l'état naturel de leur signe astrologique chinois, qui rat, qui cochon, etc. Le bestiaire défilait dans les couloirs de l'école avec sur le dos le cahier ouvert, épinglé, dont les taches d'encre auraient fait dire aux psychologues spécialisés dans les tests de Rorschach que ces gosses-là seraient toute leur vie, en argot, d'incompréhensibles « taches ». Madame Lapierre avait un talent reconnu au point que les gosses travaillaient mal pour ce bonheur d'être maquillés. Elle se faisait plaisir à punir des enfants heureux d'être punis.

C'est tout naturellement à l'école que Fafa se fit son premier ami, dit le meilleur... pas de la classe mais, temporairement, de la vie. Comme il est d'usage, ils partageaient tout ce qu'ils avaient, comprendre... rien !

et tout ce qu'ils savaient se résumant à... pas plus ! Ce peu étant l'hybride de ce tout et rien qu'ils rêvaient. Léonard Da Costa arrivait de son Portugal natal sans piper un mot de français, pas même une onomatopée à consonance gauloise du style *Ouh la la* que Fafa, de mémoire colonisée, recréait en *Ouh la la l'radim*.

Petit, la figure ronde tachetée de baisers d'ange, le cheveu ras, le nez en trompette, Léo avait tout pour être un personnage de *South Park* avec le vocabulaire idoine en portugais.

En vrais copains ils se baladaient, bras dessus bras dessous, de chez l'un à chez l'autre. La rue du Cherche-Midi était assez longue pour ces deux Petit Poucet qui semaient leurs quatre cents coups d'un bout à l'autre. Fafa campait sur le bas de la rue et Léo sur le haut vers Montparnasse.

Les parents de Léo tenaient une loge de concierge boulevard du Montparnasse, un cagibi d'une pièce avec un coin cuisine, et Léo avait une piaule de bonne au septième étage. Il semblait moins coincé que Fafa et si chez lui on ne roulait pas sur l'or, il pouvait jouir au moins d'une certaine indépendance. Léo paraissait plus heureux que Fafa parce que beaucoup plus libre. Les deux amis cherchaient à sortir de leur ordinaire et pour accéder à l'extraordinaire il n'y avait qu'une bonne manière, extirper de soi l'ordinaire. Ils s'attelèrent à vivre des aventures dont la première, s'en mettre plein les poches. Dès qu'ils sortaient de l'école en hurlant comme des Huns, Léo et Fafa filaient directement du côté des machines à bonbons installées sur les trottoirs devant les magasins. Chacun son tour ils devaient améliorer leurs petits seize heures faute de goûter :

– M'sieur, la machine, elle m'a pris ma pièce.

Le commerçant sortait avec la petite clef en main, ouvrait la caverne d'Ali Baba et là :

– Espèce de… petit trou du cul !

Oui. Il y avait de mauvais jours du genre : caisse vide !

– Elle est où, ta pièce, salopard de merdeux ?

– Mais, m'sieur…

Fafa au guet s'éloignait du lieu du crime en se roulant de rire tandis que Léo prenait ses courtes pattes à son absence de cou pour détaler comme un dératé devant l'indignation couperosée du brave homme métamorphosé *illico* en gros con.

Les gamins se calfeutraient dans la chambre de Léo et se confiaient là des secrets d'un autre monde, le leur. Parfois, encadrant l'immeuble des parents, ils travaillaient soit dans la boutique de gauche, chez monsieur Pédro, fleuriste de son état, soit dans celle de droite chez Fabrice et Patrice, vendeurs de jouets vivants – chiens, chats, rats, poissons, oiseaux et même un âne invendable qui servait d'enseigne, à l'attache, devant la vitrine. F & P vendaient aussi tous les accessoires possibles. Pour une pièce de cinq francs, Léo et Fafa faisaient les livraisons de fleurs à pied ou en métro. Pour une autre pièce, ils nettoyaient les cages des chiots au sous-sol, baladaient dans le quartier les chiens adultes aux heures merdiques où les bêtes avaient l'habitude d'usiner sur les trottoirs les étrons de leurs anus canins, cuisinaient dans de grandes gamelles les kilos de pâtes à clebs pour nourrir toutes ces peluches et, parfois, afin que F & P économisent sur les piqûres du vétérinaire, flinguaient comme ils le pouvaient un chiot atteint d'on ne savait quelle affreuse maladie incurable. Sûrement une pathologie plus coûteuse en soins que le prix de l'animal. Les oreilles du petit âne à l'entrée attiraient les méchantes caresses des enfants et attendrissaient les parents qui finissaient toujours par craquer devant les bajoues gonflées d'avarice des hamsters, l'air morose et puant des cochons d'Inde, le regard débile des chiots sautant sur les vitres en glissant une fois sur deux sur leur caca. Le plus dur restait la descente de l'âne au sous-sol. Un colimaçon y menait. Léo ou Fafa – selon que le hasard les amenait derrière ou devant – prenaient sur leurs épaules, l'un les pattes avant du bourricot et l'autre l'arrière-train. L'âne posait sa gentille tête sur le crâne du gamin de devant et, se laissant faire, fixait de son gros œil d'éternelle douceur, d'ironique tendresse du monde, les visages apoplectiques des mômes :

– Putain, c'est lourd !

– Ça pèse combien, un âne, Léo ?

– J'sais pas, Fafa...

– Ben, dis-moi, combien tu pèses, toi ?

– Vaté foudère, ponréro.

(Va te faire foutre, pédé.)

– Emché t'kovod y a, l'artaï !

(Va te faire foutre, pédé !)

Arrivés en bas, ils vaquaient à du ménage avant de s'en aller :

– Tu sais, Léo, c'qui d'mandent, les brels, quand y arrivent au paradis ?

– Une bite de ch'val ?

– Mais non ! Y d'mandent si y a des enfants et si on leur dit qu'y en a, ben, y d'mandent si peuvent aller en enfer vu qu'pour eux c'est moins galère... Tu t'rends compte, mon pote ? C'est pas si con, un âne.

– Ben, c'est des cons, ceux qu'y disent qu'c'est con un âne vu qu'un âne tu lui fous deux cents kilos sur le dos et t'y dis d'avancer y veut pas alors qu'si l'était con y l'avancerait sans rechigner... Faut vraiment lui foutre sur la gueule pour qu'y avance.

– La preuve que c'est pas con aussi, c'est qu'c'est toi et moi qu'on le porte tous les jours.

– La vérité ! Un âne, c'est un vrai rebelle.

– Hiiiii...

– Haaaan...

Les gens dans la rue suivaient des yeux ces deux mioches bras dessus bras dessous en train de braire à gorge déployée.

Entre monsieur Pédro et F & P, les gosses se faisaient gentiment les francs dont ils avaient besoin. La démerde se lisait sur leurs petites tronches et la vie, à force de leur imposer ce système D, commençait doucement à leur filer des envies d'expansion. Une fois le devoir accompli, les gavroches filaient au grand magasin du Bon Marché se voir un peu la télévision avant la fermeture. Devant les écrans ils pouvaient suivre leurs feuilletons préférés, des *Compagnons de Jéhu* en passant par *Zorro* et *Thierry la Fronde* qui, parole, met des p'tits pois dans sa fronde. Le vendeur ne les jetait jamais à la rue, le chef de rayon non plus. Non par sympathie mais du simple fait que se réunissaient là tous les miséreux du quartier. Ça sortait de partout. Des loges de concierge, des chambres de bonne des filles mères, des caves aménagées en appartement dans les sous-sols, tous les marmots des 14e et 6e arrondissements stationnaient sur la moquette du rayon TV Hi-Fi du Bon Marché. Les évacuer ? Il aurait fallu faire appel aux forces de l'ordre. De plus, malin comme tout, le chef de rayon, avec l'avis et l'accord de sa hiérarchie, préférait les stocker là que de les voir dévaler les trois étages du magasin en hurlant comme des Peaux-Rouges. Le BM commençait à se la jouer bourge.

L'heure venait de la séparation. Léo et Fafa perdaient une heure à se raccompagner mutuellement sur une moitié de chemin :

– Vas-y, pousse jusqu'aux trois quarts.

– Bon, OK, mais pas plus.

Arrivés aux trois quarts de la rue du Cherche-Midi :

– Putain, t'as vu l'heure ? J'vais m'faire tuer.

– Attends, j't'accompagne un bout.

Fafa rentrait, plein d'appréhension, dans l'enfer familial et Léo, plein de solitude, dans son septième étage, entre une porte et une fenêtre dans un couloir de quatre mètres de longueur sur un mètre cinquante de largeur. Porte faisant face à la fenêtre. Une piste de décollage pour suicidaire.

Le matin les réunissait à l'école :

– Putain, dis donc, dis donc, c'est quoi encore, ça ?

– Rien. C'est comme d'hab. C'est rien.

Léo, lèvres pincées, tout pâle d'amitié, ne disait jamais rien devant la bouche tuméfiée de Fafa. Il s'inquiétait juste que les coups reçus par son ami ne provenaient pas d'un endroit extrafamilial, ce qui aurait valu l'organisation d'une expédition punitive. À l'inverse de Fafa qui était inhibé physiquement, Léo faisait facilement le coup de poing, de pied ou de boule. Vu que la sienne n'aurait en rien dépareillé, sinon le coloris, une *bouille* de bowling !

Chez les Bounoura il ne venait jamais personne et encore moins le soir. Si le père Noël avait existé, lui-même n'aurait pas osé mettre un pied dans cette famille tant on s'y sentait mal à l'aise, décalé, prêt à fuir. Pourtant, un soir à vingt heures trente, escalier B premier étage face, la sonnette retentit dans l'appartement des Bounoura. La famille au complet était à table et, la porte vitrée de la salle à manger parallèle à celle de l'entrée, toutes les figures pivotèrent :

– *Chkone ?*

(Qui c'est ?)

Nabila, dubitative, regarda son mari avec cette moue traduisant son désarroi de ne pas savoir, de ne pas deviner, de ne pas être responsable de ce putain de coup de sonnette. La famille aux aguets, il fallut une troisième stridence pour qu'enfin Benamar, du menton et de la fourchette, autorise Nabila à ouvrir. L'épouse se leva en pliant sa serviette et, regardant toute la famille un à un, alla ouvrir. Sur le pas de la porte se tenait madame Leverbe ! Madame la Grand-Mère de monsieur Alain Leverbe, dit Pompes de Plomb rapport à ses godasses orthopédiques qui lui grimpaient aux chevilles et qui, énormes, restaient tout de même assorties aux sculptures préhistoriques qu'étaient les deux genoux du susnommé. Madame Leverbe, sans franchir le seuil, désigna d'un doigt shakespearien l'enveloppe corporelle translucide et vide de Faraht Bounoura assis à la droite de son père :

– Votre fils est un voleur.

Le Monoprix de la rue de Rennes avait l'avantage de ses deux entrées et donc sorties afin d'engorger un maximum de clientèle et d'en faire ressortir, bras chargés de marchandises, autant. Sur le côté, donnant dans une petite rue, deux belles portes battantes. Sur le devant, directement rue de Rennes, un grand porche vitré. Ils venaient à huit. Six d'entre eux, à intervalles réguliers, pénétraient dans le magasin tandis qu'à chaque sortie deux autres attendaient, cartables grands ouverts.

Les gamins se réunissaient d'abord en leur QG du côté du grand chantier de la future tour Montparnasse, dans un des gouffres, ils avaient là un amas de planches qui abritaient leurs conspirations. Pompes de Plomb, Fafa, Dédé, Pierrot, Mimi, Rapha et les Puces 1 et 2 (frères jumeaux) qui n'avaient jamais voulu, afin qu'on ne les confonde plus, se laisser appeler Puce et Poux. Les uns et les autres, copains de square, avaient tous fait leurs armes et leurs classes sur le pauvre gardien des jardins publics qu'ils fréquentaient, rendant fou le malheureux au jour dramatique de cette partie de rugby avec, en guise de ballon, la prothèse en caoutchouc de son bras droit. Le gang s'était grossi de quelques spectateurs du BM. L'équipe avait mis en commun les compétences de chacun et, étrangement, Fafa s'imposa comme leader sans rien demander mais, exemplaire ou suicidaire, en étant le premier à entrer dans le labyrinthe rayonnant du Monoprix sur deux niveaux.

L'affaire était rondement menée. La courte paille désignait le voleur du jour et les autres se partageaient les différents rôles à tenir. Le cartablier se devait d'avoir un sang-froid eastwoodien en attendant, cartable ouvert sur le trottoir de la ruelle. Le leurriste, une tête d'ange d'imbécile congénital capable de dire cinquante fois de suite :

– J'ai rien fait, m'sieur

en ouvrant son cartable et en retournant ses poches. Facultatif mais parfois important, le leurriste, paratonnerre à vigiles, se devait d'avoir la glande lacrymale souple, obéissant au doigt et à l'œil, le premier, en cas de panne, pouvant se fourrer dans le second afin d'arroser d'innocence le carrelage du magasin et les bas de pantalon du cerbère de service.

Enfin, les autres, avec une coordination parfaite dans la chorégraphie, faisant passer l'objet dérobé de main en main, de dessous de pull en dessous de pull, de manche de blouson en braguette.

Sur place, dispersés, les gamins exécutaient sans faille le plan. Le leurriste rôdait autour du rayon jouets et, touchant tout, attendait tranquillement que le vendeur ou la vendeuse vienne lui susurrer à l'oreille avec ce sourire crispé qu'ont les loufiats à ristourne :

– On regarde avec les yeux… Pas les mains !

Là, le leurriste prenait le visage même de la conspiration. Un tressaillement de tout le corps était souhaitable dès la première note vocale du vendeur ou de la vendeuse.

Cela fait, le leurriste devait prendre l'objet convoité après avoir bien repéré le manège du vigile caché derrière un rayon le fixant de ses yeux d'arachnide.

Le leurriste commençait sa déambulation en se grattant de partout. Sous les aisselles, dans le froc, dans le dos la main glissée sous le blouson et, à un moment donné : faire disparaître d'un geste houdinique la méga-Batmobile, la James Bond Car, la Donald Duck, le mini-Mickey Bus, la Starsky & Hutch Bagnole. Dans le même temps, Puce 1 filait une voiture à Dédé qui la refilait à Mimi qui la passait à Fafa qui la transférait dans la poche de Pompes de Plomb qui filait direct la déposer dans le sac ouvert de Pierrot en attente de la deuxième, la troisième, la quatrième et ce jusqu'à ce que chacun en ait une. Les voitures valaient, pièce, l'énorme somme de quatre-vingts à cent francs. Chaque voiture se volait entre quatre et dix minutes. Le vigile secouait le leurriste dans un coin et le fouillait tandis qu'en larmes Rapha expliquait que, trop chère, il avait laissé au rayon fromages la deux-chevaux avec les portes qu'on peut ouvrir et le capot soulevable pour voir le moteur en plastique briller de toute sa peinture aluminium et…

– Ça va ! Ça va… montre-moi !

Rapha conduisait en reniflant l'adulte au sous-sol dans le coin alimentation. Pendant ce temps, Puce 2 prenait la place de Pierrot qui, lui, pénétrait dans le magasin pour l'opération 2, 3 ou 8. Parfois, un second vigile repérait le manège sans faire attention à l'invisible lien reliant le gamin du rayon disques à celui du rayon parfumerie. Le môme côté sous-vêtements féminins au garnement côté livres. Dans un incessant croisement, le vigile se perdait et pouvait même croire qu'au centre d'une toile d'araignée, les enfants le ficelaient de tous leurs fils… d'anges. À un signe convenu, en cas de doute ou de problème, le commando fuyait dans un bel ensemble vers les sorties en faisant un boucan de Dieu ou un raffut du diable selon la religion de chacun.

De retour dans leur QG, ils préparaient les alibis dans la simplicité de leur amateurisme :

– C'est André qui me l'a prêtée.

Disait Pierrot.

– C'est Jean-Pierre qui me l'a donnée.

Disait Dédé.

– C'est Fafa qui…

–… l'a oubliée à l'école.

Disaient les Puces.

Fafa ne disait rien. Il cachait les voitures sous le regard de la baignoire. Son petit parking à lui. La nuit, sur le sol des WC, il garait les autos en faisant des créneaux réussis sur les lignes du carrelage. Il jouait en silence. Seul. Recroquevillé dans la petite pièce. Tard dans la nuit, les voitures prenaient la route du tunnel sans écraser les bouquins de cul de Nono, les cigarettes de Nadou et en respectant la place vide de Kim : la place réservée aux handicapés.

Les parents ne vérifiaient pas les sources, trop pris dans leurs problèmes socio-professionnels. Dans leurs galères de couple. Dans leur purgatoire quotidien ! Ils volèrent 83 voitures pour une somme de 4150 francs. Ce qui fit un butin par tête de pipe de 518,75 francs. À l'époque ? Autant dire le casse du siècle.

Léo ne faisait pas partie des mercenaires. Ses parents, témoins de Jéhovah, l'envoyaient faire ses tours de veille et de garde au temple avec pour toute lecture les numéros manichéens de *Réveillez-vous*. Fafa préférait tout de même lire les *Bacchanales d'une Black anale*, les *Partouzes d'une rousse à flouze*, la *Bombe blonde*, *L'Élastique asiatique* ou *La Grenouille aux bas résille*.

Tout roulait comme sur des roulettes jusqu'au soir :

– Votre fils est un voleur.

Dieu créa, paraît il, Leverbe… il eût mieux fait de s'abstenir. Madame Bounoura et l'abominable mémé se connaissaient de vue, chacune allant chercher sa progéniture à l'école ou se croisant chez divers commerçants. Elles communiquaient comme elles le pouvaient, Nabila balbutiant un français sous-titré de signes et madame Leverbe hochant sa vieille tête de sorcière en signe d'intérêt. Contrairement à Benamar, Nabila ne saisit pas de suite l'accusation portée contre son petit dernier :

– Votre fils est un voleur.

C'était sans appel. Pâlot, yeux exorbités, bouche bée et pleine de nourriture, une espèce de sourire d'idiot, le devenant subitement, Fafa à la droite du père n'eut le temps de rien. La mamie n'en crut ni ses yeux ni ses oreilles lorsque la formidable claque, d'un monstrueux revers, chopa les trois quarts du visage de Fafa. La main paternelle le cueillit en pleine face et les gros doigts n'épargnèrent qu'une arcade sourcilière, un bout du menton et une oreille. Fafa sentit son nez se fracturer en deux endroits, un éblouissement auditif lui claqua le tympan et Fafa, la chaise de Fafa, l'assiette, les couverts de Fafa, le tout Fafa s'envola à l'autre bout de la salle à manger pour se répandre sur le beau tapis marocain qui se teinta de rouge. Par terre, il ne bougea pas malgré la brûlure de sa bouche enflée qui lui donna très vite l'air buccal d'une Africaine à plateau. Madame Leverbe photographia la scène. Elle l'avait vue au ralenti sans comprendre. Sans y croire. Ses yeux s'emplirent de larmes et ses lunettes triple foyer de buée. Sûrement plus choquée que l'enfant :

– Si j'avais su ? Mon Dieu, si seulement j'avais su…

Fafa par terre se la faisait documentaire animalier : ne pas bouger ! Faire le mort. Bon vieux stratagème instinctif. L'ovale de son visage se mettait doucement au carré et, malgré une saleté de bout d'oignon coincée dans le haut de la narine, la bouche encore pleine d'une cuillerée de chorba, il écoutait la suite des événements en osant à peine respirer. Surtout ne pas faire le moindre geste, son ours de père risquait de se lever pour l'achever, à coups de babouche, sur place :

– Si j'avais même pensé…

Dans sa paranoïa, Nabila enregistra de suite l'erreur commise. La gaffe. Elle savait que ces gens-là n'étaient pas comme chez eux. Elle devinait les pensées de la grand-mère. Frapper devant témoin pouvait être mal interprété voire dangereux. Sur commande, Nabila se mit à pleurer bruyamment, se leva en grondant Benamar qui se mit vite au diapason et, tout aussi vicieux, Nabila ramassa Fafa pour le porter dans sa chambre tandis que Benamar secoua la tête, désolé de ce qui s'était produit ; un bête réflexe de colère chagrinée. Nabila s'en revint du fin fond de l'appartement en tamponnant ses yeux et, bravement souriante, s'installa près de son mari afin de lui donner, souffler à l'occasion, la réplique :

– Un petit thé à la menthe ?

– Non, non, il faut que j'y aille.

– Il est déjà prêt.

– Alors vite fait…

Karima suivie de Nadia fila dans la cuisine préparer le thé :

– Comme au pays, à la menthe…

– Prenez une chaise.

Pas si bête, madame Leverbe ne coupa pas à ces assauts de civilités et, s'installant du bout de ses fesses à sciatique, elle répondit à la première question :

– Et il a volé quoi, mon fils ?

– Des voitures.

Benamar la regarda l'œil morne :

– Mais mon fils il sait pas conduire l'automobile. Il a neuf ans.

La grand-mère souriant à la boutade raconta comme elle put. À la fin de son récit, elle prit congé pour s'en aller frapper dans une autre famille. Elle avait la liste. Dans son lit, Fafa louchait sur l'énormité de son nez. Il n'osait pas fourrer un doigt dans sa narine pour y pêcher cette saloperie de bout d'oignon. Il sourit quand même en repensant à Nono qui travaillait Cyrano version café-théâtre :

S'il est vrai que du pif le paf est le jumeau
Vous êtes à tous les coups du signe du Taureau
Si avec tes narines toi tu sniffes la came
Faut te dealer toute la coke de Paname

Fafa riait sous cape en revoyant la tête de Nourredine lorsqu'il lui disait :

– Tu répètes *Pinocchio* aujourd'hui.

Enfin, il sentit le chagrin monter en lui au même moment que s'ouvrait la porte de sa chambre et que Nabila entra. Le scrutant, elle murmura :

– *Rowen. Rowen…*

(Voleur. Voleur…)

Fafa, le *rowen*, le voleur, commença doucement dans le noir à pleurer.

Madame Leverbe, tard dans la nuit, continua sa tournée, sa Saint-Barthélemy. Racontant et jouant son *old woman show*.

Fafa avait fait *caillou* et Pompes de Plomb *ciseaux*. Il est de notoriété publique que le ciseau se casse sur le caillou, aussi vrai que le caillou tombe dans le puits. C'est comme ça, il faut des règles dans la vie. Donc, le second se brisant sur le premier, Alain Leverbe pénétra dans le Monoprix en faisant tout le boucan du monde avec ses brodequins appareillés. Depuis la mort de ses parents dans un accident d'auto, sa grand-mère l'élevait du mieux qu'elle pouvait et pour le bien de ce dernier... qui se comporta en tant que tel, de dernier des derniers. Le dimanche matin elle l'emmenait à l'église et l'après-midi au cimetière du Montparnasse voir ses parents. Alain et Fafa s'amusaient bien ensemble dans l'appartement de madame Leverbe même si, excité, Alain avait une tendance à baver sur Fafa quand un corps à corps les roulait l'un sur l'autre dans un judo primitif. À neuf ans, ce gamin mesurait déjà son mètre soixante et son visage même promettait une tronche à la De Gaulle. Dans le rayon visé, Alain prit la voiture des flics américains avec toutes les options possibles. Portes ouvrantes et toit *idem*, gyrophare aimanté, deux personnages dedans : une merveille. Dans l'autre poche, histoire que les cops aient quelque chose à poursuivre pour mieux l'arrêter ensuite, Alain se laissa aller au zèle de dérober un taxi... londonien. Ce fut l'Angleterre qui perdit Alain dit Pompes de Plomb. Elle le vit faire !

Toute ratatinée qu'elle était, elle leva ses deux cataractes et reconnut en Alain le fils Leverbe, petit-fils de sa grande amie et voisine. La tortue septuagénaire suivit le manège jusqu'au cartablier qui ce jour-là était Fafa puis s'en alla faire son rapport. Le gang des voitures allait voir là sa triste fin. Consolation, aucun ne s'était fait prendre en flagrant délit par le personnel du magasin. Il aura fallu la pire des choses pour mettre un terme aux agissements des membres de la bande à l'étalage : la délation !

– On t'a vu.

Alain ne chercha pas à nier. Les voitures, sa part de butin, brillaient de tous leurs chromes en plastoc. Alain bava autant qu'il pleura, à en oxyder son appareil dentaire. Il jura de ne plus jamais recommencer, promit de ne plus jamais voir un enfant du groupe. Il renia ses copains. Il fit tout pour que sa mamie n'en parle pas au cimetière le dimanche suivant. Alain croyait dur comme fer que son papa et sa maman, *dixit* mamie, entendaient le bien et le mal qu'il pouvait commettre. Alain se mit donc à table en donnant tous les noms des invités et, pour commencer, les premiers qui avaient réservé :

– Faraht.

D'en appeler aux spectres de ses parents, la mamie n'eut aucun mal à tirer le chapelet des prénoms, des adresses. Il ne prit pas une gifle. D'avoir brisé le cœur de sa grand-mère était une punition suffisante. Maintenant il fallait réparer. Très digne, madame Leverbe fit ce qu'il fallait faire : son devoir de citoyenne balance. Elle sonna chez les Bounoura et continua à sonner chez les uns et les autres.

Les familles se virent à la sortie de l'école de la rue Littré. Ils étaient tous là sauf la fille mère des Puces.

Sur le parking de l'école, les familles et leurs rejetons respectifs commencèrent à s'auto-accuser. Il fut dit que le Monoprix ignorait le scandale. Chacun assura de son honnêteté et jura qu'il n'y avait jamais eu le moindre pendu de droit commun aux branches de leur arbre généalogique contre lequel, en revanche, certains résistants furent fusillés. Certains parlèrent de la guerre de 39-45 et du sacrifice que la famille Unetelle avait fait en donnant à la France le meilleur de chez eux ! L'étalon reproducteur même n'en était pas revenu. À parler de la vraie guerre, celle d'Algérie, la fausse, l'événementielle, vint s'immiscer mine de rien dans un non-dit qui fit tourner les têtes cocoricotiennes vers celles moutoniennes des Bounoura. Benamar n'avait pas cru bon de prendre sa journée. Au bras de chaque parent présent pendait un sac en plastique où pêle-mêle les voitures s'entrechoquaient. Nabila, dans son culte du malheur et surtout pour prouver que les Arabes n'étaient pas des voleurs comme, d'après elle, le sont les gitans, baragouina qu'il fallait se rendre au magasin pour restituer les objets de la honte. Entrant en concurrence d'honnêteté, les familles se rendirent en délégation au Monoprix. Heureusement qu'Alain n'avait rien dit d'Inno, des Magasins Réunis, du Supermag, de Gibert Jeune, de et de…

Madame Leverbe posa ses yeux sur Fafa et, voyant son nez enflé, sa bouche tuméfiée, son oreille en chou-fleur et son arcade désourcilisée, se rappela sa dernière parole de la veille :

– Il faudrait peut-être un médecin pour Faraht ?

– Ne vous inquiétez pas, madame, on va le soigner.

Fafa, la tête baissée, la penchait un peu car son oreille droite ne captait plus les sons.

Mimi, Dédé, Pierrot, Pompes de Plomb, Fafa, Rapha, encadrés par les parents, pénétrèrent une fois de plus par les grandes portes vitrées du magasin. Là, madame Leverbe, qui s'exprimait le mieux selon l'avis du groupe et acceptant le rôle de représentante suite à l'assemblée générale, fit mander d'un air autoritaire le responsable du Monoprix. Les enfants, têtes basses et cœurs battants, prirent chacun le sac, le boulet, que leurs parents tendaient et attendirent, petit bloc immobile au milieu de l'agitation surréaliste des clients. Le directeur vint, un sourcil bas, l'autre haut, inquiet et dubitatif. Sur une petite poussée dans le dos, Alain fit un pas volontaire et tendit son sac au directeur. Machinalement, celui-ci le prit, l'ouvrit et regarda, par-dessus la tête des gamins, les graves visages adultes :

– Oui ?

– Nous vous ramenons ce que nos enfants ont soustrait par jeu inconscient et stupide dans votre boutique.

– Ah ?

– Enfin, voilà ce qu'ils ont volé.

– Bon. Bien.

– Nous sommes sûrs que tout est là.

– Parfait.

– Il ne manque que deux enfants dont la mère, injoignable, n'a pas voulu venir.

– Une fille mère de jumeaux.

– Qui fume.

– Qui ne travaille pas.

– Qui ne s'occupe vraiment pas de ses fils…

– Qui tourneront mal, je le crains.

– D'accord, d'accord… Mais…

La maman des Puces avait certainement pressenti le réquisitoire directorial. L'homme rejeta un œil dans le sac et, sur une moue dégoûtée, le rendit à Alain qui en resta les bras ballants. Les familles se regardèrent une fois de plus :

– On vous les rend.

– On vous les rapporte.

– On a fait la démarche.

– On n'était obligé de rien.

– Si on avait voulu…

Monsieur le directeur, qui ne devait pas plus apprécier les voleurs que les imbéciles, se racla la gorge et, prenant un ton très politique, commença l'éloge :

– Félicitations tout d'abord pour votre sens civique. Sans votre prise de conscience nous n'aurions jamais su qu'une bande organisée sévissait dans nos rayons. Nos services se sont aperçus d'un manque au niveau des stocks qui n'était pas explicable au vu de la comptabilité et nous en avions déduit que des pertes existaient. De là, à imaginer qu'un groupe mafieux…

– Heu, mafieux, mafieux… Le mot est un peu fort, non ?

– Ah, madame, lorsque vous regardez la criminalité, les statistiques de la délinquance, vous vous apercevez tout comme moi qu'il a bien fallu que les assassins d'enfants, les violeurs et autres égorgeurs de personnes âgées aient commencé petitement. D'ailleurs, ne dit-on pas, et j'en appelle à votre bon sens populaire plutôt qu'à votre morale que je ne peux, vu votre présence ici, mettre en doute, pour saisir toute la justesse du proverbe dont je vous livre la clairvoyance, ne dit-on pas en vérité : Qui vole un œuf vole un… ? Un ? Alors ? Un ?

– Bœuf !

Le mot sortit de diverses façons de la bouche des différentes personnes, marmonné, écrié, bougonné, balbutié, bégayé :

– Hé oui, mesdames… un bœuf !

Nabila, n'ayant rien compris, se pencha sur son fils :

– Tu as volé un œuf aussi ? Pourquoi ? Tu manges à la maison… non ?

Madame Leverbe, forte de son autorité et du pouvoir conféré par ses pairs, voulut clore l'entretien par un :

– Enfin, tout est bien qui finit bien. Monsieur, avec nos excuses voici votre dû.

– Il y a tout de même, madame, excusez-moi... mesdames plutôt, un petit problème. Nous ne pouvons en aucun cas reprendre les objets du fait de la destruction des emballages et, comme nous le constatons, les jouets ont servi et certains, pour ne pas dire nombreux, sont carrément abîmés et, en cela, vous admettrez que nous ne pouvons les remettre en rayon afin de les vendre... Pas même pour mettre en scène une petite vitrine publicitaire. Vous partagerez, j'en suis sûr, mon avis, un carambolage à l'étalage serait du plus mauvais effet en cette période de prochaines grandes vacances. N'est-ce pas ?

Les mômes se rappelèrent le jeu de l'autoroute avec ce putain de supergénial accident en chaîne où même le camion des pompiers, avec sa grande échelle à piles, avait pris feu.

Le temps de laisser passer un pèlerinage d'anges, les parents réalisèrent l'horreur de leur situation. Le directeur ricana intérieurement avant d'ajouter dans un geste théâtral :

– Veuillez me suivre... La caisse est juste à côté. S'il vous plaît, par ici.

Grands et petits suivirent l'homme comme des damnés le diable les conduisant à la marmite. Sur le comptoir, le directeur vida un à un les sacs et les voitures s'empilèrent en une triste décharge :

– Voyons, voyons... Nous divisons le tout par six, n'est-ce-pas ?

Le brouhaha fut digne d'un procès de cour d'assises au moment du verdict où l'innocent est condamné à mort :

– Ah non, mon fils n'a que ces quatre-là.

– Le mien n'en a volé qu'une !

– C'est l'un d'eux, je ne sais plus lequel, qui a prêté la Batmobile à mon fils… Pas question de payer pour les autres.

Tout sourire, le directeur susurra :

– Vous vous arrangerez entre vous par la suite, d'accord ?

Le diable sait, il crut bon d'ajouter :

– Vous n'avez rien piqué d'autre, les enfants ?

– Non !!!

Répondirent en chœur les parents qui bâillonnèrent qui de la main, qui des yeux, qui d'un coup de pied, leur chiard. Les lardons, coupables jusqu'à la moelle, repentants, semblaient prêts à passer à confesse et même à surenchérir en aveux pour se faire mieux pardonner l'impardonnable. Dieu se devant d'être dans le coin tant son amour des jugements est connu de l'au-delà à l'ici-bas, le directeur, touché par on ne sait quelle malignité perverse, questionna :

– À propos, qui est le chef ?

Les mômes étonnés, d'un coup dressés, répliquèrent d'une même voix militaire :

– C'est vous l'chef, m'sieur.

– Non non, qui parmi vous est le chef ?

Cinq petites phalanges amidonnées d'adrénaline se tendirent vers Fafa :

– C'est lui.

Isolé, Fafa tenta un :

– Heu…

qu'une gifle de sa mère, re-sur le pif, coupa :
– Tu vas voir à la maison.

Monsieur le directeur s'amusait beaucoup de voir cette tribu d'honnêtes imbéciles et, se frottant les mains, il annonça la somme à diviser par six : énorme. Les parents laissèrent des arrhes en promettant de revenir régler. Sublime humiliation, monsieur le directeur demanda les pièces d'identité pour noter noms et adresses ainsi que le paraphe de chacun sur le ticket de caisse les solidarisant dans la dette. Nabila fit une jolie croix. La somme n'était pas disproportionnée par rapport au vol, certaines familles, en retournant chez elles, les jouets entre leurs doigts, avaient deviné que celui-ci ou celui-là devait coûter bonbon. Certaines voitures étaient absentes.

Ils se retrouvèrent sur le trottoir en se jurant de ne plus jamais se revoir et gare à qui laisserait son fils voir le mien, le tien causer au sien, l'un jouer avec l'autre et réciproquement. Sur une poignée de mains et un sourire crispé, chacun fila vers sa vie en traînant derrière lui le fruit de ses entrailles, la chair de sa chair. Les gosses n'avaient pas échangé un regard. Le directeur du Monoprix, les suivant tous et toutes des yeux, pensa qu'à l'avenir ces gens, ce groupe social, ne se reverraient plus jamais si ce n'est au hasard des parloirs au cas où le futur les obligerait à visiter leurs enfants dans les mêmes prisons aux mêmes heures d'un parloir de misère.

Dénoncé, humilié, battu, abandonné des siens, les vrais siens à lui – les copains –, Fafa fut à jamais dégoûté de l'honnêteté. Il en voulait à la terre entière. Son oreille bourdonnait salement. Son nez lui faisait hypermal et il mouchait des caillots de sang lorsque, soufflant de toutes ses forces par les narines, il n'arrivait pas à déloger l'oignon coincé au-dessus des sinus lui semblait-il. Pour Fafa, le pire était de rester incompris. Il avait volé ? Oui. Il ne niait rien. Il avait avoué même. Il avait rendu les autos, disparues depuis, alors que le directeur ne les avait pas reprises. Son père avait dû les jeter. Fafa savait pourquoi il volait et il savait avoir raison de le faire. Après tout, comment pouvait-il dire autrement l'amour de ses parents pour lui sinon en volant ce que eux auraient dû lui offrir ? Face aux petits camarades de classe, Fafa s'inventait de faux Noëls et des anniversaires placebos, il entrait en compétition de cadeaux et, de mensonge en mensonge, il fallait parfois prouver la véracité des dires par des faits. Fafa volait donc pour dans la cour de récréation ouvrir secrètement son cartable et montrer aux enfants émerveillés ce que lui, Faraht, avait reçu de ses parents pour son anniversaire ou sa fête. Bien sûr, certains présents ne pouvaient tenir dans le sac, trop gros, trop grands, trop fragiles. Comme le petit singe que l'émir lui avait apporté d'Arabie Saoudite. Oui, un petit singe vivant. Un gorille nain. Oui les mecs, unique au monde. Là, les autres gosses ne faisaient plus le poids. L'histoire du singe fonctionna si bien que la maîtresse elle-même avait demandé que Fafa l'amène en classe pour le cours de sciences naturelles… Hélas, la veille, une banane empoisonnée… Fafa, donc, prouvait que ses parents, comme ceux des autres mais en mieux, l'aimaient plus que tout au monde et que l'affection dans laquelle il baignait restait en fait très simple et modeste, on pouvait dire banale, puisqu'il était en réalité le petit-fils d'un prince du désert qui devait être roi et qui n'attendait que la majorité de Fafa pour lui céder sa place. Bien sûr que ses potes pourraient venir faire du chameau dans son Sahara. De menteur Fafa se fit voleur. Que faire d'autre ? Son expérience de vol organisé n'était pas négative en tout, Fafa sut de ce jour qu'il fallait voler seul ou alors à un nombre réduit, n'excédant pas trois. Fafa retrouva sa complicité avec Léo en attendant qu'un certain Jésus les rejoigne.

À l'école, la petite bande ne se parlait plus. Pompes de Plomb regardait tour à tour les copains, avec les yeux tristes d'un caribou.

Durant l'année de ses neuf ans, Fafa changea de prénom, on ne l'appellait plus à la maison que :

– Rowen…

Étrangement, c'est depuis cette affaire qu'on fêta Noël chez les Bounoura. Benamar l'avait fait à l'européenne. Certainement touché par l'euphorie générale créée par les vitrines enluminées, par l'esprit de joie, de fête, de bonheur, il s'était décidé, lui aussi, à rendre grâce aux divins enfants : les siens. À moins que le crime de Fafa ne lui ait posé question et qu'un de ses amis auprès duquel il prenait conseil lui ait parlé d'intégration sans forcément de reniement :

– Faut comprendre quand même où l'on vit. Si tu fais pas la fête des garouis… on te remarque et là, tu sais, c'est la *rlhâ* (la merde) ! Tout le monde il dit que les Arabes y sait pas vivre. À Noël tu fais un petit cadeau à chacun et chacun il est content. Et, *y a haye*, Sid Na Issa… Il est de chez nous aussi ! Le Jésus Christ, nous aussi on l'a dans le livre ! À la une ! En première page !

– D'accord, mais Jésus il est pas le fils de Dieu…

– Tu sais bien, les Français, avec la liberté qu'elles ont, leurs femmes… Y savent jamais qui est le père de qui ! Alors qu'y croivent que Dieu c'est le père de Jésus c'est normal. Ça vient de leur mentalité de cocus.

– Ça fait longtemps que tu es en France, toi ?

– Tu connais un harki que ça fait pas longtemps ? Cent trente-quatre ans, Benamar ! Hé oui et j'ai le froid de la France qui me tranche les pupilles, c'est pour ça qu'on croit que je pleure tout le temps.

– Zéd â they ?

(Tu ajoutes un thé ?)

– Zéd…

– Deux thés menthe, s'il t'y plaît.

Benamar Bounoura fit un effort. Il essayait, seul, de ne pas être un con. Déjà, son cahier portait l'abécédaire de A à KU. À minuit, il réveilla Kim, Nadou, Nono et… Rowen pour les réunir dans la salle à manger. Il fila ensuite dans sa chambre et, Nabila près de lui, il revint avec quatre paquets dans les bras. Les enfants en restèrent bouche ouverte. Il appela l'aîné. Craintif, Nono se leva pour recevoir des mains du père un petit paquet d'une tonne :

– C'est lourd, dis donc…

Nono l'ouvrit. C'était une trousse de mécanique avec toutes les clefs possibles pour visser des écrous petits et grands. Nono tordit sa bouche pour dire merci et, devant les bras ouverts de son père, risqua même de se placer entre pour l'embrasser. Les trois autres, voyant le cadeau de Nono, restèrent perplexes.

– Karima.

La voix de Nabila leva Kim d'un saut. Elle lui tendait un rectangle plat emballé de papier kraft :

– Merci…

Le père passait à la mère les boîtes pour les filles. Lui se chargeait des mâles :

– Faraht.

Kim déballait tandis que Rowen recevait une boîte à chaussures déglinguée. Il n'osait pas l'ouvrir et regarda du côté de Kim qui, elle, découvrait un agenda 21 2 29,7 couvert de skaï verdâtre où s'inscrivait en lettres dorées

– VARDOÏE & CIE –
ENTREPRENEUR

– Pour tes études.

En soupirant, Rowen ouvrit sa boîte de godasses :

– Mais c'est mes bagnoles…

Durant huit mois, Benamar avait gardé les voitures volées et il les offrait à son fils.

– Nadia !

Nadou se leva en soupirant et prit des mains de sa mère son paquet. Un paquet en forme de ballon enveloppé dans du papier journal. En pleine crise de nerfs rieuse, Fafa, voyant la grosse boule, s'écria :

– J'parie qu'c'est un chou-fleur !

Non. C'était juste une tête coupée. Une tête de mannequin sur laquelle les jeunes filles apprenaient la coiffure. Une tête de blonde, à la chevelure synthétique, à ras le cou avec un orifice qui permettait de la placer sur un axe et de commencer à se tordre les poignets dessus après des heures de brushing.

Benamar voulait un fils électricien et une fille coiffeuse. Point barre. Ce serait comme ça. Quant à Kim et Fafa, il n'avait pas encore d'idée. Une mère au foyer et un militaire ? Une comptable et un fonctionnaire ? À voir. En tout cas Nadia devait commencer dès janvier son apprentissage rue de Sèvres chez un coiffeur du nom de Manie-tifs. Benamar entrevoyait déjà dans sa maison d'Algérie le coin salon de coiffure où les femmes viendraient se faire chignonner *made in Paris* directement au domicile des Bounoura, ce qui soulagerait leurs époux de savoir leurs moitiés à l'abri bien que dévoilées chez des gens de bonne famille. La tête ne servit à rien d'autre qu'à ce que Fafa joue à la guillotine avec ou au bilboquet malgré son poids. Les enfants firent tous en embrassant Nabila et Benamar contre mauvaise fortune bon cœur. Enfin, il y avait tout de même du progrès… Fafa avait fantasmé un garage et il recevait un cimetière de voitures. Une casse d'épaves. Les larmes aux yeux, les quatre murmurèrent un :

– Joyeux Noël.

Benamar ouvrit de nouveau ses grands bras pour serrer le quatuor dedans. Après tout, Fafa n'avait pas vraiment menti, il existait bien un gorille chez les Bounoura. Il pensa brièvement :

… Mes propres voitures…

Ce jour-là, dans l'esprit de Fafa, l'acte des parents Bounoura légitimait le vol.

La routine reprit ses droits et l'année scolaire se rythmait le soir à cavaler après l'argent. Nouveauté, Fafa et Léo accédèrent à la propriété. Ils étaient véhiculés. Fafa avait un de ces gros vélos rouges avec freins à tambours muni d'un large porte-livraison devant et Léo un demi-course avec au moins trois vitesses. Léonard, débrouillard, possédait deux trésors. Deux clefs. Une pour ouvrir les antivols, l'autre pour ouvrir discrètement les flippers et ainsi faire monter le compteur des parties sans payer. Monsieur Pédro donna un peu plus de travail aux enfants en les priant d'aménager leurs vélos avec de gros cartons sur les porte-bagages avant et arrière, afin d'économiser sur les tickets de métro et de grouper les livraisons dans les mêmes quartiers. Ils livraient dans tout Paris en apprenant rue par rue, impasse par impasse la capitale. Les clients aimaient ces deux gosses dont la bonne bouille n'avait aucune honte à réclamer des pourboires :

– On est à l'école…

– On a qu'ça pour vivre…

À la fermeture du fleuriste, les deux gamins filaient chez Léo.

Monsieur Joachim Da Costa achetait des sacs de gâteaux secs de cinq kilos pour moins de dix francs. Ils en faisaient une bouillie dans du café au lait ou descendaient le sac en abordant leur sujet préféré, leurs vieux. Fafa ne comprenait pas que monsieur Da Costa s'en aille bosser le matin à bicyclette :

– Pour construire des voitures ?

– Ouais.

– En vélo ?

– Ouais.

– En vélo y va construire des voitures ?

– Ouais. Chez Citroën.

– Ben, pourquoi ils lui en donnent pas une vu qu'c'est lui qui les construit ?

– Ouais. Pourquoi ? J'sais pas.

– Ben, c'est bizarre qu'y construise des voitures et qu'lui il aille à vélo.

– Et toi, ton vieux ?

– Ben, moi, il est dans l'bâtiment.

– Y fait des maisons ?

– Ben oui.

– Y fait des maisons mais il a pas une maison à lui.

– Pas encore.
– Il construit des baraques mais il est en HLM !
– Oui, peut-être, mais y va pas en vélo, mon père.
– Nous au Portugal on a déjà une maison.
– Si tu veux mais t'y vas en vélo dans ton Portugal de morue… Nous on a une bagnole, une Simca 1000 et on peut dormir dedans alors qu'on peut pas roupiller sur un vélo. Non ?
– Et si au lieu de s'engueuler on allait faire un tour à Montparnasse taquiner le flipper ?
– On y va en vélo ?
– À pied.

De s'être déjà fait voler son vélo, Fafa devait courir à côté de Léo sur le sien dès qu'il voyait des flics ou dès qu'ils traversaient un carrefour dangereux. Il passait son temps à sauter sur le porte-bagages pour en descendre cent mètres plus loin et recommencer ainsi de suite jusqu'à destination. En attendant que Léo en vole un autre pour les livraisons, les gamins multiplièrent les heures chez F & P les marchands de vie.

Léo était vraiment mauvais avec les bêtes. Il prenait même un malin plaisir à traumatiser les chiens enfermés dans les cages. Plutôt que les sortir un à un pour passer les box au jet d'eau, il le faisait, pression max, pompier diabolique, en les laissant dedans. Les bêtes hurlaient de peur, gémissaient de froid, tremblaient blotties les unes contre les autres, tassées au fond des cages carrelées. Lorsqu'une marchandise tombait malade :
– Léo, fais ton office.

Si l'animal se trouvait dans un des présentoirs de la boutique pleine de badauds, il le prenait contre lui en le caressant, en lui parlant, en le bisoutant même tout en le *descendant* au sous-sol. Là, Léo se laissait aller totalement à ses pulsions sadiques et Fafa, de ne rien dire, rien empêcher, à sa lâcheté. Insensible aux cris plaintifs du chiot, le tortionnaire le prenait par les pattes arrière et dans un large geste, violemment répété, il lui cognait la tête contre l'arête d'un mur, un vrai monstre. Sourd aux gémissements de plus en plus faibles, il redoublait de violence, s'étonnant de la résistance de la bestiole. L'animal ne voulait pas crever. Vexé, Herr Léo employait les grands moyens. Emplissant un seau d'eau à ras bord, il plongeait tête la première la peluche gigotante puis posait dessus soit une poubelle, soit un couvercle sur lequel il s'asseyait. Le condamné exécuté :

– Pour un malade, il avait d'la santé.

Très fier de lui, Léo plaçait la petite victime dans un sac plastique prévu à cet effet. Durant l'assassinat, Fafa regardait son ami sans rien dire, juste s'associant par son silence au meurtre. Il n'osait rien dire, complice et plus coupable que Léo car lui, Fafa, aimait les animaux. Léo remontait à la surface et recevait le prix du sang de F & P :

– Mes vingt balles.

Le boulot n'était pas facile. Simple mais rude. Plus Léo était dur, plus Fafa se devait d'être gentil et, en quelque sorte, ils étaient les deux faces d'une même éponge, rêche et douce. Les petits prisonniers nourris, leurs litières propres paille et sciure changées, Léo et Fafa remontaient, avec les sacs poubelle pleins de merde cachant le petit sac morbide, pour le planning du lendemain. Dans le sous-sol du magasin de F & P il se reproduisait exactement ce qui se passe dans le monde, phénomène banal. L'humanitaire dépendait de l'oppression et réciproquement. Le sous-sol n'était rien d'autre qu'une prison de souffrance, de peur, d'isolement. Fabrice et Patrice prenaient un pot dans le bureau avec eux et, listant les rendez-vous du lendemain, Fafa apprenait qu'il devait shampouiner le caniche abricot de mademoiselle X et donc prévoir de venir avec son maillot de bain pour entrer sous la douche avec le *fauve* :

– OK.

– On peut garder Lubelle avec nous cette nuit ?

F & P acceptaient et, une fois payés, les mômes à quatre pattes tentaient de tirer vers eux Lubelle dont les gros yeux rouge sang s'ouvraient. Lubelle dormait chez Léo, dans la petite piaule, lorsque les patrons la leur laissaient. Elle avait deux laisses et chaque gamin en tenait une, ils se baladaient en se retenant aux poignées des portières de voiture, aux poteaux de signalisation et, parfois, l'un d'eux tenant les deux laisses dans la position du skieur nautique, l'autre passait devant pour bloquer le museau carré de cette chienne dogue de cent kilos. D'un beige crade. Hors norme pour sa race et son sexe. Les quatre pattes arquées. La cage thoracique, le torse si massif, frôlant le sol. Dépassant certains mâles au poids comme au garrot. Disgracieuse au possible. D'une totale indiscipline. Quasimodote parmi ses congénères, Lubelle dite Lulu était la gentillesse même. Fafa l'adorait au point qu'il la présenta à Benamar :

– C'est quoi, ce veau ?

– Lubelle.

Benamar aimait les animaux mais pas au point de laisser entrer dans son foyer islamique l'impureté d'une truffe canine, il fit un pas sur le palier et, sublime concession, accepta de refaire ses ablutions après que la chienne pattes sur les épaules de l'homme lui eut léché le visage. Benamar craqua pour la bête, le monstre, et pour la première fois Fafa reçut de son père un compliment bourru :

– C'est bien d'avoir un travail.

– Faut que j'la ramène.

En bas, dans la cage d'escalier, Léo attendait son pote. Lubelle lui faisant dévaler l'escalier, Fafa entendit son père :

– Attention qu'elle te bouffe pas…

Benamar vérifia tout de même cette histoire de boulot et, après avoir parlementé avec monsieur Pédro d'un côté et F & P de l'autre, il donna son accord pour que Fafa bosse tous les soirs après l'école jeudi et samedi inclus. Par son horrible devoir, Léo gagnait un peu plus que Fafa, mais comme ils faisaient cagnotte commune ça n'avait pas d'importance. Avide, Léo posait son regard hérodien sur les crèches paillées des petits innocents :

– Le chow-chow, là ? L'a pas bonne mine, hein ? Sûr qu'il est pas sain, çui-là.

– Qu'est-ce tu racontes, il va très bien !

– L'a la langue toute bleue.

– Ben, comme tous les chows-chows.

– Ah bon. Et l'caniche qu'arrête pas d'couiner !

– Ben, y rêve, Léo. Y dort et y rêve.

– Ça rêve, un clebs ?

Fafa vécut une petite période heureuse et encore plus de ne plus être l'esclave de Benamar sur les chantiers au black du week-end. Parfois monsieur Pédro passait sa tronche moustachue à la porte du chenil et, nez froncé, demandait un petit pour une livraison urgente :

– Fafa… Y a Pédro…

– Non non, Léo ! J'préfère Léo, il a plus de mollets et ça urge.

Fabrice et Patrice, bien qu'homosexuels, n'avaient jamais eu le moindre geste déplacé vis-à-vis des enfants. Pas même une allusion. Même Benamar n'avait rien vu lorsque tout sourire il leur avait serré la main à tour de rôle. Monsieur Pédro, lui, bon père de famille, avec une tête virile de Mexicain révolutionnaire :

– Juste le bout, Léonard. Laisse-moi te mettre juste le bout. Cent francs pour toi. Rien que pour le bout. Cent francs.

Allez comprendre pourquoi monsieur Pédro rêvait d'enculer Léonard Da Costa âgé de dix ans et demi. Allez savoir ? Léo rigolait comme un tordu en racontant à Fafa les propositions de monsieur Pédro :

– Y dit qu'j'ai un cul rond.

– Rien à voir avec tes mollets, ça ?

Nature, Léo n'avait ni pudeur ni morale. Non pas qu'il fût impudique ou immoral, il n'en avait pas connaissance avant les réunions au temple. Brut de décoffrage, il vivait tout simplement son enfance avec toutes les surprises qui vont avec. La véritable enfance. Ni soucis ni complexes contrairement à Fafa dont c'étaient les deux attelles le handicapant socialement.

Les parents de Léo, avant la loge de concierge, habitaient une petite chambre de bonne. Leur fils aîné vivait au Portugal, déjà père de famille, on le voyait rarement à Paris. Durant tout ce que dure une amitié d'enfance, Fafa ne le vit jamais. Il pensa même que le grand frère de Léo était à la famille Da Costa ce qu'était pour la sienne le gorille nain.

Le soir, pour le coucher, les parents tiraient le lit en mousse de sous le conjugal et Léo dormait, rêvait, pétait là. Il y avait de la tendresse et de l'amour. Les parents lisaient la Bible et l'inculquaient tranquillement au petit. Vivre ainsi semblait faire de Léo un être équilibré et l'intimité transparente devenait inutile. Léo vivait donc peinard, confiant. D'où sa façon d'être et ses manières. Rien ne lui était sale, pour preuve, il tombait culotte au-dessus des WC turcs sans même refermer la porte malgré le froid qui tournait en hurlant dans la courette de l'immeuble, siphon de vent. Là, tout en discutant avec Fafa adossé au chambranle, Léo, curieux de lui-même, penchait la tête sur sa poitrine en remontant ses testicules vers son nombril pour voir sortir de son corps l'étron long et compact qu'en enfant bien nourri il déféquait quotidiennement. Avec un sourire satisfait il se mettait à l'écoute du plouf joyeux de son caca chutant dans le trou :

– But…

– T'es vraiment un dégueulasse.

Jamais Fafa n'aurait pu être si naturel. N'aurait eu l'audace de l'être tant on l'avait dressé à jouer à cache-cache avec ses parties honteuses. C'est encore dans la courette que Léo tenta en vain d'initier Fafa aux joies de la masturbation. Il s'envoyait en l'air en petit *halouf* avec des grognements. Souffle court, mâchoires serrées, yeux fermés, narines dilatées, il expliquait entre ses dents serrées le processus sexuel :

– Ça vient… Ça viiient.

Léo accélérait jusqu'au :

– Putain de putain, ououhaa !

Demandant à Fafa de prendre son tour :

– Non.

– Ben, c'est vachement bon.

– Non. C'est pas bien de faire ça.

– Pas bien ? Par rapport à Dieu ? Y regarde pas aux chiottes !

Fafa et Léo discutaient beaucoup de théologie, l'un témoin de Jéhovah, l'autre musulman. Ils cherchaient ensemble des réponses à des questions qu'aucun imam ou témoin n'aurait posées. Pour les cours de pratique religieuse, Léo tentait souvent le coup d'y traîner Fafa :

– Ben, tu viens juste voir et écouter. En plus, moi j'me f'rais moins chier si t'es là. Et pis, y a toujours quelques thunes à gratter.

– J'peux pas. J'ai mon Dieu.

– C'est Jéhovah qui a écrit les livres sacrés.

– C'est Allah qui les lui a dictés.

– Ben non.

Les enfants décidaient de continuer la discussion dans le chaud de la loge autour des bouteilles d'apéritif de monsieur Joachim Da Costa. La tête de Léo tourna aussi vite que l'estomac de Fafa et, balbutiants, ils se mirent d'accord pour faire des crêpes… à l'huile d'olive :

– T'es sûr qu'c'est bon ?

– Heu… goûte.

Buvant et mangeant, les mômes ne se rendirent pas compte de leur état. Il fallut que monsieur Joachim Da Costa s'en revienne du boulot pour :

– Oh pardon, m'sieur…

Le père Da Costa regarda ses bas de pantalon et ses chaussures. Heureusement qu'il n'avait pas ôté ses pinces à vélo. Fafa venait de vider son estomac sur ses pieds. Un litre de sangria avec en guise de fruits une marmelade de pâte à crêpe puant l'huile d'olive :

– Tu vas pouvoir rentrer chez toi ?

Telle fut la réaction du Portugais. Cet homme chauve, rondouillard, petit, aux énormes mollets musclés n'en fit pas un drame. Il jeta un œil sur son fils qui comprit de suite où trouver serpillière, seau d'eau chaude et balai. Dans la rue, Fafa marcha quasiment à quatre pattes. Joachim ne rappela jamais à Fafa sa mortification, sa honte. La mère de Léo, elle, ne rata pas :

– L'gérienne.

Petite musaraigne toujours vêtue de noir. Constamment malade de cette maladie qui fait les centenaires, ratatinée et bigote en diable, elle n'aimait pas ce meilleur ami de son rejeton qui, jurait-elle, n'avait rien de bon en lui. À l'appui de son intuition, tout ce qui était sorti de Fafa en un flot dégueulasse :

– Ils ont vidé le bar !

La hantise des deux compères restait la crainte du jour inéluctable où les Da Costa rencontreraient officiellement les Bounoura. Ils les imaginaient déjà autour d'une table, eux en dessous à l'écoute, discutant des faits et méfaits de leurs enfants. Les gosses improvisaient les possibles dialogues en rigolant d'angoisse. Les Bounoura ne firent jamais la connaissance des parents de :

– Le r'nard.

Pas plus les Da Costa ceux de :

– L'gérienne.

De toutes les façons, ces gens-là ne pouvaient pas s'entendre puisque des deux côtés, la maîtrise du français leur était rude. Fafa et Léo auraient servi d'interprètes en cas de rencontre au sommet :

– Tant mieux qui cause autant qui comprenne.

– Babel, mon pote ! Babel !

– Là, y a rien à dire. Il a eu du génie sur cette affaire-là, l'bon Dieu.

– Au fait ? Et les muets ? Comment ça s'fait qu'y a des muets ?

– J'sais pas. P't'être que quand Dieu il a fait la distribution des langues, y en a qu'étaient aux chiottes. Ou alors, sur l'chantier d'la tour de Babel z'étaient en congé maladie.

– Alors y s'raient restés muets ?

– Ou mimes.

– Avant Babel y causaient quoi ?

– Ben, y causaient pas.

– Ou alors y causaient sans les mots, juste comme ça avec les yeux.

– Comme des potes ?

– Ouais, comme toi et moi.

– Tu r'veux une crêpe ?

Benamar ne crut pas du tout à la version de Fafa :

– J'ai mangé un baba au rhum.

Sous les terribles allers-retours, la tête de Fafa allait de droite et de gauche mais il ne sentit rien. Il répétait en bon ivrogne sa version des faits :

– Anniversaire… papa au rhum, *baba*.

Benamar n'insista pas plus que ça en jetant Fafa dans sa chambre ; en le maudissant et en attente qu'il dessoûle. Monsieur Bounoura avait d'autres soucis, l'Algérie. Il préparait les vacances au pays.

En colonisant hier, l'Europe a importé de la misère.
En expulsant aujourd'hui, elle exporte du désespoir.

Comme tous les ans, Fafa devait raconter ses vacances sur une feuille recto verso. De mémoire, Fafa ne savait plus quoi faire de son cul tant il s'était emmerdé jusqu'aux fesses dans les chiottes turcs du Maroc à l'Algérie. Ses souvenirs de vacances restaient pour lui associés aux crampes, courbatures et recherche de papier cul tant il ne se faisait ni à la bouffe arabe ni à cette coutume dégueulasse de se laver le sphincter à l'eau. Pour Fafa, les vacances se résumaient à de la merde. De la colique ! De la chiasse ! Et pour torcher le tout : à se faire chier ! À quatre heures du matin, Benamar réveillait les quatre tandis que Nabila s'organisait depuis une heure à remplir les Thermos de café et le couffin de nourriture. Benamar confiait à chacun une valise et là, la famille commençait les allers-retours de l'appartement à la voiture. Comme tous les ans, la famille pissait à Paris et ne s'arrêtait pour déféquer qu'à Madrid, les années de voyage en voiture. À Marseille, les années de voyage en bateau. Benamar traversait la France en ne s'arrêtant que pour l'essence et des pauses casse-croûte. Derrière, les quatre enfants tentaient d'éviter les baffes lorsqu'ils jouaient trop bruyamment. Benamar, sans quitter la route des yeux, envoyait son bras en arrière et fauchait le premier qui n'esquivait pas. Les enfants, serrés en brochette, se mettaient parfois des coups de tête involontaires. Nabila regardait la route et ne se tournait vers ses petits que pour les faire tenir tranquilles. Benamar confiait à Nono et Kim la lourde responsabilité de lire les panneaux indiquant la direction de Bayonne. Dans la voiture, le skaï rouge collait aux fesses et aux cuisses. Fafa en short redoutait l'Espagne et son soleil de plomb qui, chauffant les sièges, lui brûlait les cuisses.

En arrivant en Espagne après une quinzaine d'heures de route par les nationales, ils avaient le droit à l'hôtel qui n'était en rien une aire de jeu. Le temps de manger, il fallait se coucher pour repartir le lendemain même heure en direction du Maroc. Les Bounoura ne visitaient rien. Ne s'arrêtaient quasiment pas. Au point que Fafa crut longtemps que les immenses panneaux publicitaires, silhouettes de taureaux noirs se découpant en haut des collines, étaient de vrais taureaux.

Ils ne connaissaient de l'Espagne que l'*agua* et la qualité du pain qu'ils jugeaient immangeable :

– Le pain ! Un pays qui ne sait pas faire le pain ne mérite pas qu'on s'y arrête.

Ce n'est qu'au Maroc que Benamar commençait à s'humaniser. Ça y était, il pouvait enfin demander son chemin dans sa langue. Il pouvait enfin sortir de l'auto en s'étirant. Il pouvait enfin jouer au touriste de Francia en mettant ses lunettes de soleil sur son front, retrousser ses manches de chemise sur ses avant-bras musclés et se laisser aller au hammam ambulant de sa chemise trempée de sueur. Benamar se métamorphosait. Le soleil du Maroc faisait fondre ses barrières. Son cœur de glace se transformait en une petite oasis. Monsieur Bounoura embellissait et riait avec les personnes qu'il croisait. La petite famille se dégourdissait les jambes et se gâtait de limonade glacée, de sucreries au miel et, miracle, Benamar ouvrait son portefeuille pour distribuer comme des tracts les grands billets des dinars marocains. Il se sentait riche, puissant, beau. Il était, aux yeux de Fafa, tout cela et plus. Fafa s'étonnait du respect que les Marocains portaient à son père et il captait le son extasié des personnes lisant à haute voix :

– Ah, 75 ! Ah ! Paris 75…

La plaque d'immatriculation de la Simca 1000.

C'est au Maroc que les intestins de Fafa se mettaient à chanter. Que sa course aux WC démarrait. Qu'il collectionnait au fond de ses poches tous les bouts de papier possibles. Fafa passait son temps à l'écoute de son troulala tant il redoutait de se chier dessus. Le moindre pet pouvait être catastrophique. Il sema de Casablanca à Oujda *via* Fez de quoi remplir les égouts de Paris.

Après cette détente au Maroc, Benamar reprenait son masque de dureté. Les vacances semblaient terminées du seul fait de passer la frontière algérienne. Nabila, avec son joli foulard fleuri et ses lunettes de soleil, prenait le même visage que son mari. Les enfants retenaient leur respiration. On entrait sur le ring. Les pauvres revenaient au pays avec l'aura des émigrés. Benamar avait des francs dans ses poches. Une voiture à son nom. Un appartement au cœur de Paris. Quatre enfants et une femme. À la face de la famille algérienne, il comptait jeter tout ça en bloc ! Une valise entière était pleine de cadeaux. L'ouvrier pouvait tenir une vingtaine de jours en seigneur. Dans le rétroviseur, il fusillait des yeux Nadia et Faraht :

– Tenez-vous bien.

– Silence.

Les enfants angoissaient toujours de ne pas être à la hauteur. Ils savaient ce que tout cela voulait dire. Ce silence demandé par Nabila se devait d'être de la même qualité qu'un *silence on tourne*. Elle déroulait en elle le film de ses vengeances et, au rasoir, répétait le scénario où chacun avait intérêt à tenir son rôle. La tenue physique et morale exigée par Benamar digne de militaires. La famille venait jouer la réussite familiale et sociale. Prouver qu'ils avaient bien fait de partir et de ne revenir que pour éblouir ceux et celles qui les avaient méprisés. Les éblouir jusqu'à leur brûler le cœur de rage et de jalousie. Jusqu'à leur faire de somptueux cadeaux comme du parfum, du maquillage, des vêtements de marque ou des coupons de tissu. Benamar portait en lui un volcan en sommeil, Nabila un geyser bouillant en ébullition. Sous la cendre froide de l'enfance et de l'adolescence, Nourredine, Karima, Nadia, Faraht, des braises ardentes. La famille au complet débarquait chez les cousins qui ouvraient grandes les portes de leurs magnifiques villas abritant petits-fils et arrière-grands-pères. Dans la villa des Belkacem, torréfacteurs d'un café vendu dans tout le Maghreb, trente personnes vivaient en permanence. La chambre des Bounoura était prête, une vaste pièce où des matelas s'empilaient dans un coin et où des couvertures s'entassaient dans l'autre. Pour Fafa, la biologie de l'horreur redoublait. Son oreille droite commençait à suinter de sang et de pus. Son anus à s'enflammer et à rejeter le melon, la pastèque, le raisin dans le même état qu'il les mangeait. Les matières fécales de Fafa, si elles avaient été lavées, auraient pu être resservies sans qu'on s'aperçoive de leur provenance. La famille passait une quinzaine de jours à Tlemcen, avec des échappées sur Oran, pour rendre visite à des familles proches des Belkacem mais cousins si éloignés des Bounoura qu'ils restaient du domaine de la pièce rapportée. Avec eux, les Bounoura louaient pour cinq jours un cabanon en bord de mer :

– Ta fille est sur la plage…

– … en maillot de bain.

Benamar filait furieux récupérer Nadia qui s'amusait innocemment au volley avec des garçons. Parfois, un des cousins ramenait Nadou hurlante :

– Fous-moi la paix, toi, espèce d'enculé !

Et la donnait à Benamar qui se voyait obligé de la corriger encore plus sévèrement qu'à Paris. Fafa passait son temps de plage, allongé sur le flanc, la tête posée sur la cuisse de Nabila qui, après l'avoir chauffée à la flamme d'une allumette, versait une cuillerée d'huile d'olive dans l'oreille douloureuse d'otite chronique de son fils. Parfois, variante, Nabila prenait dans sa bouche l'huile, la gardait un instant puis, à l'aide d'une paille, la lui soufflait dans le même orifice. Fafa devait rester couché en se massant sous le lobe pour que le remède agisse. C'est avec beaucoup de retard qu'un médecin d'Oran regarda le conduit auditif de Fafa :

– Son tympan est éclaté.

– C'est l'eau de mer !

– C'est les otites qu'il fait à répétition.

– C'est un Coton-Tige… Il l'a poussé trop loin.

– C'est pas grave…

Les seuls avantages que Fafa trouvait à ses vacances tenaient à deux choses. Son frère Nono ne pouvait plus le surnommer le nain, vu qu'il prenait quelques centimètres à chaque retour, et son âge l'autorisait encore à aller avec les femmes au hammam. Pour les yeux de Fafa c'était un vrai bonheur. Elles n'étaient pas nues mais lorsqu'elles se déplaçaient pour remplir leurs tonneaux, l'un d'eau froide, l'autre d'eau chaude, le pagne autour de leur taille, transparent, laissait voir et deviner la chair érotique. Fafa, dans cette ambiance de nudité vraie et simple, apprenait des corps de tout âge. Cette vision, contrairement à la masturbation, le comblait de plaisir :

– Quand j'raconterai ça à Léo !

Les inconvénients, d'un autre ordre qu'intestinaux, venaient de ne pas rencontrer une famille proche. Fafa aurait aimé une grand-mère roulant dans ses paumes huilées les grains de semoule ou retournant dans ses mains les brûlantes galettes de pain sorties du four en terre recouvert entièrement de bouse de vache séchée. Il aurait aimé ce petit village de Koudia, sans eau ni électricité, entouré de cactus portant les figues hérissées de barbarie. Un grand-père aussi, conteur d'histoires. Un oncle costaud pour le prendre sur ses épaules et l'emmener visiter les ruines romaines. Tout était mort. Tous étaient morts. Restaient les Belkacem et leur fortune en dinars. Leurs millions de dinars que le gouvernement du FLN faisait tourner économiquement en circuit fermé, ce qui les obligeait à pratiquer l'échange démultiplié pour avoir des francs. Benamar les tenait. Lui, le pauvre. L'ouvrier. Le mari de l'orpheline. L'exilé. Le Parisien. Lui, l'homme-sandwich portant sur le dos sa condition d'Arabe et sur le devant sa condition de déraciné. Lui tenait dans sa main une des trois familles les plus puissantes de la ville :

– Si tu as peur du serpent et que d'un bond tu t'en éloignes… Fais attention que ton saut ne t'approche du scorpion.

Entre le serpent et le scorpion, Benamar allait se tenir immobile. En attente d'apprivoiser les deux :

– Dans quelques années nous reviendrons au pays et, *inch Allah*, peut-être nous aurons une maison à nous…

– Nous serons là pour t'aider à construire, Benamar… Dis-nous ce qu'il te faut.

– L'argent.

– On a. L'argent ? C'est rien, l'argent ! Le courage mieux que l'argent. Et toi, Benamar, le courage, il est sur ta figure. Combien tu voudrais ?

– Il y a encore le temps pour l'argent.

Le retour sur Paris prenait le même chemin en sens inverse. Fafa, en retrouvant l'appartement, embrassait les murs de contentement. De là-bas, il ne gardait pas de bons souvenirs et, s'il séchait devant sa feuille blanche, ce n'était pas faute d'inspiration mais il se voyait mal raconter à la maîtresse, dans une rédaction, le côté scatologique de ses grandes vacances. Il écrivit sous le titre *Racontez vos vacances* : « Pas de vacances cette année. »

En ramassant les copies, la maîtresse ne put s'empêcher de lui lancer au visage :

– Eh bien, on bronze drôlement à Paris ! Quoique pour vous, Bounoura, c'est toute l'année.

Entre elle et lui, depuis la rentrée des classes, c'était la guerre froide :

– On vous ramène un de vos élèves.

La directrice regardait d'un air ahuri les deux policiers en civil qui encadraient un de ses élèves. Son premier jour en poste, elle ne connaissait pas cet enfant brun, aux yeux mauvais, à l'air buté :

– Il s'est fait arrêter chez Gibert Jeune en train de voler des disques à l'étalage. Devant son refus de nous donner son adresse... Nous avons dû le garder jusqu'à ce qu'il nous dise être à l'école ici. Voilà pourquoi il est en retard. Nous vous laissons le soin, madame, d'informer ses parents. Nous ? Il nous en a trop fait voir et chez lui personne ne répond. Il a attendu que ses parents soient au travail pour... enfin !

Fafa avait serré les dents pour être sûr que son père n'irait pas le chercher au commissariat. Que Nabila ne vienne pas non plus. Après avoir envoyé la police à une dizaine de fausses adresses, donnant chaque fois un nom bidon, passant un accord avec le commissaire, il s'était fait livrer directement à l'école sous prétexte, chose vraie, qu'il ne possédait pas les clefs de chez lui :

– Et j'ai école.

Faraht vendait à ses camarades de classe ce qu'on lui commandait. Les fameux Waterman plume, bille, feutre ; trente francs le trio. Des produits de maquillage, des essences à la mode, patchoulis essence de vanille, des foulards et les trente-trois tours des Stones, des Floyd en passant par Zappa et autres vedettes de ces années soixante-dix. La directrice le conduisit à sa classe et le livra, après un commentaire en aparté, à madame Dakenne qui cumulait les fonctions de prof d'anglais et de français. Elle tenta de la lui faire à la pédagogie en s'asseyant à côté de lui :

– Mais qu'est-ce qui vous est passé par la tête ?

– J'sais pas. J'avais trop bu.

– Bu ?

– Oui. J'bois comme mon père et des fois y m'laisse toute la nuit à la rue.

– Hein ?

– Alors j'fais des bêtises sans faire exprès.

Madame Dakenne ne sut plus quoi dire. Elle regarda l'enfant dans les yeux, les siens s'embuant. Au moment de se lever, elle caressa la tignasse de Fafa qui ôta sa tête d'un mouvement sec. Elle soupira de compréhension devant la réaction violente. En retournant au tableau, elle pivota vers Fafa et ce fut la haine. Ses yeux croisèrent ceux de l'enfant et elle y lut un tel mépris, une telle ironie, qu'elle comprit que cet enfant incarnait le mensonge. Oui. Il l'avait prise pour une niaise… ce qu'elle était.

Faraht Bounoura entrait au collège François-Villon rue Saint-Benoît en classe de cinquième mixte en plein Saint-Germain-des-Prés. Petite rue entre les célèbres cafés Le Flore et Les Deux Magots. Son visage avait changé, il s'était durci, farouchement durci. Faraht Bounoura prenait sa petite gueule de voyou. Il avait suffi d'une année. L'année de sa sixième rue du Pont-de-Lodi dans le quartier Saint-André-des-Arts, au bout de la rue Dauphine. Faraht Bounoura, en quittant l'école primaire pour ce collège, avait quitté l'enfance pour l'enfer. Jamais il ne pardonnerait au monde cette année-là. Déjà, la fin du cycle primaire marquait d'une pierre blanche son passage en sixième :

– Oh.

– Haaaann…

– Oh là là !

Du grave à l'aigu tous les enfants de la classe, sauf Léonard Da Costa, y allèrent de leur petite note personelle. Tous les visages se tournèrent vers lui. La main de Léo se posa sur l'épaule de Fafa en serrant doucement. La maîtresse, tendant son doigt accusateur, avait hurlé en pleine classe :

– Bounoura a signé son carnet de notes lui-même !

– Oh.

– Haaaann…

– Oh là là !

Léo souffla dans l'oreille de son ami :

– J't'ai trouvé un supervélo.

Livide, Fafa regardait ses petits camarades de classe avec une envie de leur cracher dessus qui lui remontait des tripes jusqu'aux yeux, il en aurait pleuré de la salive. Il fut conduit *manu militari* dans le bureau de la direction. Là, debout :

– Enlève tes mains de tes poches, s'il te plaît.

Il fut sommé de s'expliquer sur son acte :

– Normal, m'sieur.

– Comment ça, normal ? Tu signes ton carnet et tu trouves ça normal ?

– Ben oui. Qui voulez-vous qui le signe ?

– Tes parents, Frahat.

– Faraht, m'sieur ! Pas Frahat…

– Oui oui. On parle de ton carnet, hein, pas de ton prénom, hein.

– Y signent quoi, mes parents, m'sieur ?

– Ben, ton carnet.

– Et pourquoi, m'sieur ?

– Pour qu'ils voient à quel point tu es nul et médiocre.

– Et après ?

– Eh bien, ils le signent comme tous les parents.

– Vous voulez dire que mes parents doivent signer un truc qu'ils ne savent pas lire ?

– Pardon ?

– Mes parents, ils savent ni lire ni écrire, comment voulez-vous qu'ils signent ?

– Eh bien, tu leur lis ?

– Je leur lis que je suis mauvais ?

– Euh… enfin, passable. Avec un peu d'efforts, heu…

– Et pour la signature ?

– Ils font une croix. C'est légal. C'est autorisé… une croix.

– Une croix ? Vous voulez pas aller dire à mon père musulman qui sait ni lire ni écrire de faire une croix sur mon carnet de notes au lieu de mettre son nom comme tous les parents. Vous voulez lui faire honte encore plus.

– Pas du tout, Frahat, heu, Faraht. Pas du tout… Toi, tu as la chance de savoir lire et écrire, alors tu peux le mettre, le nom de ton papa ou de ta maman qui se sont sacrifiés pour que tu ailles à l'école. Enfin c'est le tien aussi de nom et tu dois en être fier…

– Ben, c'est c'que j'ai fait, m'sieur.

– Eh bien, voilà qui explique tout.

– Vous pouvez vérifier, m'sieur.

– Et la confiance alors ? Ça sert à quoi, la confiance ? Tu sais, Bounoura, voilà longtemps que je suis dans l'Éducation nationale… Je sais quand un élève a des problèmes. *Idem* quand il ment ou pas. Maintenant j'ai compris pourquoi tu as signé. Pour ne pas faire de la peine à tes parents ?

– Voilà, m'sieur. C'est tout à fait comme ça que ça s'est fait pour mon carnet. Exactement comme vous venez de le mentionner.

La sonnerie annonça le match nul, le gong sauva ce directeur essorant son mouchoir, non d'avoir eu la larme à l'œil mais d'éponger sa transpiration. Malgré ce fait divers terrible, cette catastrophe mondiale, Fafa passait ainsi que Léo. Passage difficile car il semblait que les divers professeurs dans leurs appréciations préconisaient d'envoyer ces deux mômes du côté des métiers manuels. Le chemin de la réussite avait tout du toboggan…

Zéro en tout carnet d'ordure
Déjà faussaire en signature.

N'étant pas du même arrondissement, Léo fut muté sur Montparnasse et Fafa sur Odéon pour faire chacun de son côté leurs classes et devenir quelqu'un. Ce qui ne les empêchait en rien de se voir tous les soirs chez Pédro ou chez F & P :

– Et ce nouveau vélo ?
– Derrière toi.
– Oh putain, un mini !
– On fait quoi ?
– Bois de Boulogne !
– Les canards ?
– À nous les omelettes géantes.

Lorsqu'ils n'avaient pas de conneries à faire, sur leurs vélos bras dessus bras dessous roulant en équilibristes, ils filaient sur la porte d'Auteuil en direction de Boulogne où ils passaient leur après-midi. Sur place, ils couchaient les bicyclettes dans l'herbe et s'en allaient sous la cascade dénicher les nids des oiseaux. Ils en ramenaient des œufs que Léo comptait bien mettre un jour dans un livre de cuisine juste après la recette des crêpes à l'huile d'olive. Sur les pentes herbeuses, ils se bataillaient comme des chiens, se griffant, se mordant, essayant de bloquer l'autre sous lui. Fafa au-dessus s'arrêta net en fronçant le nez :

– Tu sens pas comme une odeur ?

– Non.

– Attends, ma parole, ça pue.

Léo toujours allongé, la tête sur le gazon, regarda dans tous les sens sans rien sentir :

– T'as raison, ça chlingue…

– Ah, tu vois c'que j'te disais.

Ils se levèrent pour chercher la provenance de l'abominable odeur :

– Tu crois qu'y a un macchabée dans l'coin ?

– Non non, ça sent comme…

– De la merde ?

– Oui, c'est ça. Ça pue la merde.

– Hé, Léo.

– Quoi ?

– Ben, t'as un truc, là ! Derrière la tête.

Bête et premier réflexe, Léonard Da Costa passa la main derrière lui, au niveau de la nuque, la ramenant sur toute la rondeur de son crâne en revenant par le front jusqu'à ses yeux, horrifié il regarda sa paume sous son nez :

– Ah ça, c'est sûr de sûr de la vraie merde.

– Oh putain !!!

À l'instant où Fafa commençait à se gargariser de rire en faisant bien attention de chuter dans un gazon propre pour se rouler dedans, Léo commença à pleurer en répétant :

– Putain, oh putain…

Ils cherchèrent un petit cours d'eau et Léo, les pieds de part et d'autre du ruisseau, commença à étaler davantage la merde tout en chialant de plus belle :

– Tu parles d'un shampooing, mec !

– Ah, ta gueule.

D'une chaussette il fit un gant, puis deux, puis trois, puis quatre :

– J'en ai encore ?

Fafa, comme Léo, nu-pieds dans ses godasses, tenta de percer la nuit tombante :

– J'vois rien, Léo, mais ça pue encore.

En plein hiver, Fafa, ganté de chaussettes à moitié propres, frictionna les cheveux de Léo qui, de désespoir, trempait toute sa tête dans l'eau. Bien plus tard, assis sur un banc, faisant tournoyer au-dessus de leur tête les chaussettes trempées attendant que le vent les sèche, ils regardaient le manège des voitures clignant du phare, se faisant des appels les unes aux autres :

– C'est quoi ?

– J'sais pas.

– Mate la gonzesse ! Mate la gonzesse !

– Laquelle ?

– Elle vient de monter dans la superbagnole, là !

– J'vois rien.

Fafa plissa les yeux pour mieux voir, les phares jaunes des voitures éclairaient par à-coups :

– C'est bizarre, j'te jure que j'ai vu une fille monter dedans et j'la vois plus.

Cet hiver, ils laissèrent de côté ce mystère des voitures avalant des filles et rentrèrent tard. En pédalant, Léo confia à Fafa ses craintes superstitieuses :

– Faut plus qu'je tue les bêtes, Fafa. Faut plus parce que c'est elles qui se sont vengées. C'est un signe, ça.

– La fille dans la bagnole ?

– Non ! La merde de chien sur ma tête !

La vengeance sournoise et mesquine des chiots salement assassinés, Fafa n'y crut qu'à moitié. Pédalant dans Paris, il souriait de l'aventure :

– Léo ?

– Quoi ?

– J'suis content.

– Ton père va te tuer et t'es content ?

– J'suis content de savoir que tu ne tueras plus les chiens.

Léonard Da Costa, exécuteur de chiens, tint parole. Les chaînes de vélo ayant sauté plus d'une fois, c'est avec une odeur de graisse noire et un léger parfum d'excréments que chacun rentra chez soi.

Benamar *tua* Fafa. La grippe l'acheva. Il ressuscita :

– Même pas mal.

Enfant, des hommes m'ont fait douter de l'enfance...

Son minivélo bien caché dans les broussailles du square près de chez lui, Fafa le récupérait pour s'en aller dès sept heures du matin à l'école. Sa nouvelle école. Le collège. Il remontait la rue de Sèvres jusqu'à la rue du Four, puis, coupant le boulevard Saint-Germain, il prenait par le carrefour la rue de Buci, et là, il continuait soit par la rue Saint-André-des-Arts, soit par le prolongement de la rue de l'Ancienne-Comédie, dite rue Mazarine, soit par la rue Dauphine jusqu'à la rue du Pont-de-Lodi où il attachait son vélo avant d'entrer dans l'école. Cette année-là, il ne savait rien de la génération BBCR. Personne ne lui en avait parlé. Pas un mot. Sujet tabou.

Bicot. Bougnoule. Crouille. Raton. Au poteau de torture, Fafa écoute la chansonfantine en essayant de comprendre cette ronde de gamins qui farandole autour de lui. Deux enfants mènent le jeu, Pascal Grégoire et Olivier Vignal. Fafa sourit à ces petits copains tout neufs qu'il ne connaît pas, ils le bousculent, le chahutent. Ce n'est rien jusqu'à ce que le premier coup tombe :

– Sale Arabe.

Sale de quoi ? Faraht Bounoura sait que les Arabes sont propres puisqu'ils se lavent cinq fois par jour pour les prières et qu'ils ont inventé le hammam avec la pierre ponce qui t'épluche le corps jusqu'à ce que la peau mue.

Faraht croit être enfin dans la cour des grands et mon Dieu comme il y est petit.

Il apprenait sa différence dans l'incompréhension la plus totale :

– Les couilles dans la bouche.

– Interdit aux chiens et aux Arabes.

– T'as un rasoir ?

Benamar, Nabila, Nourredine, Karima, Nadia n'avaient rien dit. Jamais il ne fut préparé à cette épreuve. Le vide absolu. Son père aurait pu lui dire à demi-mot les noyés par balles d'octobre 61. Les parents de 39-45, les grands-parents de 14-18 et sa génération d'Indochine. Il n'avait pas témoigné, monsieur Benamar Bounoura. Il envoyait ses enfants à l'école sans les préparer. *Pas d'histoire* semblait être la devise des Bounoura. Deux yeux baissés, le blason. Mais de bouclier, aucun… pas même en papier. La famille en vacances n'abordait pas le sujet. Rien, il ne savait rien. Les gamins de l'école, milieu bourgeois et semi-bourgeois, connaissaient cette guerre sans nom. Certains avaient un grand frère, un oncle, un cousin qui n'étaient pas revenus de là-bas. Fafa n'y était pour rien si des foules de jeunes gens étaient parties en chantant cette petite chanson qui fait courir les cons à la fosse commune. Les autres enfants qui, comme Fafa, ne savaient pas entraient dans la danse et jouaient eux aussi au racisme. Les premiers entraînant les seconds et l'ensemble faisant la cour de récréation, Faraht Bounoura restait seul face à ce lynchage. Pas de Léo. Léo n'était pas là. Ses amis absents, Fafa fit front seul. Au pied du mur, il fit face à la meute sans éviter les morsures. Au poteau de torture, il se laissa supplicier sans connaître son crime.

Bien au chaud dans les étages, surveillant à travers les vitres des fenêtres les enfants dans la cour de récréation, les professeurs, les pions, commentaient les jeux… du cirque. Les carreaux des fenêtres ne corrigeaient en rien leur myopie :

– Voyez le petit Bounoura comme il court vite ?

– Il est bien noté en éducation physique.

– Il est marocain, non ?

– Non non, algérien, arabe…

– Comme dirait Coluche, un Arabe, rien que le nom m'amuse.

– Vous aimez cet humoriste ?

– Un peu vulgaire tout de même.

– Oui, peut-être, mais tellement juste.

– Enfin.

Pascal Grégoire et Olivier Vignal étaient les plus virulents. Le soir, à la sortie, ils explosaient le cartable de Fafa en éparpillant le contenu du trottoir au caniveau. Faraht n'en parla pas, il garda pour lui cette année d'horreur. Qu'aurait pu dire l'enfant ? Il avait trop entendu de :

– C'est de ta faute.

– Vous, les Arabes, vous n'avez que ce mot à la bouche… le racisme.

– Vous ne faites aucun effort d'intégration.

Même à Léo et Jésus, leur nouvel ami, il n'en pipa mot. Pris entre deux violences, celle du dedans et celle du dehors, il forma en lui lentement, haineusement, huître inviolable, une perle noire. Perle prête à éclater le moment venu dans une violence que lui-même ne pourrait pas maîtriser. Faraht Bounoura avait la haine. La peur et le dégoût le recroquevillant autour de sa vie, il ne laissa plus rien passer comme émotion ou sentiment.

Pris entre ces deux boutoirs, ces deux silex, la famille et l'école, la pression fut telle qu'elle catapulta Fafa dans la rue.

Gare Montparnasse, les immenses Escalator servant de toboggans, ils atterrissaient directement dans la salle de jeux où les premiers jeux vidéo tapaient le tennis ou défonçaient le mur de briquettes. Léo et Fafa en restaient au billard électrique. Sur le baby-foot, le champion en titre du 14e arrondissement collait des raclées :

– Neuf à zéro ! Qui baise mon cul ?

Léo et Fafa suivaient parfois les parties de plus grands qu'eux. De temps à autre, Jésus levait un œil clignant sous le picotement de la fumée de sa Gauloise sans filtre :

– Salut, les mômes.

Jésus avait treize ans. Il portait un perfecto et une paire de bottes mexicaines. Espagnol, il vivait avec ses sœurs et sa mère dans une loge minuscule rue de Vaugirard. Le trépied, Léo, Jésus, Fafa, allait trouver un équilibre. Trois était le bon chiffre. Jésus, pour son âge, était grand, maigre, voûté, pour cause de baby-foot certainement, et voyou :

– J'vais à la dépouille la nuit.
– Quoi ?
– La nuit, j'me balade et j'tape.
– Tu tapes qui ?
– J'tape des affaires. Ben quoi, des affaires ! Du fric, quoi. J'vole.
– Tu voles qui ?
– Ben, dans la rue, quand j'en vois un qu'a de l'argent ou de belles fringues, j'le rançonne. J'le fous à poil et j'prends c'qui m'convient.
– Et la police ?
– Quoi, la police ?
– Ben, elle t'arrête ?
– Elle court moins vite que j'l'emmerde.
– Et tu fais ça tout seul ?
– Pour l'instant oui… Ça vous dit ?
– Faut qu'on s'rentre, là.
– Ouais, nous on travaille…
– Ben, à la prochaine. J'suis toujours là de toute façon. Moi, c'est Jésus, mais tout l'monde il m'appelle Kiki.

Fafa et Léo s'en retournèrent sur leur vélo. Au feu rouge du carrefour Montparnasse un homme d'une vingtaine d'années se jeta sur eux en crochant d'une poigne de fer le guidon du mini de Fafa :
– C'est mon vélo, ça !
– C'est l'mien.
– C'est l'sien.
– Ah oui, eh bien regardons sous la selle, j'ai même mis une plaque identitaire.
Comme un veau de rodéo, le vélo fut retourné et les voleurs de bicyclette virent sous leurs yeux briller

une petite plaque jaune sur laquelle on pouvait lire gravé :

– Jean-Pierre Journiac. C'est moi.

– Enchanté.

Le jeune homme regarda Léo puis Fafa et, trop tard, comprit le danger. Léo frappa directement au visage, un coup de poing. Fafa, dans la panique, faucha d'un bon balayage les jambes de Jean-Pierre. Au sol, le jeune homme reçut les corps de Léo et Fafa, un sur ses jambes, l'autre sur son torse. Léo le boxait directement au visage tandis que Fafa le travaillait aux côtes. Se relevant d'un bond, les gamins savatèrent leur victime avant de s'enfuir en courant, laissant sur place les bécanes :

– Pourquoi tu lui as pas mis ton poing dans la bouche à ce con ?

– C'est pas bien sur la figure, Léo.

– Hein ?

– Faut pas frapper le visage et puis, c'est quand même son vélo. Tu savais, toi, qu'il y a des plaques avec le nom et tout et tout…

– Bon non, sinon j'l'aurais enlevée, c'te blague.

– Tu sais quoi, Léo ?

– Quoi ?

– On aurait dû le dépouiller, ce connard.

– Tu rentres ?

– Ouais.

– À plus.

Toujours en courant, chacun prit la direction de chez lui. Fafa ne rentrait pas dans sa famille, il filait directement chez la voisine, Monique Caldérini, l'Italienne qui hébergeait les enfants Bounoura les nuits de crise. La formidable Italienne faisait tout pour émanciper Nabila.

Elle osait même dire son point de vue à Benamar lorsque ce dernier discutait avec son mari :

– Votre femme est drôlement atteinte, vous savez. Oui, la fatigue. Ça va durer longtemps ?

Benamar baissait un peu le nez, grattait les touffes de poils débordant de son col de chemise, embarrassé :

– Oh, pas plus d'une semaine.

Seize. En un avion. En une seule fois. Seize personnes, femmes, hommes et enfants. Seize individus dans l'appartement des Bounoura. Monique Caldérini, témoin de cette invasion, offrit l'hospitalité aux quatre gosses. Dans les pièces de l'appartement, ils étaient partout, les aliens. Dans les chambres, le salon, la cuisine, les chiottes, les couloirs : partout ! La famille Bounoura reflua devant ce raz-de-marée de viande venu de Tlemcen et d'Oran.

Il fallut descendre à la cave les sommiers ainsi qu'une partie du mobilier tant la nécessité de faire de la place s'imposait. Dans les chambres, ne restaient que les matelas et les couvertures. Les valises s'empilaient dans un coin jusqu'au plafond. *Non stop*, la cuisinière fonctionnait et l'appartement entier devint une sorte d'épicerie orientale où l'on trouvait tous les produits. Les enfants Bounoura venaient le matin, allaient à et rentraient de l'école puis repartaient le soir. La doyenne de la smala Belkacem, une énorme blonde à yeux bleus, passait son temps assise par terre dans les froufrous de sa robe rose et bleu, brodée de perles. D'une main elle s'éventait tandis que l'autre égrenait un chapelet. Jacassante, elle discutait avec les autres femmes en donnant des ordres d'une voix d'impératrice sans jamais se lever, si ce n'était pour une des cinq prières ou pour s'attabler à la mida, table basse et ronde dont la circonférence permettait un cercle de dix personnes. Ramenée du pays en guise de cadeau, la table se roulait dans un coin et reposait sur sa tranche. Reine mi-fourmi mi-abeille, souveraine, elle se levait parfois pour envahir seule la salle de bains. Plus d'une fois Fafa l'aperçut torse nu, son obésité débordant, porteuse de ses propres coussins de chair gélatineuse, sa peau laiteuse, elle arrivait on ne sait comment à se mettre debout. Pour se lever, elle basculait son corps d'avant en arrière puis, dans un dernier effort, elle arrivait d'un ultime balancement à plaquer ses paumes aux sol. Une fois dans cette position, elle levait la grandeur de ses fesses et, d'à quatre pattes, se mettait debout. Cette femme arrivait, les jambes dépliées, à garder les mains par terre. Paradoxe, son obésité semblait capable de la faire contorsionniste. Là, elle se redressait en repoussant les enfants décidés à escalader la montagne vivante qu'elle était. D'une valise vomissant des tonnes de vêtements, elle sortait son voile, l'ajustait et donnait l'ordre du départ :

– Tati.

Les femmes apprêtées, les hommes en piste et le troupeau des enfants maintenu, l'heure de l'expédition sonnait. Fafa était toujours de corvée pour guider dans le labyrinthe du métro tout ce petit monde. Il savait lire les stations pour son plus grand malheur. Les premières fois, Fafa se faisait une fête d'aller chez Tati à Barbès, il pensait que Tati serait une tata gâteaux à visiter. Une fois sur place, il comprit son malheur. Les magasins Tati, pour Fafa, ressemblaient à l'enfer. La cohue, les disputes, les odeurs, les marchandages, le souk, rien ne lui plaisait et même plus les formidables glaces à l'italienne qu'on ne pouvait manger entièrement tant la chaleur les faisait fondre au premier coup de langue ou parce qu'une bousculade les faisait chuter par terre.

– J'veux pas y aller.

– Qui va nous lire les stations ?

La première baffe sur la joue de Fafa sonnait le largage des Amar, des Ahmed, des Ali, des Nacéra, Ouaria, Fatima, Ichem, etc. Le voisinage des Bounoura ouvrait de grands yeux lorsque, majestueux, le trois-mâts sortait de la cage d'escalier B toutes voiles dehors. C'était un bateau, ces corps les uns contre les autres, dont Fafa émergeait moussaillon et vigie. Ou alors, un sous-marin immaculé pourvu d'une dizaine de télescopes, les *yeux* visibles des femmes dans le drapé du vêtement cellulaire les recouvrant de la tête aux babouches. On aurait pu, aussi, croire à un vaisseau fantôme sans les cris, les onomatopées, les borborygmes, les *Y allas* (allons-y) ! Sus ! À l'assaut ! À nous Paris ! lorsque le tout se mettait en branle.

– Ils sont tous blonds.

– Non non, y a un roux, là, le vieux.

– Barberousse ! ?

Les voisins y allaient de leur ironie mais avec tout de même un réel respect tant les étonnait cet iceberg mouvant. Ces gens-là venaient forcément du Moyen-Orient, d'un petit Koweït ou d'une féerique Arabie Saoudite, pas d'une Algérie dont tout le monde savait qu'elle mettait bas des crépus à babouines et à fort nez, sales et animalement virils.

Il fallait voir cet exode vers la station de métro Saint-Placide, qui s'engouffrait dans le tuyau du métro pour atterrir sur le quai. Là, le folklore attirait les regards amusés. En direction de la porte de Clignancourt, il fallait dépasser la station Strasbourg-Saint-Denis pour que la famille Belkacem ne dépareille plus. Les usagers leur souriaient et beaucoup venaient même demander des nouvelles du pays.

Il y eut la tour Eiffel, et cette photo prise par un groupe de Japonais en kimono qui se laissa aussi photographier. Les deux peuples fraternisèrent et il n'est pas impossible que sur un mur de papier japonais trônent la famille Belkacem, les Champs-Élysées de la Concorde à l'Arc de triomphe :

– Benamar, tu as dix mille francs ?

Benamar sortait l'argent et notait dans son carnet :

– Soixante-dix mille dinars.

La butte Montmartre fut boudée et le Sacré-Cœur admiré d'en bas. Ouria Belkacem, la blonde Gargantua, compta les marches :

– Votre Dieu dans l'église là-haut est inaccessible pour moi.

– Bon, on continue ?

Sur le boulevard Rochechouart, le navire Belkacem fendait la marée humaine. Les tissus par rouleaux pour faire, au pays, les robes, les slips et soutiens-gorge par lot de vingt, les accessoires, ceintures, broches, les Belkacem emplissaient les cales dont la plus grosse cargaison irait en cadeaux à ceux restés au pays. Les sacs Tati eux-mêmes étaient des présents appréciés tant leur solidité avait bonne réputation dans les deux Afriques. Les sacs rouges à carreaux blancs lestaient cette montgolfière arabisante. Fafa, au milieu des femmes, devait surveiller les plus petits qui s'égaillaient dans les rayons des magasins communiquant entre eux par des passerelles :

– Où est Samir ?

Les hurlements des femmes, les cris de Nabila sur Fafa, le brouhaha des hommes, les baffes distribuées au nom de Samir à toute la marmaille avoisinante couvraient le haut-parleur du magasin :

– La maman du petit Samir est attendue à la caisse 73.

Derrière Ouria, Samir, trois ans, s'accrochait à ses jupes dans lesquelles il disparaissait pour reparaître. Ouria portait des jupons magiques, des coulisses ambulantes :

– Il est là.

Ouria remercia Dieu, lâchant tout, elle prenait Samir dans ses immenses bras :

– Et les paquets ?

– Tu es un homme, Faraht, tu peux porter.

Elle avait retrouvé son petit mâle, le plus important de tous, le dernier des Belkacem. Fafa l'aurait bien jeté sous le métro lorsqu'ils s'en revenaient tous en direction de la maison. Il aurait tout de même aimé qu'un ou deux membres de cette armée de Maures viennent le chercher à la sortie de l'école, les plus beaux en costume traditionnel, Nacéra la blonde toute fine avec ces grands yeux verts et le vieux Barberousse coiffé d'une chéchia :

– J'vous l'avais bien dit, les copains ! C'est des sultans, des princes, des rois, des califes ! Des vizirs !

– Des bougnoules…

Auraient ricané Pascal Grégoire et Olivier Vignal.

Revenus dans l'appartement, le déballage commençait avec les commentaires sur chaque article. Il fallait bien deux-trois heures pour tout ranger et pour dresser les trois tables dont la mida. Les hommes mangeaient dans la salle à manger, bien assis sur les chaises, les cinq enfants plus les quatre Bounoura dans une des chambres à même le sol et enfin, les cinq femmes plus Nabila et trois marmots trop petits pour manger seuls autour de la mida entre la salle à manger et la cuisine. Les femmes, sauf Ouria, faisaient la navette entre le repas des fauves, la dînette des enfants et leur propre table. Elles servaient tout le monde, resservaient, desservaient, nettoyaient. Les brocs de limonade, de lait fermenté, d'eau, abreuvaient tout ce petit monde mastiquant, se léchant les doigts et les discussions ponctuées de rots sonores donnaient une ambiance fellinienne à ces repas. Au thé, pour les enfants Bounoura, commençait le supplice :

– Tu préfères l'Algérie ou la France ?

– L'Algérie pour les vacances…

– Dis quelque chose en arabe ?

– Chante !

– Danse !

– On va te marier, tu sais.

Un mois. Ils restèrent un mois. Seize… Faraht Bounoura comprit ce que voulait dire l'hospitalité maghrébine.

La Simca 1000 et quatre taxis ramenèrent ce joli monde bariolé, chargé de sacs :

– Y a pas de galerie sur les taxis parisiens ?

Sur le toit de sa voiture, Benamar semblait avoir empaqueté un éléphant que de grosses cordes maintenaient. Un avion, pour eux tout seuls, pensa Fafa, les ramena de l'autre côté de la grande bleue :

– Et si on allait voir maman à l'hôpital ?

Nabila, hospitalisée le lendemain du départ des Belkacem, était en cure de sommeil après une crise nerveuse qui nécessita des soins intensifs. Elle avait pété un vaisseau cérébral durant ce mois de septembre où, pour que chacun profite d'elle une heure, elle avait trimé seize heures par jour comme au temps de son enfance.

– Allez, je vous y emmène.

Monique Caldérini amena, en plus de Nadia, Karima, Faraht, des fleurs à Nabila qui en pleura. Son premier bouquet. Benamar ouvrit son carnet. Il avait avancé cinquante mille francs en France et là-bas, au pays, son compte en banque allait s'embourgeoiser de trois cent cinquante mille dinars. De quoi penser à prospecter un terrain pour sa future maison. Nabila hors jeu pour quinze jours, Benamar se vit dans l'obligation de s'occuper de ses enfants. Dans la baignoire, il ébouillanta Fafa :

– C'est brûlant.

– Mais non…

Benamar plaça sa main sous la pomme de douche et, ne sentant rien que du tiède, il doucha Fafa de lave. Une sainte horreur des shampooings lui fit dépenser la somme de vingt francs pour raser la tête de son petit dernier. Fafa, en plein Saint-Germain-des-Prés, montrait une tête de bagnard dont le bonnet accentuait l'enfermement. Ses camarades de classe, les cheveux longs au vent sur leur mobylette, le paquet de Camel en poche, les oreilles pleines des tubes des Rolling Stones, la sacoche kaki en bandoulière en guise de cartable, n'allaient pas accepter un Fafa tondu, à vélo, sans argent et sans *clopes*. La veille de la rentrée des classes en cinquième, Fafa prit le chemin de la fenêtre et se retrouva, la nuit, dans les rues de Paris.

Il erre au carrefour de Rennes et Saint-Germain-des-Prés, sur la grille qui souffle cet air soulevant les jupes et robes des passantes près du Supermag, il se réchauffe en tapant du pied et, les poings dans son blouson, il regarde sortir de sa bouche la buée. Les noctambules, têtes baissées, ne le regardent pas. Il pourrait faire la manche pour passer le temps, pour entendre une voix lui dire qu'il existe même dans un refus grognon, mais il ne sait que dire pour arrêter une vie. Alors il tourne boulevard Saint-Germain et il fait le grand tour par la rue du Dragon, puis revient par du Four et le revoilà de nouveau sur la grille, le gril, avant un autre tour. La nuit va être longue et froide. Il a son bonnet sur le crâne, il l'enfonce encore plus loin sur les yeux et les oreilles. C'est presque une cagoule... presque, pas encore... Les voitures passent, s'arrêtent au feu. Feux vert, orange, rouge. Fafa les compte comme des boules de couleur et calcule la nuit. Il n'a pas de montre et ne veut pas savoir l'heure de toute façon. Il résiste à l'envie de jeter un œil sur la grosse pendule qui concurrence les cloches de l'église Saint-Germain. Feu rouge. Feu vert. Des klaxons. Fafa regarde du côté de la promesse d'un fait divers. Non, il ne se passe rien... Si, une voiture se gare, une belle bagnole noire sigle Mercedes. Fafa connaît la marque, la même que sur la miniature... Ne pas y penser, ça ne sert à rien. Il tourne le dos à la rue et contemple les vitrines du Supermag. Dans son dos, la voix :

– Tu as du feu ?

Faraht se retourne doucement. Il n'aime pas son dos tourné et pas plus la surprise :

– Pardon. Tu as du feu ?

L'homme est immense devant Fafa ou alors le froid a recroquevillé davantage le gamin. Dans sa main, un trousseau de clefs dont l'anneau passe par le pouce et joue au pendule hypnotique. Entre deux doigts, la blonde baguée d'or, une longue Dunhill :

– Du feu.

– Fume pas.

– Ah. Je peux parler un peu avec toi ?

– M'en fous.

L'homme fixe intensément Fafa qui soutient le regard mais par en dessous. Feu vert :

– Tu t'es sauvé de chez toi.

– Non.

– Tu t'es sauvé de chez toi ?

– Non.

L'homme continue le dialogue absurde et, une main dans la poche de son manteau, farfouille comme si ses doigts gantés de cuir égrenaient un chapelet de fourmis :

– Tiens, je suis bête… J'avais des allumettes.

L'homme penche sa tête sans quitter Fafa du regard. Il porte sa cigarette à la bouche et, dans la crécelle des clefs, il frotte une allumette. Feu rouge. La fumée enveloppe la buée de Fafa, l'épouse et, dominante, la noie :

– Tu en veux une ?

– Non.

– Ah oui, trop jeune pour fumer…

– Non.

Fafa a un geste vers le paquet de Dunhill et une moue avance ses lèvres comme une envie de téter, un désir de sérieux. Cette buée blanche le gêne. Il veut aussi ce brouillard gris :

– Après tout.

– Tiens.

Faraht prend la cigarette et la tire comme une baguette de mikado, elle résiste dans le paquet, il la torture un peu, la chiffonne mais elle ne casse pas. L'homme s'amuse en lui donnant du feu :

– Il faut aspirer. Pas souffler.

– Je sais.

Feu bleu. Le vent froid coupe la flamme en deux. Elle tombe dans le noir fauchée net. Les quatre mains font un nid pour la suivante. L'homme fait le dos rond et, dans cette conque, Fafa se protège, protège le feu en lui. Feu rouge et bleu. La voiture de police glisse et quatre visages graves se tournent vers le couple homme-enfant. Les regards sont durs malgré la douceur des sourcils relevés et l'interrogation des plis de la bouche. Feu vert. La voiture fonce vers la rue Bonaparte :

– Tu t'es sauvé de chez toi… La police tourne beaucoup ici, tu sais. Si tu veux je te ramène chez toi ? Il faut tirer sur ta cigarette.

Fafa inspire fort. Tousse. Crache. S'étouffe.

– J'ai ma voiture là.

Fafa se dandine sur ses pieds en regardant le laqué noir de la Mercedes. La Simca 1000 tente de s'interposer pour s'estomper aussitôt. Triste, chagrinée et minable. Fafa revient au visage de l'homme et il ôte son bonnet. Il est vert de rage :

– On m'a rasé la tête.

– Qui ça, on ?

– Les éducateurs de la prison d'où je me suis évadé.

– Tu t'es évadé ?

– Oui et ils ne me reprendront pas vivant.

– Tu veux te cacher chez moi ?

– Ben…

– C'est bien chez moi. Grand et il y a la télévision. Tu pourras dormir, manger et avoir chaud. Tu veux une cigarette ?

Fafa hoche la tête et reçoit le paquet :

– Garde-le, j'ai une cartouche.

Fafa parle sans savoir ce qu'il dit, les feux passent à toute vitesse du rouge au vert à l'orange. Fafa se souvient d'un passé proche, très proche, quand il était sur le trottoir. Là, sans savoir comment, il est dans la Mercedes avec l'odeur du cuir, la chaleur du cuir, le bonheur qui glisse sans un bruit dans la ville. L'homme conduit doucement sans cesser de fixer la route. Sa main tourne le bouton de l'auto-radio et Mick Jagger chante Angie. La chanson de Fafa, ce slow qu'il ne pourra pas danser avec Christiane, la petite de l'école dont il est fou. Elle danse toujours avec l'autre qui a les cheveux jusqu'aux épaules.

– Il est joli, ton bonnet marin.

– C'est mon père qui me l'a donné. Mon père, il est pêcheur et il va sur la mer. Il revient tous les six mois, c'est pour ça qu'il m'a placé.

– Et ta mère ?

– Elle est morte quand j'étais petit.

– Excuse-moi.

Le silence s'installe. Faraht Bounoura pense que ce serait bien si un requin avait mordu son père :

– Mon père, il a un requin tatoué sur le dos.
– Ah oui…
– On arrive.

Fafa avait vu les quais de la Seine, la Concorde, les Champs-Élysées, l'Arc de triomphe, l'avenue des Ternes, la place du même nom et là, cette petite rue inconnue :

– Y a pas de place et j'attends pas dans la voiture qu'une se dégage.
– J'ai un parking.

L'enfant se sent bien. Dans la voiture il a eu chaud et sa méfiance frime, sa peur crâne, son appréhension ruse :

– Je tape des affaires.
– Moi aussi, enfin, je suis dans les affaires.
– Tu dépouilles ?
– En quelque sorte, je travaille dans une banque.

Il faut sortir de la voiture. L'homme descend :

– Appuie sur le bouton de ton côté. Tu as peur ?
– De quoi ?

Sans l'attendre, l'homme traverse à grands pas le parking. Fafa suit l'écho, sans bruit met ses pas dedans, il trottine. L'homme ne se tourne même pas vers lui, il trace. Faraht pourrait partir et pourtant il le rejoint, il saute même dans l'ascenseur en soufflant de vexation :

– Excuse-moi, je croyais que tu me suivais de près.

Le silence dans l'habitacle, l'homme a appuyé sur le numéro 5. Fafa semble bouder. Un peu de crainte d'avoir vu le béton brut du parking mais vite l'émerveillement. L'homme sort son trousseau et une clef étrange apparaît qui pénètre parfaitement la serrure sur la porte de l'ascenseur :

– Faut une clef pour sortir de l'ascenseur ?

– Non, mais pour entrer chez moi… Oui.

Fafa n'en revient pas, l'ascenseur arrive directement dans le hall de l'appartement et la porte s'ouvre sur l'immensité. Au fond du double salon une baie vitrée donne sur un jardin suspendu. L'homme ôte son manteau et le jette par terre :

– Prends tes aises.

Fafa voit une chaise et s'assoit. L'homme sourit :

– Tes aises ! Pas une chaise… Tu peux visiter si tu veux.

– C'est quoi, votre nom ?

– François. Tu peux me tutoyer. Et toi ?

– Fafa.

– C'est chouette comme prénom… Tu es marocain ?

– Non, algérien.

– Ah bon. Je ne connais pas l'Algérie, juste le Maroc.

Faraht regarde autour de lui. De la moquette, même sur les murs. Des posters :

– Sont beaux, tes posters.

– Des lithographies.

Un piano :

– Tu joues ?

– Oui. Je te jouerai un morceau après.

Un gros meuble :

– C'est quoi, ça ?

– La télé.

Il se lève, ouvre les panneaux du meuble et un grand écran se dévoile :

– Visite. La cuisine est par là.

– Tu vas où ?

– Me doucher.

François monte l'escalier de bois blanc et disparaît, d'en haut il dit fort :

– Il y a tout ce que tu veux dans le frigo, à boire et à manger. Sers-toi.

Faraht, seul, n'ose pas bouger. Il finit par se lever et entre dans la cuisine, immense, tout aménagée de luxe. D'en haut, la voix de François :

– Amène-moi un Coca, s'il te plaît.

– T'es où ?

– En haut.

Fafa prend un Coca-Cola et doucement, timidement, monte l'escalier. Sur le palier, un long couloir dont une paroi encore vitrée donne sur le jardin, de l'autre côté de la rue il voit les toits des immeubles. Fafa ouvre les portes qui découvrent des pièces, une chambre à coucher, un bureau aux murs tapissés de livres. Une pièce vide ? Non, pas vide, de grands miroirs de part et d'autre, des miroirs coulissants sur des penderies pleines de costumes et d'habits divers, d'accessoires masculins :

– T'as un vrai magasin de fringues ! T'es où ?

– Tout au fond.

Un chiotte, de la taille d'un petit studio d'étudiant. Enfin, il entend couler de l'eau, il frappe à la porte entrouverte :

– Entre.

La bouteille de Coca à la main, Fafa pénètre dans l'humidité chaude de la salle de bains. Dans la baignoire, François barbote, une cigarette au bec :

– Tu veux te doucher ?

– Non.

François sort son bras de l'eau savonneuse et sa main se tend vers Fafa qui ne bouge pas :

– J'ai soif.

Fafa, les yeux fendus en minces meurtrières, laisse filtrer un fil de pupilles métalliques pour regarder François sans lui donner la bouteille. L'homme se lève. Nu. Le regard de Fafa se baisse sans le vouloir jusqu'au sexe. Il n'a jamais vu une paire de testicules aussi grosse, impressionnante, inquiétante, dangereuse. Dessus, comme une arme, le sexe épais de François légèrement gonflé repose :

– On est entre hommes, non ?

L'homme enjambe la baignoire, durant son mouvement ses lourdes couilles ne ballottent ni ne pendent de ridicule, dans un éclaboussement François attrape un peignoir dans lequel il s'enveloppe. Son regard ne croise à aucun moment celui de Fafa. Désinvolte, il tire une serviette-éponge du moelleux d'une pile et se frotte la tête, puis les pieds, un à un et enfin les bras. La serviette autour du cou :

– Descends, je te rejoins. J'en ai pour une minute.

Faraht fuit. Il dévale l'escalier et file dans la cuisine. Il trouve un paquet de gâteaux, jette un œil sur un râtelier de couteaux de toutes tailles et avise une baguette de pain, il en casse un morceau. De retour dans le salon, il se positionne sur sa chaise en serrant contre lui, bras croisés, les gâteaux et le pain. Sous son bras, sa boisson. Le long de sa chaussette, le froid du métal. François en robe de chambre descend au même moment et s'installe, s'étale sur le grand canapé de cuir blanc. Il tapote la place près de lui :

– Viens t'asseoir.

Faraht immobile grignote son croûton de pain.

– Viens t'asseoir près de moi, on va voir un film.

François allume la télévision et cherche une chaîne, le son est au minimum. Il pianote le cuir près de lui :

– Je ne vais pas te manger.

Fafa voit les jambes nues de l'homme et, un instant, il envie les poils bruns, les mollets forts, les genoux sûrs d'eux. La robe de chambre bâille. L'enfant se lève et se pelotonne au bout du fauteuil. François glisse vers lui comme pour prendre un gâteau dans le paquet que, bras tendu pour le maintenir à distance, lui tend Fafa. La main évite le paquet et se pose sur le genou de Fafa qui ne le retire pas. Toute sa chair se rétracte :

_ Je peux te caresser ?

– Quoi ?

– Je peux te caresser un peu... Ce n'est pas méchant. On est des amis maintenant.

Fafa sent l'haleine de François près de sa joue, puis contre, puis dessus. La bouche de l'adulte s'est posée tout près des lèvres de Fafa de profil. Fafa sent l'humidité d'une limace. François a sorti sa langue et, reptile, elle cherche de sa pointe à pénétrer la commissure des lèvres de Fafa. Alors Fafa tourne gentiment la tête vers François et ses yeux se voilent différemment du flou soudain de ceux de l'homme. François hurle en reculant doucement :

– Pourquoi ?

En se détachant de Fafa qui n'a pas bougé, la lame du couteau de cuisine est sortie de sa cuisse, a glissé de la chair comme d'un fourreau. Il n'y a pas de sang sur la jambe nue. Juste un trait. Un trait qui commence à sourire rouge, à pleurer rouge, à saliver rouge, à saigner d'un coup. Les muscles de la cuisse tressaillent d'incontrôlables tremblements. François, bouche bée, ne semble pas souffrir, il regarde la plaie avec étonnement :

– Pourquoi t'as fait ça ?

Fafa regarde le sang sur la lame. Il ne bouge toujours pas. Quand il lève les yeux, des larmes coulent. Il est pâle. Tranquillement, les doigts blancs serrent le manche :

– T'es pédé, toi. T'es pédé comme Pédro qui veut niquer Léo.

François a soudainement peur devant le calme de l'enfant, son front ruisselle :

– Pose ce couteau, Fafa, je te demande pardon… Je vais te ramener chez toi. Nous sommes des amis, je ne vais pas te faire de mal.

– Personne ne peut me faire du mal maintenant.

– D'accord, d'accord, garde le couteau.

François part en arrière de tout son corps en traînant sa jambe sur le cuir blanc du fauteuil. Au bout, l'accoudoir en bois précieux le soutient, il se met debout et à cloche-pied va vers son manteau. Fafa toujours assis, la lame au même niveau, le suit du corps, des yeux et de l'extrémité de l'arme. François fouille fébrilement son manteau, le secoue dans tous les sens, tombe par terre. La moquette pourtant épaisse n'arrive pas à boire le sang, une flaque bombée se forme. Le sang comme du mercure à l'air solide. Enfin, il sort son portefeuille, extrait des billets de banque et, suppliant, les tend à Fafa :

– Va-t'en. Je t'en prie, va-t'en, je ne dirai rien. Pardon. Excuse-moi. Allez, va-t'en, s'il te plaît.

Fafa regarde l'argent, ses globes oculaires lui font mal. Une étrange fatigue le saisit tout entier, son corps lui paraît mou, d'une mollesse terrible. Fugitive, la pensée d'une envie de sieste le prend. D'un bond il est debout et il court vers la sortie, la porte de l'ascenseur qui ne s'ouvre pas :

– La porte à gauche, c'est l'escalier.

Fafa part vers la droite, dribble et part à gauche, une issue camouflée dans la tapisserie murale. Il l'ouvre avec violence et disparaît sans entendre derrière lui un gémissement d'enfant.

Dehors il se perd, panique dans le dédale des rues jusqu'à ce qu'il débouche sur une avenue. Il voit l'Arc de triomphe, court dans sa direction, rejoint l'énorme rond-point qu'il traverse en courant comme attiré par la flamme du soldat inconnu. Tout klaxonne autour de lui, tout l'éblouit, le jaune et blanc des phares, le vert, rouge, orange des feux. Enfin, il reconnaît les Champs-Élysées. Il sprinte à perdre haleine vers la Concorde. Ça y est, il sait où il est. Le pont, l'assemblée, le magnifique, miraculeux, inespéré boulevard Saint-Germain-des-Prés. Il marche plus calmement jusqu'à la rue du Bac. Faraht Bounoura rentre chez lui. Il a vaincu le dragon. Il pense à Christiane. Il pense aussi à Nabila et à Benamar. Il y pense si fort qu'il suffoque à les aimer. Il sent qu'il va pleurer, alors il éclate de rire. Il se tord de rire à en avoir mal, mal à chialer alors il coule, il s'écoule de lui-même et se demande ce qui lui arrive. Il ne sait pas. Fafa ne sait pas et, comme à l'école, il a ce geste universel de l'ignorant qui se gratte la tête :

– Putain de merde ! Mon bonnet ?

Il sursaute. Cherche d'où vient le bruit. À ses pieds, le couteau qu'il vient à peine de lâcher rebondit sur le bitume. C'est peut-être ça qui l'a fait rigoler comme un malade. Serait-ce de la folie que d'avoir une bonne et saine santé mentale dans un monde de démence ? Du bout de la chaussure, il offre la lame ocre-rouge au caniveau. L'égout la lavera.

Faraht Bounoura fit son entrée ce matin-là, la tête haute. Portant fièrement son crâne tondu malgré le bleu jaunâtre sur sa pommette et sa lèvre fendue d'une gerçure suspecte. Benamar n'avait pas apprécié la fugue et l'avait fait savoir à sa manière à monsieur son fils. Silencieux, Fafa s'était laissé battre avant de faire, de son côté, son sac d'écolier tandis que Benamar préparait sa musette casse-croûte pour aller travailler. Le père et l'enfant se tournaient le dos après le brutal face à face. Les deux pensaient, l'un à la mère, l'autre à l'épouse, et leurs pensées se rejoignaient malgré tout dans une tendresse familiale. Nabila manquait… plus on est de fous…

Ce que ma Jeunesse n'a pas su te dire
Le temps m'a offert les mots pour l'écrire.

Il paraît qu'une femme qui se donne perd ses secrets. Christiane ne s'offrit jamais corps et âme à Fafa qui, à l'époque, aurait volontiers coupé la poire en deux en se contentant du corps de la belle. La première fois qu'il la vit, ce fut le coup de foudre, et il lui suffisait d'y penser pour se sentir traversé de décharges électriques. Christiane avait un très beau corps, il le devinait aux activités sportives obligatoires et le voyait à la piscine de Lutétia. Le sein petit sous le maillot mais très présent, remontant vers le haut comme une corne d'abondance. La croupe cambrée dont deux fossettes aux reins permettaient la souplesse, de longues jambes. Les cheveux châtains, très longs et bouclés. Le front barré d'une frange qui lui tombait sur les yeux, une bouche aux lèvres épaisses qui ne souriait presque jamais, les yeux étrangement droits au niveau des paupières supérieures avaient toujours l'air dans le vague, une voix rauque qui toujours le rejetait, lui et ses tentatives d'approche :

– Tu n'es pas le seul garçon au monde.

Fafa aimait tout entière cette jeune fille et plus encore son nez. Un nez droit et fort, aux narines palpitantes qui descendait du front pour se perdre en deux lignes droites et charnues au-dessus de la bouche. Christiane avait un nez cléopâtrien au point qu'il comparait ce nez, objet d'art et de culte, à celui des autres filles, les mignons un peu retroussés, les sensuels aux narines larges, les caractériels sculptés dans un seul os, les pincés qui ne peuvent sentir personne, les absents amputés de maturité vestige de l'enfance, les en boule qui font de leur propriétaire des clowns éternels même lorsqu'ils deviennent des gens sérieux et enfin celui de Christiane, nez grec tout en restant féminin. Instinctivement il savait que la bouche pouvait mentir, les yeux se fermer et penser à autre chose, rêver un autre, fantasmer un ailleurs. Il savait que l'œil peut tout voir, le beau comme le laid, que la bouche peut tout justifier, le mensonge comme la vérité, que la vue et la parole sont de vieux complices. Le nez non ! Le nez ne pouvait mentir contrairement à tout le corps qui joue, invente, rajoute, ment. Pour Fafa, le nez restait le seul organe qui ne pouvait se prostituer. Les yeux pouvaient déserter, la parole jurer ! Le nez, dans sa façon de témoigner du dégoût ou du plaisir, disait la vérité sans rien justifier. Cet organe pouvait toujours être surpris. Faraht la scrutait et souvent, devant lui en cours, elle lui offrait la majesté d'un profil digne de se risquer faussaire pour frapper son effigie sur des pièces d'or. Fafa faisait tout pour attirer son attention et, quitte à se montrer cancre, n'hésitait pas à lui poser toutes sortes de questions. Le lendemain d'une absence, la belle répondit au prof qu'elle était aphone :

– C'est où, Phone ?

– Ça veut dire être sans voix. Ce n'est pas une ville.

D'autres fois, il la taquinait bêtement :

– Sombre et stupide imbécile.

D'elle, Faraht Bounoura acceptait tout sauf l'insupportable :

– Tu n'es pas le seul garçon au monde.

Elle habitait rue du Cherche-Midi et souvent Fafa la suivait ou la raccompagnait, un peu penaud qu'elle ne l'invite jamais chez elle pour lui montrer un devoir ou sa chambre ou sa collection de n'importe quoi. Elle gardait ses distances tout en s'amusant de ce petit bonhomme frisé aux grands yeux noirs et au nez jumeau du sien. En penchant bien la tête, ces deux-là étaient conçus pour s'embrasser. Elle ne voulait pas boire un pot avec lui, ni aller au cinéma, ni à la patinoire Michel-Ange Molitor, ni rien. Tout ce qu'elle voulait, dans un vœu soupirant, était un poste de télévision dans sa chambre. Fafa avec un gros feutre écrivit dans le rayon TV du Bon Marché, sur l'écran d'une très belle télévision : « En panne. »

– Dis donc, c'est lourd ! Ton papa ne pouvait pas venir la chercher…

– Ben non, m'sieur.

– Vas-y.

– Merci, m'sieur.

– T'es un p'tit costaud, toi.

Fafa sortit du magasin par la grande porte tenue par le vigile de service, les genoux pliés, la télé sur le ventre, bombé en avant, cambré en arrière, soufflant comme un bœuf et les fesses serrées d'audace. Il venait de voler, d'escroquer plutôt, un poste neuf pour sa belle.

– Je plaisantais

fut sa réponse. Triste, Fafa abandonna le cadeau sur le trottoir pour les éboueurs ou qui le prendrait. Il en fit son deuil et attendit que Christiane émette un autre souhait. Pour elle, il pouvait tuer sans problème, sans souci, sans conscience. Il gardait de l'histoire avec François la facilité avec laquelle la lame entrait dans le corps.

Ce couteau pénétrant la chair avait été réel, il ne l'avait pas rêvé, il n'y avait aucun doute. La flaque, incroyablement rouge, était née d'un geste simple, cruel, barbare mais… naturel. Fafa n'avait qu'à fermer les yeux pour revoir cet adulte décomposé, apeuré, peiné, choqué et, dans l'oreille, sans savoir si c'était François ou lui, la réminiscence plaintive du gémissement enfantin lui vrillait les tempes. Fafa avait toujours mal à l'oreille et ses maux de tête ne se calmaient que lorsqu'il se masturbait sans aucun plaisir ou qu'il pensait à la simplicité du geste, la facilité de l'acte et, surtout, la consistance du monde. Ce monde dur, méchant qui sous la piqûre de la lame devenait mou et lâche. Faraht Bounoura prit conscience d'un monde craignant une mort qui, lui, le faisait rire. Pour Léo et Jésus, ses amis, le vol n'était qu'un jeu pas bien méchant qui cesserait dès la première brûlure. Fafa, lui, ne jouait plus. Il n'avait plus le temps pour les siestes de la mort lente ni pour le sommeil. Il ne se coucherait plus jamais ou alors définitivement mais, même fatigué, il dormirait les yeux grands ouverts. Faraht Bounoura prit le goût du sang et, du sien, peignit un masque de guerre au visage de son âme, la nouvelle tout juste découverte :

– Tiens, j'ai écrit tes initiales… regarde.

– T'es fou ?

Sur le bras de l'amoureux, à la lame de rasoir, CP était inscrit en deux lettres purulentes d'hématomes – Christiane Plazy.

… Non, je t'aime…

En Christiane, Fafa pensait avoir trouvé sa louve, celle qui lui ferait découvrir l'amour, la sexualité. Chez lui, il le sentait, quelque chose d'informulable n'allait pas. Il voyait le plaisir de Léo dans ses jeux de cochon et, seul, il tentait aussi de s'aimer mais rien n'y faisait. Fafa jouissait comme on boit de l'eau, parce qu'on a soif, sans envie de goût ou de se soûler. Il croyait que ce manque de plaisir venait de sa circoncision, du frottement de sa chair à nu et du tissu des slips insensibilisant l'extrémité nerveuse du gland. Il avait même lu un passage dans un livre savant sur le sujet :

> L'homme circoncis devient insensible tout en restant émotif. Cette émotion de sentiments lui permet d'aimer les siens sans devenir sexuellement dépendant de son épouse. C'est en cela qu'un bon musulman reste avant tout un bon époux avant d'être un bon amant car sa femme ne peut le tenir par la sexualité. L'homme qui se donne, se perd, s'ouvre et défaille, crée une brèche en lui dans laquelle s'engouffre la femme pour prendre le pouvoir. De tout temps, la femme se donne et l'homme prend. Le plaisir sexuel pouvant inverser les rôles, la circoncision permet à l'homme dès l'enfance d'être maître de son sexe et non esclave du plaisir et du désir qu'il croit que la femme lui donne et inspire. L'homme qui jouit ressemble à l'homme qui boit ! Une marionnette dont le diable tire les ficelles. Un homme qui ne maîtrise pas son sexe ne peut maîtriser sa vie.

Faraht se disait que son absence de jouissance venait de là et que contrairement à Don Juan ou à Casanova, son pauvre frère historique, lui, Faraht Bounoura, serait l'homme d'une seule femme qui lui apprendrait à guérir ce qui ressemblait à une forme de frigidité. Cette femme ne pouvait être que Christiane. Elle lui prendrait la main pour le conduire sur le chemin de l'amour même si Fafa, de plus en plus boiteux, se découragerait en ne voyant pas le bout du tunnel en cercle, aussi vicieux que fermé, de sa libido…

Me vouloir quelqu'un alors que – merde ! –, j'ai été mieux que quelqu'un… J'étais l'enfant !

Un roc pour prendre appui, à défaut d'une main tendue, une branche à laquelle se raccrocher. Faraht attendait quelqu'un, quelqu'une, quelque chose pour s'arracher à la boue de l'enfance, matière aspirante, mouvante des suicides enfantins. Première lourde peine à espérer : la majorité. Fafa tirait ses journées, petit Sisyphe innocent roulant son quotidien de l'aube au crépuscule, petit bagnard mâchant des cailloux, à les moudre, la nuit tant il grinçait des dents. Tous les matins il retrouvait son fardeau d'être et se sentait comme retenu par un élastique le ramenant violemment à l'état de petit garçon. Pieds nus, sans bottes de sept lieues pour franchir d'un bond l'obstacle qui, d'un grand pas ou d'un grand rire, l'affranchirait de sa condition d'enfant. Sa croissance stagnait, même physiquement, il poussait difficilement, bonsaï de chair entravée. Il tentait parfois de casser son carcan, en accumulant les bêtises, mais ne le détruisait pas. Il avait vaguement conscience que des *bons souvenirs*, du *bon vieux temps*, chardons du désert, pousseraient par-ci par-là, mais la mémoire de ses famines et de ses soifs dans cette traversée du vide resterait en lui, tarissant tout désir, asséchant toute envie, le laissant aride et sans larmes. À vivre en apnée, Fafa ne se contenait plus et, soupape, il ne lui restait plus qu'à donner à l'extérieur ce qu'il recevait chez lui : les coups. Il partait *à la dépouille* le soir, agressant les passants. L'insulte à la bouche et les yeux mauvais, Faraht Bounoura cassait des gueules inconnues pour ne pas voir celles de Benamar et de Nabila. Ces deux visages qui avaient donné jour au sien. Frapper, cogner comme on tambourine à une porte inconnue lorsque l'angoisse pourchasse sa proie interne – le requin même, éventré, dévore ses propres tripes jaillissantes jusqu'à mourir, nourri de sa propre haine, de sa propre rage. Fafa redevenait un petit animal sauvage et se retrouvait, apeuré, affamé, vivant de sourire de temps en temps mais survivant de mordre tout ce qui passait à sa portée. Il semblait vivre pour rien tout en perdant son âge, gaspillant son enfance et sa jeunesse. Les autres, les gens, le paumaient aussi alors il montrait l'image d'un enfant parfois, d'un adulte rarement, d'un vieillard toujours. En fait, pitoyable réalité, Fafa restait prisonnier d'un sarcophage gigogne enfermant un mort futur.

Galérien de l'avenir, Fafa, parmi trente rameurs, emboîté sur son banc avec son camarade de classe, son compagnon de chaîne, attendait d'être à quai pour une permission d'un week-end. Devant lui, à un autre banc, Christiane, socio-sportive, souquait ferme. Faraht Bounoura en classe de cinquième avait pour voisin un fils de bourgeois nommé Hugues Vontical, surnommé Hugo par ses copains.

– Tu viens à la maison ?

– D'accord.

Hugo invitait Fafa chez lui à l'heure de table, toujours, entre douze et treize heures. Fafa, incapable de dire non, arrivait pile à l'heure et tombait, cheveu dans la soupe, sur la famille Vontical attablée chacun devant son assiette. Monsieur Vontical avait tout pour plaire, un très bel appartement rue Delambre à Montparnasse, une société de serrurerie haut de gamme qui vendait à l'étranger de la porte blindée au coffre-fort, une voiture de luxe, un camping-car et un Zodiac, une très belle femme blonde et deux fils. Heureux homme, bonne famille, le bonheur. Fafa, assis dans un fauteuil, les regardait manger en se demandant ce qu'il foutait là, dans ce tableau parfait. Au dessert, madame Vontical lui proposait une petite assiette de dessert que Fafa refusait poliment de manger sur ses genoux. La présence de Fafa comme un meuble du salon les gênait tous sauf Hugo, qui se régalait de la situation créée. Monsieur Vontical lui jetait des coups d'œil intrigués, madame se tamponnait les lèvres, agacée, le petit frère très sage mangeait sans lever le nez sauf pour redemander du rabiot et Hugo gloussait dans son assiette. Cette famille ne devait rien comprendre au sans-gêne de Fafa qui débarquait comme ça, sans avoir été invité en bonne et due forme avec un petit carton stipulant combien on serait heureux de sa présence pour l'anniversaire du petit bijou de la famille, Hugues. Étouffant, Fafa regardait son nouvel ami :

– Je vais dans ta chambre.

– Touche à rien, hein… J'arrive.

La chambre d'Hugo était une caverne d'Ali Baba : une guitare sèche et une autre électrique, une chaîne Hi-Fi incompréhensible pour Fafa dont l'ouïe ne différenciait pas la mono de la stéréo, une tenue complète de plongée sous-marine dans le placard, des disques par centaines. Hugues Vontical, gosse de riche, avait tout et même plus puisqu'il avait Fafa comme faire-valoir. Hugues Vontical était riche d'un serviteur, d'un esclave. Il parlait aussi haut que Fafa murmurait. Il lui fallait une cour que Fafa amusait en se laissant chambrer parfois cruellement. Hugues Vontical traînait derrière lui Fafa comme un chevalier son écuyer :

– T'as touché à rien ?

– Non… Heu si, les BD.

– C'est à pisser de rire, Gotlib, non ?

– Ouais.

Hugues fermait sa chambre à clef et, ensemble, assis par terre, ils commençaient à mettre au point la longue liste des conneries à faire dans la journée. Hugues possédait deux paires de patins à glace dont la dernière à la mode. Il prêtait l'ancienne à Fafa reconnaissant :

– On va à Molitor.

– J'ai pas de fric.

– Pas grave, tu passes sous la caisse.

À la patinoire Molitor, collé contre la caisse, Fafa fraudait le tourniquet tandis qu'Hugues et ses amis de glissade faisaient diversion. Le bar de la patinoire les réunissait autour d'un chocolat chaud. Fafa, le cul trempé, gelé, sans gants ni écharpe, attendait sans consommer :

– On va au cinéma.

– J'ai pas d'argent.

– C'est rien, je t'ouvrirai la sortie.

Fafa entrait dans la salle obscure et rampait entre et sous les sièges. Hugues ne l'attendait jamais au premier rang mais toujours au milieu de la salle, s'amusant à le voir ramper comme un ver de terre et se jouant des frayeurs à chaque passage du contrôleur :

– Si tu vois un sac par terre, prends-le.

– Ça marche plus, il y a une annonce sur l'écran maintenant.

– Y a toujours une conne pour le laisser au sol.

Faraht Bounoura fit l'erreur d'amener chez lui Hugues Vontical. Benamar, de plus en plus absent pour cause de séjours en Algérie, déléguait à Nabila le soin de l'éducation des trois enfants. Il ramenait des nouvelles et des photos de Nourredine en militaire, porteur d'une virile petite moustache châtain. Benamar prospectait aussi des maris pour ses filles et des épouses pour ses fils. Là-bas, il ne se doutait pas de ce qui se tramait à Paris. Nabila tomba littéralement d'amour filial pour Hugues, ce fils qu'elle aurait voulu avoir. Si poli, si beau, si élégant, qui ne venait jamais les mains vides. Avec des chocolats, non pas de ces boîtes affreuses dont les friandises ont le même mauvais goût que le dessin criard ou la photo vulgaire du couvercle mais des *au détail*, choisis avec délicatesse au point que jamais un fourré à l'alcool ne s'y glissait. Pour Nabila, Hugues était la référence, la perfection faite adolescence. Et cette amitié pour Fafa, cette générosité pour son fils qui grâce à lui allait au cinéma, à la patinoire et même une fois en week-end. Nabila autorisait Fafa à sortir après avoir joué entre son fils et Hugues à la comparaison, au jeu des sept erreurs, des sept anomalies. Faraht ne travaillait plus, désargenté, il suivait les ordres d'Hugues en pensant parfois à Léo, Léonard tout triste qu'un petit bourgeois lui ait piqué son copain. Hugues détestait Léo et ne ratait jamais une occasion pour éviter que Fafa renoue avec son ami d'enfance. Faraht Bounoura, en Hugues, se cherchait. Pour que cet adolescent l'adopte, il devait bien avoir lui aussi des qualités. Hugues savait tout faire, du sport, des études, des conneries. La seule chose que Fafa pouvait lui reprocher, sans jamais oser le faire, restait cette vilaine habitude qu'avait Hugues de lui dire de passer à midi chez lui :

– Faraht, Hugues au téléphone.

Fafa prit le téléphone des mains de Nabila :

– Il m'a demandé l'autorisation et j'ai dit oui.

Nabila avait longuement parlé à Hugues avant d'appeler son fils. Nabila et Hugues s'étaient mis d'accord pour une soirée au cinéma qui ne dépasserait pas minuit :

– Ouais ? (...) OK.

Nabila regarda Fafa s'habiller pour sortir, elle lui tint le même discours de prendre exemple sur Hugues, le positif. Faraht retrouva Hugues assis place de l'Odéon, le cul posé sur le socle de la statue de Danton. Il était hilare, portant sa musette militaire en bandoulière, vêtu de son gros trois-quarts en mouton retourné :

– J'me suis barré de chez moi.

– Quoi ?

– J'ai fugué !

– Comment ça ?

– Claqué la lourde ! Envoyé chier, quoi !

– Rentre chez toi, Hugo...

– Pas question, faut qu'tu m'aides. J'ai un peu d'fric et du shit. L'aventure nous appelle, mec.

Hugues donnait des noms à ses parents, traitant sa mère de putain et son père d'enculé, il prit un air conspirateur pour expliquer à Fafa incrédule le pourquoi de sa fugue. Fafa ne comprenait pas du tout que ce grand dadais d'abruti déserte le paradis familial. Devant l'incrédulité de Fafa, Hugues explosa :

– Ils veulent pas m'acheter ma 125 Yamaha !

– T'as pas l'âge. Faut avoir seize ans.

– J'm'en fous ! Ils peuvent l'acheter et j'peux m'entraîner à la campagne ou dans le parking !

Hugues était propriétaire d'une superbe mobylette orange, avec les clignotants, double siège pour monter sa petite copine, un supercadenas, une assurance contre tout et de quoi remplir le réservoir d'essence :

– Qu'est-ce que tu veux de plus ?

– Faut qu'tu m'aides...

– Comment ?

– M'trouver où dormir.

Fafa déjà vaincu accepta de faire, en compagnie d'Hugues, la tournée des copains et copines dont les parents Vontical n'avaient pas l'adresse et qui pouvaient assurer le logis, le couvert, l'amusement et le plus ardu, l'écouter blablater sur ses tortionnaires de parents. Léo n'en voulait pas dans sa chambre de bonne :

– Laisse-le se démerder, Fafa. C'est une galère, ce mec.

Claire, qui avait payé trente francs un disque des Floyd jamais livré, regarda le duo devant sa porte :

– Vous m'amenez mon pognon ?

Elle habitait un studio chez ses parents propriétaires de l'immeuble :

– Mon disque ?

– Tu sais bien que je me suis fait choper et j't'ai dit qu'faudra attendre un peu...

– Alors pourquoi il a pris le pognon d'avance ?

Hugo baissa le nez en ricanant dans son duvet :

– Pour ton disque, on verra à visionner la chose sous un autre angle... OK ?

La porte claqua et Fafa se tourna vers Hugues :

– Tu lui as pris son fric ?

– Ben j'en avais besoin… Pour le shit.

Faraht s'était remis à voler pour Hugo qui revendait au bahut. Receleur, Hugues ne prenait aucun risque, sinon celui d'accompagner Fafa et, de loin, le regarder faire en salivant d'excitation :

– Putain, cinq d'un coup !

Entre les deux Escalator de la Fnac, Fafa glissait dans son dos des albums trente-trois tours, laissant son blouson ouvert sur le devant, il n'attachait que le bas qui, lui serrant la taille, empêchait la chute des vinyls :

– Woodstock, la totale…

Pour sa commande, Claire n'avait pas eu de chance, chez Gibert Jeune, un vigile plus malin que les autres claqua le dos de Fafa d'un sympathique geste voulant dire, après la fouille de son sac : « Excuse-moi, tu peux y aller mon garçon. »

Une fois de plus, la flicaille ramena Faraht Bounoura au collège et, de nouveau, le livrant à la directrice, celle-ci laissa choir un définitif :

– Médiocre.

Karima lui avait sauvé la mise en répondant au téléphone et en gardant le secret. Les gardiens de la paix, lorsqu'ils surent enfin l'adresse :

– Ah, la voilà enfin sa vraie petite gueule de voyou !

Faraht Bounoura avait en effet changé de visage. De petit adolescent sympa son visage mua en diabolique gamin à tendance psychotique :

– Reste le gros Mick ?

– Quoi ?

– Tu rêves ou quoi… J'te dis qu'y reste que Mick.

– Michaël Noir ?

– T'en connais d'autre ?

À vingt-trois heures, Fafa et Hugo sonnèrent à la double porte d'un immeuble cossu de la rue des Francs-Bourgeois. Mick, en personne, vint lorsque son père l'appela avec dans la voix un :

– C'est des heures pour déranger les gens ?

Mick tenta de se faire petit face à son père et grand devant les deux errants. Chose difficile du fait de son obésité. Il plaida auprès de son père qui accepta de les recevoir le temps d'une collation et de quelques coups de téléphone :

– Pas longtemps, compris !

Attablé, affamé, le trio discuta un peu le temps de passer commande d'un lot de Waterman, stylo plume, bille, feutre :

– Trente balles les trois ?

– J'vous ouvre ma porte et vous me faites pas un prix ?

– OK, la semaine prochaine.

– Vu qu'on est en galère, tu pourrais peut-être avancer la thune ?

– J'en causerai d'abord à Claire, les mecs.

Lorsque Hugo donna à Fafa le résultat de ses coups de fil, il en resta bouche bée :

– Pas chez cet enculé ?

– Ben j'vois pas où, alors… Il a changé, tu sais. Il m'a même dit qu'il regrettait l'passé et que maintenant il avait la honte rien que d'y penser, au mal qu'il t'avait fait.

– Son père a fait l'Algérie.

– Ben, l'mien aussi et pourtant il t'a à la bonne.

C'est ainsi qu'ils prirent le chemin de chez Pascal Grégoire. Fafa eut connaissance des transactions et, après qu'ils eurent truandé le métro, la grande banlieue leur tendit ses bras de béton gris :

– Ouais, j'y ai dit que mes parents étaient en week-end et qu'seul à Paris j'avais paumé les clefs et qu'j'pouvais pas rentrer chez moi et que mon enculé de père…

–… et ta putain de mère…

–… étaient pas joignables vu qu'le camping-car l'a pas de bigo et qu'ils sont en pleine nature…

– Nous aussi.

– On va d'mander au groupe là-bas ?

– Si tu veux arriver chez Grégoire pieds nus et sans manteau, vas-y.

Hugo s'arrêta net et regarda autour de lui apeuré :

– On est où, là ?

– Malakoff.

– C'est loin encore ?

– J'sais pas…

Ils finirent par trouver la tour où logeait Pascal Grégoire et dans le hall, Hugo :

– J'lui ai pas dit qu't'étais avec moi…

– Il est une heure du matin.

– Ouais, mais tu sais comme il est…

– Oui. Quand tu lui as donné les patins à glace que tu me prêtais, il t'a fait jurer que je les avais jamais mis.

– Bon, moi j'monte… J'te bigophone.

– C'est ça.

Hugo prit l'ascenseur et juste avant la fermeture des portes Fafa hurla :

– Laisse-moi un peu d'oseille.

– J'peux pas ! Faut qu'j'tienne le coup dehors… La bouffe et tout et tout…

La porte se referma et, seul dans le hall froid comme une salle funéraire dont les boîtes aux lettres seraient des tiroirs de morgue, Fafa songea, imagina la nuit d'Hugues Vontical. Les deux souriraient comme des ânes débiles en tirant les taffes de leur joint et en écoutant en sourdine de la musique. Hugo derrière ses lunettes de myope loucherait en aspirant jusqu'au fond des bronches, yeux vagues, l'esprit à la dérive, en orbite autour de son nombril, voguant en direction de nulle part vers un terminus zéro. Fafa connaissait ce voyage intérieur d'Hugo puisqu'il en revenait dans le même état qu'au départ, plein de son propre néant. Fafa ne fumait pas, ne se droguait pas. Lors des boums, il sirotait tranquillement une bière ou deux en matant les manteaux empilés dans une pièce et guettant le summum de la fête pour s'éclipser afin de vaquer à ses occupations de voleur. Il gardait la tête froide même quand des trucs bizarres lui passaient dans l'esprit. Quand il arriva au niveau du groupe de jeunes, il discuta avec eux sous prétexte de chiner un mégot :

– Pas de problème, cousin.

Le jeune sortit un paquet et en offrit une à Fafa :

– T'es d'où ?

– Paris.

– Tu fous quoi, là ?

– J'reviens d'chez un gars.

– On connaît tout l'monde ici. C'est qui, ton gus ?

– Pascal…

– Comment l'est ?

– Petit, costaud, blond. Grégoire Pascal.

– On connaît ! Son père est nazi et lui y vire kifkif…

– C'est un pote à toi ?

– Non. J'ai accompagné un copain qui savait pas où dormir…

– Et toi ?

– Moi, j'rentre chez moi.

– Si tu veux un conseil pour ton pote, dis-y de pas fréquenter le Pascal rapport que l'autre y s'came grave de grave.

– Mon copain y fume aussi…

– On te cause pas de chichon mais d'héro.

– Le plus court pour Paris ?

– Tout droit jusqu'à la porte de Vanves… Hé, c'est quoi ton nom ?

– Faraht mais on dit Fafa. Et toi ?

– Tayeb.

– Salut.

Cette nuit-là, Hugues essaya la vraie came et acquiesça à chaque injure raciste que formulait Pascal qui lui promit de tout faire pour lui donner du *cheval* quand il en voudrait. Fafa fit le plus vite qu'il pouvait et arriva chez lui vers quatre heures du matin. Plus d'une fois, sur la route, il regretta de ne pas avoir pris le chemin des cavales avec Hugues. Faillit rebrousser chemin pour convaincre Pascal de le garder lui aussi une nuit… Il pensa très vite que chez ces gens-là, il devait y avoir des couteaux. L'image s'estompa et Fafa sonna à la porte du premier étage face, escalier B.

Nabila ouvre. Nabila en rage, visage déformé. Seule avec les filles qui dorment dans la chambre du fond. La Nabila d'autrefois est là, ramassée sur elle-même. Bien enroulée autour de son poing, une rallonge électrique, la prise en plastique noir avec au bout ses deux crocs de métal, pend. Fil long, redoutable,

solide et fin. Nabila des mauvais jours, des anciens, des presque oubliés. Venimeuse, constricteur. Elle a du mal à parler. Ça lui vient des tripes et ses lèvres ne bougent quasiment pas. Ventriloque, la bête dans son ventre parle :

– Où il est ?

– Qui ?

La terrible contradiction de Fafa devant Nabila. Il a peur d'elle. Il est lâche et le sait. Pourtant, il peut charger une foule à lui tout seul même s'il s'écrase, se rapetisse face à un individu plus fort que lui ou qu'il croit plus fort. D'un courage inconscient, quasi politique, en prise contre le nombre, la force, le pouvoir, le pluriel de l'ordre, il bouge, se révolte et frappe s'il le faut. Il se suicide socialement, moralement, même en protestation vis-à-vis d'une personne s'il sent en elle la horde des institutions. Il ne craint pas les flics, les profs, les gardiens de square mais qu'un homme se dresse face à lui, l'écrase de son ombre et Fafa n'existe plus sauf s'il est acculé comme avec… l'autre, là. Le monsieur à la Mercedes, à la télé, au jardin sur le toit. Contre Nabila, il ne se défend pas. Il fait un pas, puis un autre et il est en trois enjambées au milieu du salon. Il ne fuit pas. Ne tourne pas autour de la table. Nabila le suit, si voûtée qu'elle semble presque à quatre pattes :

– Où est-il ?

Fafa ne nie pas plus qu'il n'avoue. Il se tait et quand le bras de Nabila se lève, recule pour lancer le fouet, il se met juste en boule. Il serre les dents. Le blouson amortit le choc. Elle tient le col d'une main et tire dessus. Il l'aide en coulant de son habit, il sait que s'il ne le fait pas, elle finira par se retourner sur elle-même et il ne veut pas la voir lacérée et nue. Le deuxième coup, comme au rasoir, coupe la chemisette. Il serre les dents quand le coup suivant ouvre la peau. Dans sa gorge monte un nom, un lieu mais il ravale en déglutissant sa douleur. Nadou, Nadia, sa petite sœur, apparaît avec ses pieds sanglants. Il sourit en pensant à elle. Nabila capte le sourire et redouble. Fafa fixe en lui le visage de Nadia et il prend presque plaisir à la flagellation. La vieille délation remonte à ses yeux et sans pleurer, il sent couler des larmes. Des larmes sans chagrin ni tristesse, des larmes sans douleur. Des pleurs de ceux que le soleil lui arrachait du temps de ses fixations, quand l'astre l'initiait à ne pas baisser les yeux devant son père. Il sait qu'il subit la torture, la torture et la question :

– Où est-il ?

Fafa ne balance pas, ne moucharde plus. Jamais plus un nom ne sortira de sa bouche. Il ne pense qu'à ça… Lui qui ne l'a jamais eu, sait que ce soir il va recevoir de ses propres mains comme un empereur se couronne, le prix de camaraderie. Nabila frappe à tour de bras, la joue de Fafa s'ouvre, il se met en boule pour n'offrir que son dos et sa nuque, ses épaules et ses flancs. Le câble siffle et tombe, il n'a pas mal lorsque la rallonge le touche, la douleur vient lorsqu'elle glisse, se retire avant de revenir. Nabila n'est pas Benamar, son bras est lourd. Sa main rougie, le fouet lui a brûlé la paume. Fafa regarde sa mère par en dessous. Nabila, l'œil hagard, recule et tombe dans le fauteuil, ses bras pendent de part et d'autre et la rallonge électrique repose au sol. Incrédule, elle scrute Fafa qui se retourne vers elle, assis par terre, quasiment aux pieds de la mère, il la fixe, interrogatif, curieux. Nabila croise le regard de son garçon, et en elle, quelque chose chavire et ce faisant, ce même quelque chose se remet en place dans son déséquilibre. Elle parle. Fafa a remonté ses genoux sous son menton, il serre ses bras autour, de nouveau fœtus assis mais le visage levé, il écoute sa mère. Elle parle à la boule qu'est son garçon comme si elle essayait de lire en lui, de le déchiffrer, ce mystère d'entrailles, cette énigme née d'elle. Elle dit les parents d'Hugues, la putain en larmes et l'enculé sévère. Elle dit qu'ils l'ont suppliée. Qu'ils ont ordonné. Qu'ils ont menacé même, pas elle, lui. Faraht aura des ennuis très graves. Elle dit qu'ils viendront demain, tout à l'heure. Oui, ils se déplaceront, les parents du prodige. Ils ne convoqueront pas les parents Bounoura, ce sont eux qui se déplaceront. Pour la première fois. Ils viennent mettre les choses au point. Nabila dit sa honte, sa faute, son honneur, sa complicité involontaire et ce demain qui pointait aux carreaux de la cuisine :

– Où est-il ?

Karima et Nadia se sont levées. Au seuil de la salle à manger elles regardent le tableau figé de Fafa et Nabila en chiens de faïence face à face. Kim approche et fait un signe à Fafa, le signe de s'éclipser. Nadou s'agenouille devant la mère pour doucement la forcer à se lever. Elle conduit la bientôt vieille femme vers sa chambre pour la coucher. Fafa regarde la scène sans en vouloir à sa mère, un regard plein d'amour puisqu'il semble que c'est le dernier qu'il aura pour elle. Un regard jusqu'à la dernière goutte, il est vide. Dernière métamorphose de l'enfant ? De n'avoir pas parlé ? Sa mère lui a donné à coups de fouet une force terrible. Après l'avoir mis au monde, elle vient dans la souffrance de le placer en résistance. Faraht Bounoura n'aimera plus sa mère de ce jour car jamais il ne pourra autant l'aimer que durant cette nuit de sang et d'initiation. Sur son dos, gravé, scarifié, un indélébile :

– Non.

Père la Menace et mère la Prière se mirent d'accord pour coincer Fafa, le faire mettre à table, lui arracher des aveux. Madame Vontical fera la visite tandis que monsieur téléphonera à une heure précise pour que Fafa ait, d'un côté, le spectacle de la pietà et, de l'autre, la bande son en voix *off* de la parole divine et coléreuse. En larmes, la mère pêchera un indice, ses fibres maternelles devineront la cache du fils fugueur. Elle se fera télépathe, ses ovaires tendus en baguette de sourcier. Elle en appellera à la pitié de Fafa, à son orgueil aussi, à sa compréhension, au devoir. Elle peindra d'affreux tableaux où l'adolescent dans le froid et la neige meurt de la poitrine et où tous les pervers de *Paris by night* guettent la proie facile :

– Ce sera de ta faute, Frahat.

– Faraht.

Il écouta, songea à juste titre qu'il fallait qu'Hugo croise un pervers zoophile pour intéresser sexuellement un fou sadique. Ce châtain frisé à long nez cabossé, signe génétique, signature chromosomique des Vontical transmis de père en fils. Ce nez français d'aristocrate décadent, réplique exacte et à coup sûr numérotée en filigrane de couperose que les hommes de cette famille portent en enseigne de génération en génération. Ces yeux de taupe derrière des télescopes, sans lumière ni mystère même lorsqu'ils louchaient, s'envolant, sur un nuage de drogue vers nulle part. Non, franchement, dans cette histoire, le cul d'Hugo ne risquait pas de se faire rectumiser sinon par un coup de pied chaussé de santiags. Voûté en plus, non de scoliose mais d'un squelette sans moelle, l'air sournois de celui qui, en fin de semaine, doute de toucher son argent de poche :

– C'est mon ami, madame, je ne voudrais pas qu'il lui arrive quelque chose, mais je ne sais pas où il est.

La mère poule traversa de ses yeux de verre le corps de Fafa pour chercher le mensonge. Elle pensa fort à son mari qui l'enquiquinait tant avec sa guerre d'Algérie. Elle se mordit les lèvres de remords de n'avoir pas été à l'écoute. D'avoir été de gauche même lorsque son époux lui confiait la veulerie, la bassesse, la malhonnêteté des peuples du Maghreb. Elle visualisa si fort l'esprit de son mari que le téléphone sonna. Nabila décrocha et sans un mot tendit le récepteur à Fafa :

– Notre conversation est enregistrée. La police est prévenue. Il y a même un inspecteur à mon côté alors tu as une minute pour me dire où est mon fils ! Une minute pas plus sinon…

Fafa, l'oreille collée au téléphone et l'œil sur madame Vontical, eut un rictus de mépris et soudain, à la surprise des deux femmes, il éclata de rire. Son dos lui faisait mal mais dessus, il se sentit capable de porter toute la haine du monde. Il cracha son mépris des mauvais acteurs, en articulant bien, froidement, le rire mort subitement :

– Votre fils, y va rentrer, m'sieur. Y va rentrer parce qu'il n'a rien dans le ventre… (…) Non, m'sieur, il a dû manger mais c'est pas en mangeant qu'on a quelque chose dans le ventre. Il est pas de taille pour vivre dans la rue, m'sieur. (…) L'lui faut son papa et sa maman, à votre fils ! Moi, j'sais pas où il est, mais même si j'savais, m'sieur… Même si, je vous le dirais pas.

Fafa n'attendit pas pour raccrocher et, se tournant vers madame Vontical :

– J'suis son ami, madame, même si lui n'est pas le mien.

Digne, madame Vontical se leva muette de rage sous son fard bourgeois et, sans même un coup d'œil à Nabila qui s'excusait en courbettes déclarant son impuissance :

– Hugues est un bon garçon…

– Ce n'est pas le cas du vôtre !

Le lendemain, Hugo faisait son apparition. Envoyé par ses parents pour faire amende honorable auprès de madame Bounoura, il portait un bouquet de fleurs :

– Mes parents voudraient voir Faraht ? C'est possible ?

Nabila, le nez dans son bouquet, hocha la tête et Fafa suivit Hugues clignant de l'œil :

– Elle est dans le garage.

Avant de monter chez lui, il descendirent dans le parking où une 125 Yamaha fêtait de toutes ses bougies les seize ans prématurés d'Hugues Vontical. Vu la fragilité psychologique de leur rejeton, les parents ne crurent pas bon d'ôter le droit de visite de Fafa. Hugues raconta son aventure de vingt-quatre heures et Fafa son dos en croûtes. Dans l'appartement, monsieur et madame Vontical attendaient de pied ferme l'ami du fils. Impressionné par ce qu'il venait de voir, Hugues demanda à Fafa de retrousser son chandail pour donner en spectacle les stigmates de la flagellation. Le couple piqua du nez et, relevant la tête, les yeux brouillés, le dos de la main sur la bouche, madame Vontical lâcha un :

– Si j'avais su. Mon Dieu, si seulement j'avais su…

Faraht eut un sentiment de déjà vécu. Son oreille bourdonna et l'écho dans sa mémoire renvoya les mots :

– Mon Dieu, si seulement j'avais pu deviner…

Le papa en avait vu d'autres. La guerre ! Il se leva, approcha du jeune garçon, rentra le ventre en tirant sur sa ceinture afin de tenter un repli des plis de sa chemise dans son pantalon et enfin, il tendit une main sûre et virile :

– J'ai toujours cru que tu étais un couard, Frahat…

– Faraht.

– Heu oui… Eh bien je m'étais trompé.

Serrant fortement la main de Fafa, il tourna une moue dégoûtée vers son propre fils, son dadais et droit dans les yeux :

– Petit con, va !

Hugo proposa de se faire une toile et, après avoir empoché un billet de cent francs du portefeuille de l'enculé, il embrassa la putain et mit sa main sur l'épaule de son pote.

– Aïe.

– Pardon.

Durant le trajet, Hugo rumina un projet pour se venger de ce Fafa qui lui volait l'estime et le respect de son père. Choses qui lui étaient dues, revendiquées par les liens du sang :

– On va voir la moto ?

De nouveau au sous-sol, Hugo sortit une cigarette, l'évida de son tabac sans déchirer le fin rouleau et, après mélange du tabac blond et de la poudre jaune, glissa le tout dans le tube de papier :

– Tiens, fume. C'est pas du shit.

– Non ! Je sais.

– Tu sais quoi ?

– Que c'est pas du shit.

– Alors fume…

– C'est de l'héroïne.

Fafa ordonna d'un geste le départ, suivi d'Hugues :

– Attends, tu vas où ?

– À la gare, voir mes potes et faire un flipper.

– Je viens aussi.

Gare Montparnasse, Jésus, dit Kiki, semblait en grande discussion avec Léo. Durant l'absence de Fafa, Léo avait sympathisé avec le petit voyou. Les amis se saluèrent en snobant Hugues qui sortit son billet de cent. Kiki rafla le billet pour acheter à boire et s'en revint. Les canettes partagées, Hugues voulut sortir sa science.

– Vaut peut-être mieux que tu retournes dans les jupons de ta mère, mon gogo.

La dispute aussi froide que simple, Hugues rangea sa clope plombée et, dos rond, repartit seul. Fafa ne le calculait plus. Il se frottait la joue, là où Hugues venait de lui mettre un coup de poing auquel il ne répliqua pas. Interdisant même à ses amis de le faire. Retenant Léo prêt à en découdre :

– Ta maman t'attend.

– C’est un pote à toi, ça ?
– T’as bien fait de jeter ce mec.
– Bon, qu’est-ce qu’on fait ?
– On fait de la peine !
Rigola Léo heureux de retrouver son ami Fafa.

La justice tire sa force
de sa propre farce.

– Un tost ! un espingouin ! un raton !... La fine équipe !

Le commissaire de la 6e brigade territoriale hocha la tête, désolé, en laissant à ses hommes le soin de faire mettre à table les trois jeunes, deux de quatorze ans et un de seize ans, en garde à vue dans leurs locaux. L'identité connue, les perquisitions se préparaient suivies des confrontations avec les victimes. La 6e BT se situait dans un terrain vague du 15e arrondissement. Entouré de palissade, un bâtiment en préfabriqué trônait là en forme de *T* sur un niveau. La barre du *T* abritait les cellules au nombre de cinq. Le long couloir, sur lequel de part et d'autre les bureaux des inspecteurs s'ouvraient, menait à la sortie. Les cellules de garde à vue, minuscules, de la taille d'une cabine téléphonique, ne pouvaient contenir qu'une seule personne assise sur le petit banc ou roulée en boule au sol comme un chien. La portre vitrée de Plexiglas permettait au prévenu de se distraire du va-et-vient des policiers. Fafa, le nez collé à la vitre, essayait de communiquer avec Kiki et Léo chacun à l'extrémité des cages. Sa cellule donnait sur le couloir et il voyait en face : EXIT. Léo, recroquevillé sur le sol, son blouson roulé sous l'oreille, se tournait et retournait dans tous les sens en quête de la meilleure position dans l'exiguïté de la pièce. Essayant de mettre ses pieds sur le banc, sous le banc, en diagonale. Exercice si épuisant qu'il s'endormit. Kiki assis, la tête dans les mains, pensait à sa famille, à sa mère et ses sœurs dont il était le soutien puisque depuis peu, apprenti charcutier, il ramenait à sa famille l'aide à la survie. Sa famille vivait à cinq dans une chambre. Jésus Giménez, malgré l'amitié portée à ses deux compagnons de galère, ne parlait pas de sa vie et encore moins de celle des siens. Il était au désespoir et son vernis de petite frappe craquait de tous côtés. Dans son malheur, Kiki sombrait dans un mutisme proche de l'autisme. Il se voyait déjà au bagne, loin des siens. Les policiers, réalisant son état comme des charognards sentent la mort proche de la proie, jouèrent de lui tout en tournant autour pour l'asticoter :

– T'es le plus vieux, c'est toi qui vas morfler pour eux.

Kiki ne disait rien d'autre que de reconnaître les faits, d'avouer sa participation et d'acquiescer à la version policière :

– Vous suiviez la victime et hop, dès qu'il n'y avait personne vous lui sautiez dessus pour la dépouiller ?

– Oui.

– Vous la couchiez au sol derrière les voitures stationnées pour être cachés à la vue des passants ?

– Oui.

Dans leur cellule respective, Léo et Fafa tendaient l'oreille sans réussir à capter le moindre son. Le policier de faction, chargé de les garder, les mena un à un plus d'une fois aux toilettes pour les ramener en leur bottant le cul :

– Vous n'avez pas le droit de parler entre vous !

Fafa supputait ses chances d'évasion en fixant le couloir. Il attendait qu'on vienne le chercher pour, dès la porte ouverte, pousser les deux flics qui ramèneraient Kiki et sprinter vers la sortie. Trente mètres ? Il avait toutes les chances de surprendre et de n'être pas gaulé, stoppé, plaqué. Il sauterait par-dessus les flics, louvoierait, dribblerait et… Non, qu'on puisse lui tirer dessus ? Il ne l'imaginait même pas ! Ce ne serait pas du jeu… pas vrai ? Kiki réintégra sa cellule sans un regard pour ses amis défigurés tant ils collaient leur nez à la vitre :

– Allez, au tost !

Léo se mit debout sur le banc et commença à balancer des coups de pied aux poulets en gueulant comme un putois :

– C'est quoi, ce carnaval ?

Un des flics, baraque de deux mètres, attrapa la cheville de Léo et le traîna ainsi jusqu'à ce que Fafa le perde de vue. Tiré au sol, Léo se débattait comme un poisson hors de l'eau. La porte du bureau se referma sur le trio. Fafa entendit Léo hurler pendant un bon quart d'heure avant de le voir revenir les cheveux en bataille et les vêtements chiffonnés, il lui manquait une chaussure. La fouille les avait tous trois privés de leurs laçets, ceintures et montres… Enfin, celles de leurs victimes. Léonard fit un brave clin d'œil à ses amis auquel Fafa répondit par un pauvre sourire. Les flics laissèrent un répit à Bounoura qui le devait à Léo tant ce dernier les avait épuisés :

– Ja. Nein. Warum ? Danke cheun.

Léonard Da Costa répondait en allemand aux questions des policiers très étonnés au début puis très énervés lorsque l'adolescent leur expliqua dans un français parfait qu'il se mettait à leur niveau en dialoguant dans leur langue à eux, les fascistes ! Et que l'allemand resterait le désespéranto du nazisme quand bien même il ne fallait pas mettre tous les Germains dans le même sac. Léo ajouta même que, témoin de Jéhovah, il tenait tous ses dires historiques de la bouche même d'intellectuels reconnus par la communauté portugaise lors des réunions du jeudi soir. Il ajouta qu'ils seraient bien aimables de cesser de suite à le traiter de *toast*. C'est de là que Léo gueula à fond les cordes vocales.

– Vos gueules !

Claquait la voix de l'ordre.

– On est quand même des êtres humains…

Protestait Fafa.

– C'est de la maltraitance à enfants !

Surenchérissait Léo.

Le flic de faction ne se posait pas de question, tout ce qu'il connaissait tenait dans les pages du règlement et des codes. Le képi interdisait les conversations entre inculpés selon l'article X du code pénal :

– Du gode anal, m'sieur !

Balançait Léo.

– Ta gueule !

– Gode anal ! Code pénal ! C'est pareil, on l'a dans l'cul !

– Allez, fermez-la, tous… s'il vous plaît.

Pouffait tout de même le flic de garde en autorisant les petits monstres à fumer une cigarette. Double-Mètre et son collègue vinrent chercher Fafa qui demanda :

– J'peux garder mon clope ?

Les cerbères jetèrent un œil sur la Gitane sans filtre, étonnés de la voir au bout des doigts du gardé à vue et, se tournant vers le flic de faction, n'eurent pas le temps de poser la question. Fafa prit appel sur un pied, les poussa et fila vers la sortie ventre à terre, déséquilibré comme le prof de sport lui avait appris à l'école, moulinant des bras, bouche grande ouverte à hurler pour s'encourager.

– Putain de sa mère !

– L'raton se cavale !

Fafa glisse toujours ventre à terre sur dix mètres suite à sa chute avant de sentir une poigne d'acier le relever par les cheveux. Les deux flics bluffés venaient à la rescousse et il tenta d'en mordre un qui lui colla la reine des beignes. Tenant chacun un bras tordu, il le forcèrent à pénétrer dans leur bureau. Trois chaises, le bureau, une machine à écrire, des armoires métalliques.

– Elle est où, la lampe ?

Fut la première question de Fafa presque indigné de ne pas trouver là le décor des films qu'il affectionne.

– Le portos nous crache dessus, lui il nous mord ! C'est des dingues, ces mômes ?

– C'est le cinoche qui nous les fabrique comme ça !

La porte du bureau fermée. La masse d'homme pose une fesse sur un coin de table et, sur un signe discret, laisse son collègue, le malingre, faire. Faraht jette un coup d'œil circulaire et capte la fenêtre condamnée et grillagée. Le petit flic s'approche de lui en le poussant du bout des doigts :

– Alors, on ne fait plus le malin.

Fafa bombe un peu son torse rachitique, pas trop, juste un peu pour montrer son désaccord quant à cette manière de le houspiller. Le flic, très vite, pose son avant-bras sur le cou de Fafa, cherchant à l'étrangler, il le bloque contre l'une des armoires qui résonne de tous ses tiroirs coulissants :

– Alors ! Tu les bloquais comme ça, hein ? Petit con, va ! Tu vas voir ce que tu vas prendre !

– Doucement quand même…

Grogne l'autre flic qui semble se désintéresser de la situation.

– Ta mère en string !

Souffle Fafa à la gueule du roquet assermenté. Bouche bée, le flicaillon ne réagit pas et ne peut que se tourner vers son collègue qui dissimule ses yeux moqueurs :

– Va chercher les autres… On a un vrai dur, là !

Le colosse se lève, ouvre la porte et hèle dans le couloir ses confrères. Deux jeunes policiers déguisés en loubards pénètrent dans le bureau. Ils sont quatre. Le petit flic chope la tignasse de Fafa et l'oblige à s'asseoir :

– Pose ta main sur la table. À plat. Vite.

– Pour quoi faire ?

– Pose ta main, j'te dis !

Derrière Fafa, le grand flic appuie sur ses épaules, tandis qu'un des jeunes prend le poignet de Fafa et immobilise la main bien à plat sur le bureau. Fafa, ne comprenant pas, laisse faire. L'autre jeune flic lui tire les cheveux vers l'arrière au point que, nuque cassée, Fafa voit le visage du grand flic qui, lâchant ses épaules, lui tient l'autre bras dans le dos. Le petit maigrichon, en face, s'installe sur une chaise et place une feuille de procès-verbal dans le rouleau de la machine mécanique. Cela fait, il ouvre un tiroir et Fafa ne voit rien. Rien d'autre que des crayons de couleur de toutes tailles, des octogonaux. Ça lui vient bizarrement à l'esprit. Sa position, le tiroir ouvert dans lequel il ne voit aucun danger l'inquiètent. Sa main posée et maintenue. La puissance derrière lui qui lui remonte le bras vers l'omoplate. Le regard sadique du petit gnome tricolore. La voix de Benamar à propos des voleurs.

– J'veux pas qu'on m'coupe la main !

Hurle-t-il à la grande surprise des flics. Faraht se débat avec force, au point que les jeunes flics le lâchent en interrogeant leur collègue du regard. Le costaud a soudain une voix douce presque tendre :

– On ne coupe pas les mains ici.

Faraht se calme d'un coup et, souriant :

– Z'alliez me faire les ongles ?

Faraht capte les pattes d'oie rieuses du grand flic et, de lui-même, replace sa main. Paume bien plaquée, doigts écartés. Le petit lardu prend un crayon et, tirant à lui la main de Fafa, il demande à un des jeunes de tenir le poignet et l'avant-bras en appuyant bien dessus. Fafa se laisse faire avec une mine curieuse. Le crayon est gros, épais, avec ces huit arêtes. Le flic place entre les premières phalanges écartées, là où la peau est palmée, l'extrémité du crayon, la mine vers le haut. Il resserre les deux doigts après avoir bien calé la peau dessous le bout du crayon. Ainsi pris dans l'intervalle, il tourne en vrille le crayon de bois. Fafa, cadavérique, doigts blancs, retient une grimace de douleur et cherche à retirer sa main de ce :

– Bordel à cul de saloperie de crayon…

Une claque sur le crâne :

– Pas bouger !

Pris entre les os des phalanges, le crayon fore, les arêtes semblent entailler la chair, l'officier de police judiciaire tourne dans tous les sens, d'un côté puis de l'autre, incline l'objet vers le haut puis vers le bas, vers le dessus de la main, vers les ongles :

– Combien de personnes t'as dépouillées ?

– Une, m'sieur.

– Menteur ! Y a d'autres plaintes !

– On t'a reconnu !

– Une ? Comme par hasard, c'est le type quand on vous a ferré en flagrant délit ?

– C'était la première fois, m'sieur.

Fafa parle entre ses dents serrées, il transpire et enfin soupire lorsque le crayon est ôté et rangé dans le tiroir. Bref sursis, tour de passe-passe, un crayon plus épais en sort et vient se placer à un autre intervalle. De l'index au majeur, il passe du majeur à l'annulaire. Faraht Bounoura comprend ce qu'ils sont en train de lui faire. Ce qu'ils vont continuer à lui faire alors, il sourit doucement et se dédouble. Il les regarde faire et, les regardant, il se voit lui-même. Il ne répond plus aux questions, entend à peine l'incrédule :

– Ça ne te fait pas mal ?

Il est barré ailleurs et ne résiste même pas lorsqu'ils changent de main. Les os sont mis à rude épreuve, la peau est à vif, à la limite de la déchirure. Brûlée de toute façon. Sans s'en rendre compte, les trois autres flics l'ont lâché tandis que le petit flic continue son jeu de manivelle. Le maigrichon arrête net. Il vient de perdre les yeux de l'inculpé. Fafa les a fermés, tête toujours baissée, comme recueilli, il sourit.

– Alors ?

La voix du flic gringalet est fragile. Ses cours de psychologie doivent lui revenir en tête avec, au chapitre I, *l'état de grâce dans lequel le prévenu se répand en confidences, soulage sa conscience. Aime son confesseur. Avoue. L'instant indicible où la parole bascule dans l'oreille humaniste et compréhensive du flic qui la recueille et la dépose, oisillon blessé mais encore vivant sur la feuille blanche de la déposition. Le moindre faux pas et c'est perdu. La moindre fausse note et la gorge se bloque, la panique envahit le regard, la folie guette, le déni éclate en protestations d'innocence :*

– Alors ?

– J'parle pas aux enculés, m'sieur…

Murmure Faraht Bounoura qui n'a ni ouvert les yeux, ni cessé de sourire. Il sent l'orage gronder puis s'abattre sur lui. Les quatre mousquetaires s'y mettent. À coups de pieds. De poings. D'insultes. Fafa est par terre et tente de parer. Il ne crie pas. Ne pleure pas. Il se cale dans un coin et donne des coups de talon. Il perd ses chaussures. Il les entend, les défenseurs de l'ordre :

– Bougnoule de merde !

– Crouillat !

Il perçoit même un :

– Sale youpin !

Et :

– Petit pédé !

Le commissaire ouvre la porte et passe sa tête :

– On se calme, les garçons. OK ?

Il disparaît. Les flics cessent de tabasser Fafa. Le costaud le relève et l'assoit sur la chaise. Il se met devant la porte après que les jeunes sont sortis. Fafa n'avoue rien d'autre que le flagrant délit. Il confirme les faits. Donne son adresse sans problème puisque Benamar est en Algérie. Il apprend que la dépouille s'appelle « vol avec violence ». Il n'a pourtant frappé personne. Juste coincé un adulte avec son attaché à code numéroté même pas fracturé faute de temps. Pris sa montre et son portefeuille dans lequel cent cinquante francs nageaient dans l'indigence. Ah oui, sa gabardine aussi. L'homme avait tout récupéré en donnant la même version que les jeunes. Il suait froid de peur mais aucun des voyous ne l'avait agressé physiquement :

– Plus de peur que de mal.

Bien sûr, il porte plainte. En ramenant Fafa dans sa cellule, le petit susceptible s'indigne :

– T'as vu comme il nous a traités ?

– Au moins il parle en français, çui-là.

Léonard Da Costa perdit quelque touffes de cheveux, promettant une future calvitie. Faraht Bounoura signa la fin de sa garde à vue en tenant le corps d'un stylo bille entre ses paumes. Jésus Giménez sonné et choqué se laissa conduire, sans rien voir autour de lui, comme un bœuf pour l'abattoir. Le pauvre avait seize ans. Dans un fourgon cellulaire, petites cellules individuelles, ils firent tous trois le voyage vers le palais de justice de Paris. Le fourgon fait la tournée des commissariats pour récupérer les délinquants poisseux. Dans sa mini-cage, Fafa repense à la perquisition, ils n'ont fouillé que sa chambre sans rien découvrir d'illicite. Nabila s'est cachée, mortifiée et Kim a accompagné la police dans ses recherches. Ils n'ont rien brisé, juste défait le lit. Très étonnés par l'appartement en plein 6e :

– Tu ne manques de rien…

Ils ne comprennent pas le déraillement de Fafa et pensent que c'est, une fois de plus, un incident de parcours qui ne se reproduira plus. Faraht Bounoura n'a rien pris, pas plus une brosse à dents qu'un vêtement. Il est revenu, a été interrogé et le voilà en route pour le dépôt. Le fourgon cellulaire stoppe et les cages s'ouvrent une à une. Dans une grande pièce sale peinte en jaunâtre, la fournée du jour se retrouve. Une trentaine de personnes de tous âges. Il y a aussi des femmes, séparées dès l'arrivée et prises en charge par d'impressionnantes bonnes sœurs, mauvaises dans la voix et le geste. Des hommes en blouse bleue reçoivent les prisonniers et les appellent un à un. Les trois compères sont ensemble pour la première fois depuis l'arrestation mais ne communiquent pas, que peuvent-ils se dire ? Jésus, Léo, Fafa regardent de tous leurs yeux le décor, l'arrière du décor dans lequel ils sont passés. Un homme quête des cigarettes, un autre de l'argent :

– J'vais en prison à coup sûr, j'ai pas un rond.

Certains sympathisent très vite, ils connaissent le cérémonial et cherchent à rester groupés pour se retrouver ailleurs, plus tard, ensemble. À travers les portes grillagées de la salle commune servant de sas entre le bureau du greffe et le grand hall où s'alignent des portes de cellules moyenâgeuses, les enfants observent tout. Un à un, les détenus passent à la fouille déposer tout ce qu'ils ont dans les poches, tout ce qu'il y a de valeur et d'identité. Nus, un à un, ils obéissent à la fouille. Bras levés, bouche ouverte, plante des pieds présentée, cheveux secoués par les doigts, anus reluqué après toussotement. Certains pleurent en cachant leur sexe, d'autres ricanent en tendant le bassin, nombreux sont indifférents. Puis, en file indienne, ils se font tous prendre les empreintes avant de s'asseoir sur le gros siège en bois que des manettes articulent de loin. Dessus, Fafa de face est pris en photo avant que le siège tourne pour le prendre de profil. On note sa taille, ses particularités. Faraht se laisse conduire d'un point à l'autre dans ces coulisses effrayantes. Ensuite, chacun reçoit un gros sandwich qu'une part de Vache Gros Jean, crème de gruyère, va parfumer. Un fruit et deux œufs durs. On les enferme pour la nuit, la cellule est cauchemardesque, pas de lit, pas de fenêtre, un plafonnier qu'un grillage protège, une ampoule allumée *non stop* diffuse une faible lumière jaune qui attriste davantage l'ambiance glauque. Fafa se retrouve avec Léo et une dizaine d'inconnus. Loin des gardiens aboyant des « Silence ! », les langues se délient. Un vieux d'une vingtaine d'années, déjà récidiviste, chantonne :

Au gala des malfrats ! Au concert des gangsters !

Un autre, malade, tape dans la porte à grands coups de pied pour avoir des médicaments :

– Un toxicomane !

Crache un vieil homme dans son coin.

La cellule est immonde. Des bas-flancs de bois de part et d'autre de la pièce, pas assez large pour dormir dessus sinon sur la tranche, tout droit. Pas assez de place pour tous. Certains roulent en boule leur veste et, en guise d'oreiller, s'endorment en chien de fusil dans le coin le plus reculé des WC turcs situés dans un angle sans aucune séparation. Léo et Fafa posent des questions sur cette prison. On leur dit que ce n'est pas la prison mais juste le dépôt où ils doivent attendre de voir un juge pour être affectés dans une maison d'arrêt ou libérés. Faisant l'état des lieux, les mômes imaginent une prison infernale. Un jeune type les rassure :

– Vous êtes mineurs. Z'allez sortir demain.

– Et moi ?

Jésus a levé le front. Le trio explique à tout le monde leur affaire. Un monstre crie qu'il part pour au moins vingt ans et qu'il ne faut pas le faire chier quand il dort sinon ça va barder ! Qu'il n'a plus rien à perdre et qu'il peut tuer quelqu'un ! Ça chuchote dans la cellule, dans un bout de coin. Jésus risque la prison. Il en est blême. Pas pour lui mais pour sa mère et ses sœurs.

Le lendemain, la balade des pandores commence. On vient chercher le trio d'un bloc. Trois gardes mobiles, un chacun. Une paire de menottes claque sur les poignets et au bout d'une chaînette de fer, une laisse, chaque gendarme tire son prévenu dans le labyrinthe de la souricière. Il fait un froid de canard dans les entrailles du palais de justice. Les gamins se suivent à la queue leu leu, chacun au cul de son archer du roi. Ils se retournent les uns vers les autres en riant jaune. Les bras tendus, la tête rejetée en arrière. Les gardes mobiles sans un mot les tirent comme s'ils étaient des chiots fous. Un escalier après plusieurs portes de bois et de fer, qu'un autre mobile a ouvertes pour les faire passer avant de refermer derrière eux. Du trou noir de l'escalier en colimaçon, le groupe débouche sur une porte derrière laquelle un long couloir plein de lumière les attend. Un gendarme derrière son pupitre coche les noms de Bounoura, Da Costa, Giménez. Sur un côté du couloir, les bureaux des juges. Chaque porte est capitonnée de rouge. Face à l'une d'elles, le trio s'assoit avec entre eux un garde mobile droit comme un *I*, képi sur les genoux. La porte s'ouvre et une femme apparaît, la quarantaine, très belle dans son tailleur. Ses lunettes cerclées d'or lui donnent un air sévère et c'est ainsi qu'elle dévisage les trois clochards que le dépôt vient de chier à sa porte. Depuis deux jours, pas de douche, pas de brosse à dents, pas de miroir, et des sommeils à se rouler par terre dans la saloperie :

_ Madame la juge Geneviève Poisson ?

– Oui.

Entre elle et le pandore en chef le dialogue est bref :

– Faites entrer Giménez.

Le garde chargé de Jésus se lève et Jésus suit apeuré. La porte capitonnée les avale sans un bruit comme par magie… noire. Léo et Fafa, par-dessus leur gardien, se cherchent des yeux mais ne se trouvent pas puisque chacun reflète l'inquiétude de l'autre. Un temps. Deux. Trois. Les fourmis s'attaquent aux jambes des petits forçats. Les statues de la sécurité publique ne bougent ni ne bronchent. Stoïques, elles attendent de livrer leur chair enfantine à l'ogresse. La belle ogresse. La porte s'ouvre et Jésus en sort tiré par son garde mobile. Ils disparaissent par où ils sont venus tandis que le gendarme de Léo se lève en donnant un peu de mou à la laisse de son détenu. Léo se lève, la juge fait un signe négatif et le couple contre nature se rassoit. Sur le mystère de la justice la porte est de nouveau close. Un temps. Deux. Trois. La porte s'ouvre à nouveau :

– Léonard Da Costa.

Le ballet recommence, Léo se redresse et bravement fait LE pas pour franchir la porte rouge qui le mange, lui et son maître. Seul, Fafa, pour tromper la trouille, parle au mannequin de l'escorte :

– C'est ta famille, Gérard ?

Le pandore s'étonne et regarde dans le fond de son képi, là où une photo familiale épouse, lorsqu'il est chapeauté, sa tonsure de futur chauve :

– Oui. Mais d'où tu connais mon prénom, toi ?

– Ben, c'est en relief sur ta grosse gourmette en argent.

– Chut… Il ne faut pas parler ici.

La porte, accessoire d'un tour de magie, s'ouvre enfin et Léo, en pleurs, en sort avec son pandore embarrassé. Ne sachant que faire de ce gosse en larmes.

– Tu plonges ?

Couine Fafa.

– Non. Mais Jésus va en taule…

Hoquette Léo en pleurant de plus belle. La juge montre son visage :

– Bounoura. Da Costa reste dans le couloir, le temps qu'il se calme… ils repartiront ensemble !

Asphyxié de chagrin, ayant du mal à retrouver son souffle, Léo se répandait par les yeux, la bouche, le nez. Ses liquides se mélangeaient et passer sa manche sous son nez ne changeait rien. Le gendarme, n'y tenant plus, le prit dans ses bras et Léo laissa aller sa tête sur l'épaule galonnée. Le garde mobile se tourna vers son collègue, puis vers la juge et, s'excusant dans un sourire timide :

– J'en ai un de son âge.

La porte avala Fafa.

L'affaire fut rondement menée. Trop jeunes pour la prison, Fafa et Léo furent présentés au juge pour enfants qui décida de les confier à deux éducateurs de la liberté surveillée. Monsieur Follereau pour Da Costa et madame Daguenet pour Bounoura. Les contraintes restaient damoclésiennes :

– Vous ne devez pas vous fréquenter.

– Vous devez répondre aux convocations.

– Vous devez donner des gages de réussite scolaire.

– Oui, monsieur.

– Oui, madame.

Le juge pour enfants se leva et, penché par-dessus son bureau, scruta longuement les visages enfantins, puis les figures fatiguées des deux éducateurs :

– Le rapport de police mentionne la rébellion de l'un et la tentative d'évasion de l'autre.

– Je regrette.

– Moi aussi.

– Monsieur le juge, s'il vous plaît ?

– Oui ?

– Il est où, notre copain Jésus ?

– Sortez-les-moi d'ici !

Hurla le juge. Les éducateurs les ramenèrent par la souricière jusqu'au greffe ramasser leurs affaires avec en prime une jolie convocation pour dans quinze jours. Fafa et Léo comparèrent leurs rendez-vous. Même jour. Même heure. Même étage. Bureaux 32 pour Léo et 33 pour Fafa. Bureaux mitoyens :

– Ça va être dur de pas se voir.

Boulevard du Palais, l'air froid les surprit. Les sales gosses, quasiment en guenilles, remirent leurs lacets à leurs pompes et réajustèrent leurs ceintures. Ils étaient sales et toujours enfants :

– Bon, j'me rentre… Tu m'accompagnes ?

– Tu me referas un bout d'chemin après ?

– Ouais.

Comme jadis à l'école, pour celle du crime ils retrouvaient leurs réflexes d'amitié :

– Pour Jésus ?

– Il va aller au Centre de jeunes détenus de Fleury-Mérogis. Faut pas s'en faire, il est costaud, il saura se défendre.

– Mais les flics y z'ont dit qu'on allait se faire violer par les autres prisonniers.

– Z'ont dit ça pour qu'on avoue tout c'qu'on a fait.

– Oui, mais si c'était vrai ?

– Ben… Kiki, va falloir qu'y fasse avec.

– Tu f'rais quoi, toi ?

– Cuit pour cuit ?

– Ouais.

– Ben j'me détends un max. Pour pas avoir trop mal…

– T'as vu nos éducs ? Follereau ! Daguenet… Tu parles de blazes.

– Pis c'est des fatigués, ceux-là.

Un parricide est la conséquence
d'une tentative d'infanticide.

Faraht affronta Benamar de retour du pays. Nabila raconta tout. La police, l'agression, la prison, les voisins aux fenêtres regardant partir, menotté, le petit Bounoura de l'escalier B au premier face. Benamar brutalisa son rejeton avec une telle violence qu'il en eut peur lui-même lorsqu'il comprit que son fils était dans les mains de la justice et qu'une convocation sous quinzaine existait. Il cessa de frapper Fafa qui fut tout content de s'en tirer à si bon compte : un bras cassé. Faraht jura à son père qu'il avait compris les dures leçons, celle de la justice et celle de la correction. Il promit d'être sage, de ne plus faire de bêtises et de s'occuper à la maison durant le prochain séjour de Benamar en Algérie. Séjour important puisque Nono, Nourredine, Nordine, s'en revenait de ses armées avec un grade de lieutenant.

Faraht fit une nouvelle rentrée des classes au collège de Bab El Oued City, ainsi baptisé par les élèves pour cause de cosmopolitisme. Le collège se trouvait dans le 17e arrondissement mais le 17e arabe, cousin proche et pourtant très éloigné socialement du 17e romain. Avenue de Saint-Ouen, Fafa se mélangea à toutes les nationalités possibles, des Noirs, des Arabes en foule, des Asiatiques, des Hindous, de-ci de-là quelques taches rose bonbon et quelques blanches aspirines. Là, il devait passer brillamment son brevet d'études professionnelles ou ternement son certificat d'aptitude professionnelle en tant soit que comptable soit qu'aide comptable. Fafa y mit tout son cœur pour dégueuler cet avenir qui lui donnait la nausée rien que d'y penser. En moins de trois mois il fut expulsé du collège après une dizaine de conseils de discipline.

– Putains de tribunaux qui jugent les copains les jours de classe.

Fafa et Léo firent l'école buissonnière pour assister Jésus qui, un mois après les faits, passait en jugement pour s'entendre condamner à un an de prison dont onze mois avec sursis. Les deux amis avaient repris du service chez Pédro les fleurs et F & P les chiens. Entre-temps, ils amélioraient l'ordinaire en retournant à la dépouille. Léonard, muté dans un lycée du 15e arrondissement, se devait de devenir électromécanicien. Pas plus heureux que Fafa, il comprenait que son horoscope serait mensonger à la rubrique travail tout le restant de sa vie. Comme avec Dieu, Léo passa un pacte avec le capitalisme :

– On verra quand je serai mort.

Les deux continuaient à pointer chez leurs éducateurs respectifs et en ramenaient un argent de poche bien mérité. Ils se rendaient ensemble à la convocation, frappaient en même temps après avoir compté un, deux, trois et ouvraient les portes 32 et 33 dans un même mouvement lorsque les voix de Follereau et de Daguenet criaient :

– Entrez !

Là, ils prenaient une chaise et, bêtes de cirque, commençaient leur numéro de petits fauves incompris de leur dompteur. Les travailleurs sociaux ne vérifiaient jamais les réponses à leurs questions. Dans les deux bureaux côte à côte, la même pièce se jouait à une variante près :

– Tu ne fréquentes plus le petit Da Costa ?

– Non.

– Tu ne vois plus le petit Bounoura ?

– Non.

Ils juraient n'avoir aucun problème scolaire. Que leurs parents les aimaient de tout leur amour. Qu'ils avaient été des fils indignes. Que ce n'était pas parce qu'on est pauvre qu'il fallait faire n'importe quoi avec n'importe qui. Qu'ils comprenaient bien qu'ils allaient bientôt avoir seize ans et que la prison était apte à les dresser. Ils acquiesçaient à tout :

– Mais…

– Oui ?

Tout allait pour le mieux dans le meilleur des mondes *sauf que… quoique*…. Les deux complices se retrouvaient sur le trottoir du palais et :

– Combien ?

– Comme d'habitude, cinquante balles.

Tous les quinze jours, puis tous les mois, ils firent leur numéro de duettistes télépathes pour voir les éducateurs sortir d'une armoire fermée – en plein palais de justice – à triple tour une harpagonnesque cassette estampillée ministère de la Justice qu'ils ouvraient sur un pitoyable magot. Là, ils tendaient des pièces ou un billet à leurs enfants terribles :

– Pour la patinoire, m'sieur Follereau.

– Pour le cinéma, madame Daguenet.

Les travailleurs sociaux achetaient tranquillement les enfants. Dans leur esprit, ils les savaient déjà sacrifiés au Moloch carcéral. Dans leur misérable coffret, il n'y avait pas un sou d'espérance.

– Jamais plus !

Hurla Jésus Giménez, *alias* Kiki, quand il sortit de la banlieue de Sainte-Geneviève-des-Bois. Il tint parole mais ne renia pas ses deux petits potes. Jésus, embauché par un patron chez qui sa mère faisait des ménages, attaqua la vie sociale dans le bois dur, l'ébénisterie.

Dans les couloirs de Bab El Oued City, Fafa nageait comme un poisson dans l'eau. C'était, de sa vie, la première fois qu'il se confrontait à la communauté maghrébine immigrée, la sienne. Ce patchwork d'ethnies le fascinait et il discutait avec tout le monde. Créant vite une petite bande d'affamés. Tout comme Léo, Fafa ne se voyait pas finir sa vie derrière un boulier. Il sympathisa avec Anatole, moitié blanc moitié rose. Anatole n'aimait que le sport et l'argent. Son père tenait une boutique de sport du côté de la gare Saint-Lazare et, en cela, le fiston ne se faisait aucun souci pour son avenir. Le papa l'embaucherait dans l'article sportif et le tour serait joué au premier round. Paratonnerre à cons, Fafa lui confia le secret de son opulence :

– J'fais des affaires.

Il sortit des billets sous les yeux émerveillés d'Anatole qui, tendant des doigts avides, pria Fafa de lui prêter quelques royalties. Seigneur, sur l'éventail des billets, huit en tout, Faraht Bounoura lui en tendit deux :

– Tu me les rends vite, hein ? Dès que ton dab t'envoie la monnaie tu me rembourses.

– Promis juré.

Livrant des fleurs pour Pédro, Léo repéra un appartement bourgeois de l'avenue de Wagram et, ensemble, avec les outils empruntés à Jésus, ils cambriolèrent le logement. Mille six cents francs en liquide, des bijoux et – pour en faire quoi ? – une belle machine à écrire électrique, une IBM à boule. Fafa, depuis, n'arrêtait pas de taper dessus, faisant croire chez lui que c'était pour la comptabilité alors qu'il écrivait d'affreux poèmes de tiroirs. Cherchant un territoire vierge que nul ne pouvait fouler, il s'était mis à écrire. Illettrés, ses parents ne pouvaient venir saccager cet espace de liberté créé. De vouloir impressionner et se glorifier coûta cher à Fafa qui, mettant la pression, terrorisa Anatole. Ce dernier, ne pouvant régler son créancier, pleurnicha, supplia mais rien n'y fit :

– Jésus, Léo et moi on va venir chez toi tuer ton père et ta mère... Demain c'est soit l'or soit la mort !

Pour éviter l'orphelinat, Anatole commit l'irréparable. Il vola sa mère et déroba en salle de cours la machine à calculer de la plus intelligente de la classe, la petite Solveig, qui se rendit directement chez Piébot, le directeur de Bab El Oued City. Elle réclama une enquête en sous-marin, suivie d'une perquisition générale au grand jour. Forte en calcul mental, elle ajouta que ce qui lui faisait horreur n'était pas la perte de l'objet en lui-même mais qu'elle considérait la classe comme une entreprise où la clarté, la transparence, la confiance se devaient d'être les piliers de la scolarité. Qu'il n'y aurait jamais d'entente, d'autogestion tant que des éléments de droit commun sévissaient dans l'enceinte de l'école. Cette petite avait sa maman au conseil municipal du 17e. Le monde appartenant aux professionnels, Anatole se fit prendre avec, dans son sac, la calculette. Il ne nia pas. Il expliqua son cas et demanda protection pour lui et sa famille contre :

– Bounoura.

Monsieur Raymond Michel fut convoqué. Il se frappa la poitrine, prit sur lui la faute de son Anatole chéri, parla de racket et d'incitation au crime, rappela qu'il était chrétien et que son fils, entraîné, n'y était pour rien. Rapidement, il tenta un :

– Mais, monsieur le directeur, comment se fait-il que de telles choses puissent se produire dans votre établissement ?

Cette réplique valut trois jours de renvoi à Anatole. Monsieur Rouleau, directeur du lycée professionnel de l'avenue de Saint-Ouen, surnommé dans le bahut Piébot du fait de son pied bot armé d'une énorme godasse dont plus d'un cul gardait le souvenir, convoqua Benamar Bounoura… par téléphone.

⁂

En entrant dans le lycée, Benamar pose pour la centième fois la même question :

– Pourquoi ?

– J'sais pas.

Dans les couloirs de l'école le pas du père est lourd, sérieux, antique. Benamar n'est jamais allé à l'école. Il regarde cet endroit où il croit qu'on construit des hommes. À son côté, pas fier pour deux ronds, Faraht trottine droit devant sans se laisser distraire par les élèves croisés. Il suit Benamar. L'escalier de bois qui mène dans le bureau de monsieur Rouleau n'en finit pas. Large, avec de grands paliers qui donnent sur les classes. Au fond d'un couloir, le bureau du directeur. L'homme et l'adolescent avancent – le mort marche. *Fafa sue. Il sait. L'argent, Anatole, le vol de la calculette. Il sait aussi son innocence. Ça ne peut pas être plus terrible que chez la juge. Il est content aussi car il a offert un poème à Christiane qui lui a dit l'avoir lu. Il parle d'elle et de lui et finit par « je t'aime ». Au fond, la porte du bureau s'ouvre et, bancal, Piébot se tient dans le chambranle, il est grand comme un bourreau, large d'épaules – moins que Benamar, pense Fafa, et plus vieux aussi. Derrière ses lunettes cerclées de fer il ressemble à un savant. Il sent l'autorité, le savoir, la raison. À sa hauteur Benamar tend la main :*

– Monsieur Bounoura ?

– Oui.

– Entrez.

Piébot ne voit pas Faraht Bounoura. Il le transperce juste d'un coup d'œil. Quantité négligeable, kyste à extraire sans pitié de son établissement. Les deux hommes s'installent, chacun d'un côté du bureau. Fafa à une chaise au fond, contre le mur. Les hommes vont se battre verbalement pour décider de l'enfant. Le directeur attaque :

– Nous avons des problèmes avec votre fils.

Monsieur Bounoura se tait. Il attend. Alors le directeur raconte la mauvaise scolarité, l'absentéisme répété et injustifié, la mauvaise conduite, le rapport aux autres élèves et aux professeurs et enfin le vol.

– Mais c'est pas moi…

Gronde Faraht dans le dos du père. Le directeur acquiesce mais explique le pourquoi du vol. La somme d'argent prêtée, irremboursable, les menaces… de mort :

– Oui, monsieur, de mort !

Enfin, il s'intéresse à l'argent :

– Comment un gamin peut-il avoir une somme si importante sur lui ?

Benamar tombe des nues, huit cents francs. Deux cents francs prêtés ? Faraht est sommé de s'expliquer, il dit les fleurs et les chiens. Il rappelle à son père ce petit chantier où il était payé à l'heure quand il peignait au pinceau les plafonds du studio d'une amie de Karima. Benamar se souvient, la fille a payé avec un chèque barré que, faute de compte, Fafa n'a pu toucher alors il l'a donné à son papa qui jamais ne lui a rendu l'argent en liquide. Fafa se souvient de son dégoût ce jour-là d'avoir été arnaqué par son père qui disait les lui garder pour… plus tard. Benamar parle, explique les travaux de son fils, cet argent gagné et économisé à la sueur de son petit front courageux. Bien sûr, Benamar repense aux initiales F. B. dans le Parisien libéré à la rubrique des faits divers mais le directeur ne sait pas tout ce passé. À défaut de soutenir l'honnêteté de son fils, Benamar vante sa débrouillardise, mais :

– Une telle somme ?

Benamar vacille, le directeur le fixe étrangement comme pour forcer son esprit à penser comme lui. Piébot sort enfin son atout. Immonde, dégueulasse, mais à la guerre comme à la guerre. Il sort un dossier de son tiroir et le pousse vers monsieur Bounoura :

– Tenez, vous pouvez lire les commentaires des professeurs sur votre fils.

Il sait que l'homme en face est analphabète. Fafa se mord les lèvres et la rage le submerge. Benamar ne touche pas le dossier. Il le regarde et sa musculature se tasse d'un coup. Il pense qu'un directeur ne peut tout de même pas se tromper à ce point. Un homme de science et, en somme, le père de tous les enfants. Pourquoi voudrait-il du mal à son fils ? Un homme à qui on confie une telle responsabilité, l'avenir du monde. Un homme qui sait parler aussi bien et qui sait...

– Je ne sais pas lire.

– Pardonnez-moi. Ce n'est pas grave, mais, croyez-moi, monsieur Bounoura, nous avons tous les deux à cœur l'avenir de votre fils. Je vous parle d'expérience. Voilà trente ans que je suis dans l'Éducation nationale et je sais ce qui est bon. Frahat...

– Faraht.

– Oui oui... Va avoir seize ans. Comme vous l'avez admirablement compris, il est vif et débrouillard. Le mieux, et je vous le dis en toute amitié, le mieux serait qu'il fasse un apprentissage directement dans la vie active dans un métier noble comme la boucherie, ou les métiers du bois, enfin... Là où il pourra s'épanouir.

Monsieur Rouleau parle longtemps, plaide, explique l'intellect de Faraht dans ses défauts et qualités jusqu'au moment où il livre son intime conviction, sa bonne foi, plus qu'un pressentiment, comme un message, oui... une voix :

– Croyez-moi, monsieur Bounoura, je suis en train de rendre service à votre garçon.

– Alors.

– Eh bien, quoique nous sachions qu'il n'a pas volé la machine à calculer, il est quelque part l'instigateur, ce qui est peut-être plus grave. Je me vois dans l'obligation de le renvoyer définitivement de mon établissement...

– Mais Anatole Raymond n'a été viré que pour trois jours !

Faraht sourit à son père, persuadé que le second round commence. Benamar se lève et ordonne à Fafa d'en faire autant. Il jette un œil sur le dossier et arrive à lire BOUNOURA FARAHT *dessus. Tendant son gros doigt sur la couverture, il dit le nom à voix haute. Monsieur Rouleau, sans rancune, tend sa main et Benamar la serre, un instant les deux hommes restent suspendus yeux dans les yeux et ceux du manuel sont vaincus par le froid regard de l'intellectuel. Fafa sent une boule dans sa gorge quand, ouvrant la porte, Piébot pose sa main paternaliste sur l'épaule de Benamar pour le pousser dehors ou alors pour le retenir encore un peu, pour l'estocade :*

– Et ne croyez pas, monsieur Bounoura, que ceci ait quelque chose à voir avec le décès de mon fils appelé en Algérie.

L'homme est encore dans le bureau tandis que Benamar et Fafa sont dans le couloir, Benamar s'est lentement tourné vers le directeur, il le regarde longuement sans répondre, entre eux il n'y a que le vide de la porte ouverte et le gouffre de la haine. Fafa tremble de tout son corps. Putain, son papa soulève cent kilos sans aucune difficulté ! Soude à main nue ! Jadis, d'un coup il a décollé le fleuriste pervers ! D'un doigt il va défoncer le crâne de Piébot. Dans les oreilles de Fafa, les bribes résonnent, même dans celle qui n'entend plus très bien :

– Décès… fils… Algérie…

Le cœur de Faraht Bounoura explose dans sa poitrine quand son père tourne les talons. Le tyran de la maison baisse les bras, les yeux, son froc. Le gosse n'en croit pas ses yeux et n'ose même pas regarder Piébot. Un glaviot lui remonterait de la gorge et il ne sait pas sur qui il l'enverrait. Il ravale. Dans le couloir, Fafa marche derrière son père. Il le cherche sans le trouver. C'est quoi, cet homme humilié devant lui ? C'est qui ? Il réfléchit, Faraht Bounoura, il pense qu'il aurait aimé ne pas connaître son père, il pense : « Heureux les orphelins. » Si Benamar avait fui dès sa naissance, Fafa serait parti en quête, à sa recherche et, démarchant, aurait pu rencontrer les autres hommes, l'humanité en attendant de trouver le père. Il aurait testé son amour filial sur d'autres, se serait fait les griffes sur des bois qui ne saignaient pas ou dont le sang l'aurait laissé indifférent. De connaître ce père présent qui répondait absent à chaque appel lui donnait des envies de parricide. Il aurait souhaité rencontrer son papa dans la vie et non après comme ces fils qui suivent, tête baissée, l'enterrement d'un inconnu et qui déjà, soucieux, commencent l'enquête durant l'oraison funèbre par la terrible interrogation :

– Quel homme était mon père ?

Peut-être est-ce pour cela que les fils vont chercher à travers les photos, les films de vacances, les témoignages, leur père affreusement présent au moment même où celui-ci disparaît dans la mort.

En sortant de Bab El Oued City, le long des trottoirs avant de s'engouffrer dans le métro, Fafa sait qu'il perd son père. Il l'enterre lorsqu'il le voit descendre les marches de la station La Fourche. Il le méprise et, pour mieux clouer le cercueil, en lui un voile se déchire, un voile de chair comme une délivrance animale. Il se souvient lors de la dernière raclée des mots de Benamar :

– À un an tu étais déjà au commissariat.

Il a craché ces mots pour expliquer que Fafa s'inscrirait dans le crime, la police, la justice et bientôt la prison, tout était logique puisque :

– À un an tu étais déjà au commissariat…

Faraht Bounoura, né en septembre 1960, avait treize mois le 17 octobre 1961. Jour de ratonnade. De crime contre l'humanité, comme le dit le code pénal, puisque des Français à faciès maghrébin ont subi un couvre-feu les séparant de la population française. Quand bien même n'auraient-ils été que sujets et non citoyens, cette immense ratonnade a fait deux cents morts ou plus, et a envoyé des déportés vers les douars d'origine en Algérie, déportés dont nul ne s'est soucié. Ce jour-là, Benamar Bounoura portait l'enfant sacré, Faraht, dans ses bras. L'ouvrier sentait le vent tourner lorsque le mot d'ordre du FLN rassemblait de tous les coins des fleuves humains et basanés pour les pousser au martyre, à la mort, à la chair à révolution. Benamar prit son bouclier en se faisant roi des Aulnes, il avait son joker, un nourrisson de treize mois pour lui sauver la vie. La seule petite phrase lâchée par Benamar donnait la piste à suivre et Fafa la suivit en cheminant dans les couloirs du métro puis assis à côté de son papa sur le strapontin. Il regarde le profil de Benamar et tombe dans le vide à l'intérieur de son père. Puisqu'il n'est rien, ce dictateur, cette brute terrorisant sa famille à huis clos mais incapable de porter le feu et le fer dans la vie, de quoi lui, Fafa, allait-il hériter ? Dieu était mort en couches en mettant bas l'humanité, alors Fafa n'a de compte à rendre à personne, même pas à lui-même. À quoi se raccrocher ? À qui ? À part à la mort ? Oui, la mort… Faraht Bounoura songe un instant au suicide. Là, descendre et prendre le prochain métro mais par en dessous. Sauter sur les rails devant cet homme qui doit être son père. Crever pour se remettre au monde tout seul, c'est pas possible ! Il ne voulait pas savoir ce qui avait rendu son papa comme ça, ce qui l'avait moulé dans une soumission telle qu'il ne défendait même pas sa chair. Si Benamar tout à l'heure avait étranglé Piébot, Fafa aurait cru en Dieu le Père, Dieu son père, il se serait même accusé du meurtre de ce salopard de dirlo. Benamar se tait, il ne dit rien. Il ne peut rien dire à son garçon car lui-même ne comprend pas tout, sauf que s'il tourne la tête il verra autant de distance entre eux qu'il peut y en avoir parfois entre la bouche et la main, la parole et l'acte, la Terre et Vénus. À un arrêt, Fafa descend sans se presser du wagon. Son père ne bouge pas. Il sait que ce n'est pas la bonne station mais il n'a aucun geste pour retenir son fils. Sur le quai, Fafa entend le signal de fermeture des portes et reste planté là tandis que le métro démarre et disparaît dans le tunnel. Son père l'a laissé libre, n'a pas usé de la force pour le ramener à la maison. Il est libre à cause d'un petit fonctionnaire en deuil d'amour... en manque de fils. Sans le savoir, cancre et naïf, Fafa entra en guerre non contre la société mais contre la civilisation. Il était libre et confusément il sentait qu'il ne le serait vraiment qu'au jour où il se débarrasserait de ce leurre qu'est le mot « liberté ».

Le père et le fils mirent entre parenthèses cette affaire et Benamar n'en parla jamais, Fafa non plus. La famille Bounoura était tout à la joie de retrouver, après deux années, l'aîné. Nabila pleura en l'embrassant. Karima, émue, lui dit à quel point sa complicité lui avait manqué. Nadia et Faraht, sentinelles, surveillaient cet inconnu qu'on venait de leur rendre. Nono, méconnaissable, avait forci. Presque devenu un athlète, il portait beau sur lui et, miracle, il parlait en arabe à ses père et mère. Un vrai homme qu'ils en avaient fait, avec le permis de conduire, des galons. Benamar lui confia les clefs de la Simca 1000 et dans une étreinte le prit contre son cœur en lui demandant quand il comptait se marier et faire des enfants. Nono répondit comme un seul mâle qu'il devait d'abord travailler à s'enrichir. Le grand frère ramenait autre chose, que Karima et Nadia remarquèrent de suite, la vraie connerie :

– Les filles, faites le café.

C'est qu'il avait virilement souffert pour en arriver là, plutôt en revenir là, en France, il avait couru, crapahuté, rampé, risqué Tindouf à la frontière algéro-marocaine où s'échangeaient des coups de feu. Il s'était aussi niqué les putains, de celles d'Annaba à celles de Sidi Bel Abbes. Ce n'était pas rien, tout ça ! Il s'était même battu avec un fou qui avait levé une hache sur sa tête mais dont il avait repéré à temps l'ombre sur le sable et, après un roulé-boulé digne d'un para français, il l'avait mis en punition sous le soleil, sans protection sur la tête, pour griller les neurones à ce frappadingue. Ses galons de sergent puis de lieutenant lui avaient donné un droit de vie et de mort ! Les ordres, Nourredine Bounoura savait les donner, il avait la voix faite pour :

– Fafa, mes chaussures.

Pour la fratrie Bounoura, le plus étrange n'était pas que Nono leur soit revenu con et macho, non… La bizarrerie de Nourredine Bounoura troublait par son racisme. Comme certains communistes sont des radis, certains noirs des bounties, Nono était une sorte de couscous-cochon. On le sentait même prêt, pour peu que ce fût possible, à se faire greffer un prépuce. Il parlait des Algériens comme étant des sauvages. De l'indépendance comme d'un immense gâchis… et de lui-même comme d'un Français trahi, comme d'un déporté qui n'aurait pas été juif, tzigane, homosexuel, handicapé mental, etc. Nono vivait son absence de deux ans comme une injustice. Là-bas, il avait dû souffrir le martyre, vivre l'enfer. Lui, le petit Parisien jusqu'au fond de l'âme, avait dû beaucoup les énerver avec son Paris, son théâtre, son « moi je… » Dans la promiscuité masculine des casernes, que lui était-il donc arrivé pour haïr à ce point les Arabes et pourtant, de retour chez lui, se comporter de la même façon qu'eux, les imiter comme une mauvaise caricature ? Sûrement quelque chose de louche, de terrible, d'éprouvant, d'indicible ou de honteux puisque tu. Il parlait de l'Algérie avec émotion comme un nouveau Lawrence d'Arabie mais dès qu'il abordait le sujet du peuple, il traînait dans la boue tous ceux qu'il connaissait. Sa valise restait vide de souvenir et son carnet d'adresses ne portait aucun nom d'ami, de relation, rien. Non content de sa métamorphose en connard raciste, Nono réintégrait le domicile familial amnésique. Fafa tentait, en discutant avec lui, d'ancrer ses souvenirs mais le grand frère niait tout en bloc au point de semer le doute dans l'esprit du petit frère. Nono à poil sur le palier ? Jamais de la vie ! Quelle imagination ! Devenu autre, Nono ne voulait pas de souvenir. Il y avait l'armée, après l'armée point barre. De la famille Bounoura ce fut le premier à se naturaliser français, à changer sur sa carte d'identité son prénom en Benjamin et, ses contacts repris dans le milieu du théâtre, croyant *mordicus* au lobby des artistes juifs, il se revendiquait de confession juive. Le reniement total de Nono, pour prix de l'intégration, rendait Fafa perplexe. Nono l'évitait comme la peste, ce petit frère psychotique qui se nourrissait de mémoire en ne jouissant que du malin plaisir masochiste des réminiscences. Nordine redémarrait tout neuf et il n'était pas question de lui tuer dans l'œuf ses illusions. Deux ans à vivre dans des mirages, ça suffisait ! Nier le passé pour ne pas se pourrir le futur semblait une bonne politique mais Fafa, n'y comprenant rien, ne désirait pas tuer l'enfance tout de suite et encore moins vivre dans un trou de mémoire, être le trou, celui où Nono tentait d'enterrer la souffrance passée. Nordine ne saisissait pas l'importance pour Fafa de se faire le gardien du passé familial. Lui s'échappait sain et sauf de l'adolescence, tandis que Fafa y baignait jusqu'au cou et n'avait que son grand frère pour le hisser vers l'âge d'homme en n'ayant qu'à se souvenir, pour aider le petit, de son expérience. Fafa appelait à une aide que Nono refusait d'apporter de toutes ses forces. Ce qu'il ne pouvait oublier, le peu inscrit dans son vécu, il avait l'humiliante bonté de le pardonner. Par sa maturité il dépassait l'émotion qu'aurait pu lui procurer la vue du petit cadavre d'enfant qu'il avait été et qui, plus tard, bien plus tard, se fait spectre hantant le vieil homme qui l'héberge. Fafa se souvenait de tout tant sa mémoire engrangeait les souvenirs, les siens comme ceux des autres, surtout ceux des autres, de Karima à Nadou, de Nabila à Benamar, enchaînés à perpétuité aux siens. Ils pouvaient tous se rétracter ! Minimiser ! Fafa connaissait le lieu où les éléphants s'enterrent ! Oui, il n'en avait rien à foutre de cet hier crevant comme un chien et bavant sur la pourriture qu'est la vie. Sur toute cette putréfaction, Fafa se ferait jardinier et qu'importe si des plantes carnivores voient le jour. Après tout, *lorsque s'ouvre la fleur, le jardinier recule pour faire place au soleil.* C'est qu'il en devenait fou de douter de sa vie. Heureusement, sa famille ne pouvait lui prouver, arguments à l'appui, qu'il sortait d'un long rêve. Qu'une chute grave l'avait plongé durant neuf ans dans un coma dépassé et que tout ce qu'il croyait n'était qu'imaginaire. Fafa se sentait comme un mort-né dont l'âme survivante et invisible veillait et protégeait les siens. Il les voyait comme on voit sous l'eau, comme derrière une épaisse vitre déformant tout. Nadou, sa Nadou, habitait une petite chambre de bonne et, payée au lance-pierre, tenait la gérance d'un magasin de création de fringues à Saint-Michel. Elle passait voir la famille et riait de bon cœur avec Benamar. Karima, de plus en plus enveloppée, passait avec brio tous ses examens et commencerait bientôt comme stagiaire dans un cabinet d'avocats. Nourredine, de nouveau sur les planches du café-théâtre, jouait des sketches et des pièces bêtes à pleurer de rire. Le public suivait et les petits lieux branchés des Halles et du Marais fabriquaient les futures vedettes, la relève comique dont le théâtre ne se relèverait peut-être pas. Tout allait bien pour tous. Plus de douleurs, plus de souffrance… Seul Fafa, le petit dernier, vivait comme un hamster les bajoues gonflées de sa drogue, l'inépuisable réserve de la souffrance. Il essayait juste de prévenir ceux qu'il aimait, ses parents, ses sœurs, son frère, que ce n'était pas fini, qu'il y aurait des retours de manivelle, de boomerang, qu'il fallait rester vigilant, ne pas s'habituer au bonheur, surtout pas au mensonge d'être heureux. Ils ne savaient pas que c'est à elle, la souffrance, que certains, hommes et femmes, doivent l'exception même tragique. Tant habitué à vivre dans et avec la douleur, Fafa craignait le manque. Sur lui, il portait l'automutilation humaine et rejetait toutes les greffes sociales. Monsieur et madame Bounoura avaient fait de Fafa un parfait masochiste sans le savoir, sans le vouloir, un artiste sans art. N'ayant plus sa dose chez lui, Fafa alla chercher la douleur ailleurs, dans la rue, seul endroit où la société, trafiquante d'avenir, deale sa came : la folie.

À risquer sa vie ou sa liberté un voleur n'est jamais malhonnête...

Léo et Fafa, associés à vie, travaillaient chacun de leur côté. Le beau certificat de travail que monsieur Pédro fit à Fafa lui permit de postuler comme manutentionnaire-livreur chez un fleuriste réputé du boulevard Saint-Germain. C'est en livrant les clients que Fafa repérait les coups possibles. Des affaires que Léo vérifiait avant le passage à l'acte. Léo avait entendu, la nuit du dépôt, le jeune chanteur dire sa profession de voleur à la voltige. Aux deux apprentis l'expression sonnait belle et ils se la firent expliquer :

– La voltige, c'est de passer par les fenêtres ou par les toits pour casser. Si vous êtes deux, y a le grimpeur et l'autre en bas avec le matos... Plume, bouchons, coins, sable et tout le toutim. Une fois que t'es dans l'appartement, t'es chez toi et tu ouvres la lourde à celui qu'est en bas. Comme ça, y risque pas de grimper avec de la charge.

– Mais pour ouvrir de l'intérieur ?

– Ben, si tu peux pas, tu descends une corde pour remonter le matos et aider rapidos à c'que ton pote te rejoigne.

– Tu bosses comme ça, toi ?

– J'bosse seul, moa... Dans ce job y a pas que l'oseille, y a la tronche ! R'gardez, pour nous autres y a pas d'échelle sociale à grimper ! On n'y a pas droit !

C'est soit la corde lisse soit la varappe ! Pas d'Escalator pour nous autres.

– Et si on tombe ?

– Ben, tu risques cinq ans de taule.

– Non, j'veux pas dire si on plonge, je dis si on se casse la gueule.

– C'est qu't'es un mauvais. Une façade, c'est comme un escalier, mon pote. Tu reluques longtemps ton immeuble et tout ce que ton œil voit d'en bas avant de grimper, ta main le reconnaît lorsque tu montes. Même les yeux fermés tu peux grimper sans chuter. N'oubliez pas, y a pas une façade d'immeuble qui ne cache pas en elle un escalier sur sa façade ; faut l'voir !

– Et l'vertige ?

– C'est quoi, ça ?

Le jeune homme regarda Léo et Fafa à tour de rôle et, souriant :

– Vous êtes chouettes, vous deux. Toi, le chat maigre, t'as un gabarit à te faufiler dans le cul d'un bourgeois jusqu'à ses ratiches pour lui rafler celles en joncaille. Et toi, là, t'as les épaules à déménager des coffiots…

Léo le trapu et Fafa le sec ne doutèrent pas un instant des précieux conseils de ce jeune voltigeur qui, avant de les dire, chewingumait ses phrases afin de les exposer dans un phylactère parfait. Faute de références, les deux amis ne surent jamais que ce jeune délinquant venait de se faire poisser pour avoir massacré une vieille dame accrochée à son sac à main. Nul n'est devin, ils ne surent pas non plus que cette victime âgée avait, en son temps, joué de la lettre anonyme pour dénoncer tout ce qu'elle pouvait. Eux-mêmes, Léo et Fafa, tendaient à devenir deux belles petites crapules ou canailles selon que la politique les façonne de droite ou de gauche.

Plus Léo et Fafa cambriolaient plus ils se sentaient bien. En haut entre ciel et terre, ils apprivoisaient les vertiges. Tous les vertiges, surtout ceux qu'ils portaient en eux lorsqu'ils tentaient de se regarder un peu. Sur les toits, la nuit, ils reprenaient leurs discussions théologiques :

– Travailler à la sueur de son front, c'est débile !

– Ouais, surtout pour celui qu'a des problèmes de glandes sudoripares et qui sue que dalle…

Job restait leur personnage préféré :

– Tu te rends compte, le pauvre mec ! Il perd tout et il continue à remercier Dieu en sachant que c'est lui qui lui fout la merde dans sa vie.

– Le plus mariole quand même, c'est les miracles. Les autres en plein désert y crèvent la dalle grave de grave et v'là Moïse qui d'mande à Dieu des poiscailles et d'la flotte…

– Les poissons, c'est Jésus.

– C'est kif, Léo ! Imagine, Dieu y s'dérange pour changer l'eau en vin et multiplier des sardines ! Quitte à lui d'mander quèque chose, autant qu'ce soit des trucs sérieux !

– De l'oseille ! des gonzesses ! Du palpable, quoi… Là, t'as vraiment l'impression que l'bon Dieu avec ses tours de passepasse à deux thunes, c'est Garcimore !

– Bon, on r'descend ?

Ils revinrent par l'escalier et, au rez-de-chaussée :

– On ne bouge plus !

– Police !

Du vol à l'amour, il n'y a qu'un coup d'aile. Durant toute la garde à vue Fafa songea à Anna, sa petite amie, tandis que Léo de son côté léchait ses plaies et bosses. L'arrestation avait été rude et l'interrogatoire *idem* :

– Des gens vous ont reconnus sur le cambriolage de la rue de Rennes.

– Et alors, mon père m'a reconnu aussi et c'est pas pour ça qu'j'ai braqué la maternité.

– T'es un p'tit rigolo, toi ! Tu t'prends pour l'nombril du monde ?

– J'sais pas si j'suis l'nombril mais tu m'as tout l'air d'en être le trou du cul de c'monde-là, toi !

Léo reconnut le casse d'où provenait sa montre Cartier qu'il portait fièrement au poignet et Fafa celui du cambriolage d'où il tenait ce magnifique briquet or Dupont qui allumait avec classe ses Gitane sans filtre lorsqu'il le faisait claquer. Malgré les coups et les intimidations, ni l'un ni l'autre n'avouèrent l'affaire de l'avenue de la Bourdonnais. Affaire qui inquiétait drôlement la 6e brigade territoriale :

– Ils ont pris des armes.

– Quelles armes ?

– Des fusils de chasse, monsieur le commissaire.

– On a pas fini de les voir, ces deux-là.

La perquisition s'était révélée délicate. Benamar, en ouvrant la porte au mot : « Police ! », lâcha un : « Vous pouvez lui couper la tête » qui choqua même les flics. Après tout, il se devait de laisser une chance à Fafa… au moins celle du doute. Son fils avait le droit à l'innocence ou au crime passionnel. Benamar n'imaginait même pas un Fafa assassin qui aurait tué quelqu'un pour sauver son honneur ou celui de sa famille. Un coup de sang suite à une insulte, un *fils de pute* ou un *va fourrer le cadavre de ton daron.* Non, rien de tout ça, juste :

– Vous pouvez lui couper la tête.

Les flics fouillèrent toutes les pièces, mettant tout sens dessus dessous, et ne trouvèrent rien. Benamar les guida dans la cave et, profitant d'une inattention de la part des flics, frappa en pleine figure Fafa menottes dans le dos :

– Vous pouvez lui couper la tête.

Dans la voiture qui le ramenait à la 6e BT (encore elle) la phrase tournait dans le crâne de Fafa qui eut une vieille envie de pleurer vite maîtrisée. Dire qu'il remettait tous les mois à son père son chèque de mille six cents balles gagné à se casser le cul par tous les temps sur une mobylette de livraison et ne lui demandait jamais un sou :

– Il est pas pourri, ton vieux.

– Dommage qu'il vous ait pas cogné, vous.

Faraht Bounoura et Léonard Da Costa revécurent la crasse des cages du palais de justice puis furent présentés au parquet qui les écroua sous mandat de dépôt pour vol à la voltige, cambriolage, violation de domicile, vol et recel de vol car attendu que… Cette histoire d'armes agaçait tant qu'on leur envoya madame Daguenet et monsieur Follereau avant leur transfert en maison d'arrêt :

– On ne peut plus rien faire pour vous.

– Vous avez trouvé des armes ?

– Oui…

– Où elles sont ?

– Dans ma culotte.

Jésus ne fouilla jamais les sacs que ses amis lui avaient confiés. Son signe astrologique était Singe, alors… Rien vu, rien entendu, rien à dire… Anna regretta Fafa, elle l'aimait bien, ce petit gars plus jeune qu'elle de quatre ans, qui venait dans son studio. Il lui faisait bien l'amour, même si parfois elle ressentait comme de la peur avec lui. Elle lui avait dit une fois en le caressant :

– Tu es dur.

Et une autre fois en lui jetant en pleine figure une de ses santiags :

– T'es trop dur ! J'veux pas me faire troncher, je veux que tu m'aimes.

Il n'avait rien dit, il la matait du coin de l'œil sans comprendre. Bien qu'il le fasse sans déplaisir, il se demandait ce qu'ont les gens à se secouer les uns dans les autres. Il ne sait pas pourquoi il ne jouit pas. Il reste des heures en érection et, à un moment, ça devient du sport et plus de l'amour, ni du cul pour le cul. Fafa se dédoublait au lit, il se voyait faire, trouvait ridicule sa façon de bouger, de transpirer, d'ahaner. Il aimait pourtant le spectacle d'Anna prenant son pied. Elle, pensait que son essoufflement était du bonheur, alors qu'il fatiguait à se mettre dans tous les sens. Que ses grimaces venaient de sa science à le toucher, alors qu'une crampe agaçante le saisissait. Elle s'enorgueillissait de sa maîtrise de femme jusqu'à la lucidité :

– Tu es dur.

En érection, il filait dans la douche se masturber pour dégonfler ce sexe qui lui blessait la vue. Il revenait dans la chambre en souriant. Il la prenait dans ses bras et lui caressait la tête en se demandant ce qu'il foutait là.

Dur. C'est ça. Un dur, a dit le commissaire. Le juge a confirmé. L'avocat aussi en a parlé lorsqu'il est venu au parloir :

– La police vous a fait un mauvais papier, vous savez…

Tous ces adultes, même le directeur du Centre de jeunes détenus de Fleury-Mérogis, lui ont dit :

– Il paraît que t'es un p'tit dur, toi ?

Fafa n'a pas répondu à la provocation, il prend ses marques, il regarde tout. Les autres détenus, des enfants grandis trop vite, le guettent. Certains zieutent ses chaussures. On lui a dit pour la promenade, les horaires. De telle heure à telle heure. Fafa porte son paquetage, deux draps rigides comme du carton et une couverture verte où il lit : « A.P. » On lui donne des sous-vêtements, un slip kangourou trop grand pour lui et une tenue pénale grise, pantalon, veste, manteau et chandail vert. Il aurait préféré un bleu mais Léo le voulait. Ils ne sont pas au même étage. Le dossier porte la mention « interdit de communiquer » alors qu'ils ont fait le voyage ensemble dans le fourgon cellulaire puis dans la salle d'attente où les détenus patientent pour voir l'éducateur, le psychologue, le médecin et le surveillant-chef pour finir par le directeur. Fafa les connaît, les directeurs. Celui-là n'a rien à envier aux autres. Fafa a dit au psychologue que dans sa famille tout allait bien et qu'il avait été le petit garçon le plus choyé au monde. Le psychologue lui a demandé si la vie en banlieue l'avait affecté. Fafa a dit :

– Oui.

Le psychologue a écrit dans sa petite grille intellectuelle : « Maghrébin de la seconde génération issu des grandes banlieues, vivant dans les grands ensembles des cités. » Il a une théorie fameuse sur les banlieues. Les villes-champignons criminogènes, qu'il appelle ça. Fafa sourit en quittant son bureau, il refait le trajet de Montparnasse à Saint-Germain-des-Prés :

– Pauvre connard !

Enfin, le voilà devant sa cellule. Une porte verte en métal où un œilleton à la paupière d'acier forme un œil de biche. La porte s'ouvre et claque dans son dos. Cette fois ils l'ont tous pris au sérieux. Le mot DUR *le fait pleinement exister. Il fait le tour de la cellule en lisant les murs. D'autres enfants ont écrit là. Confusément il perçoit l'importance des mots, il doit lire les graffitis comme on déchiffre des peintures rupestres : toute l'humanité est là. La cellule a un lit de fer soudé, le sommier est percé de trous, un matelas en mousse sur sa tranche attend d'être couché pour faire le lit. Le lavabo et le chiotte sont sales de rouille. Le sol est dallé de carreaux en plastique et une armoire de quatre compartiments reste ouverte, la porte sortie de ses gonds bâille. C'est là qu'il va vivre et ça ne lui déplaît pas. Fafa couche le lit et jette dessus son paquetage, il s'allonge à même la mousse et, main derrière la tête, se réjouit. Il a sa chambre. C'est la première fois qu'il a sa chambre à lui. Première fois qu'il est seul. Il peut fumer une cigarette. Le règlement dit qu'il peut, s'il a de l'argent, boire une bière par jour. Bière que le gardien lui livrera décapsulée pour éviter le stockage illicite qui soûle les enfants murés. Dur, plus dur que le béton dans lequel le monde va le couler. Il s'assoit et regarde par la fenêtre. Il observe dehors les corbeaux voisins des chats qui vivent ensemble dans la paix, les uns gras, les autres énormes. Tout ce monde animal est nourri, bien nourri par les détenus qui jettent tout ce qu'ils ne consomment pas par les fenêtres. Fafa découvre son royaume, son univers, cet univers si petit qu'on a toutes les chances de s'y rencontrer soi-même. Les cours de promenade, les préaux, le terrain de sport couvert et, sur les murs d'enceinte, les miradors. Fafa est dans le film et sans s'en rendre compte se laisse séduire par ce trompe-l'œil. Faraht Bounoura tombe, inconscient, dans le piège carcéral. Merde à la porte fermée ! Merde au règlement ! Merde aux adultes et à leur monde ! Là, il se sent bien et... le piège se ferme sur lui. Dans la prison, Fafa se sent libre comme il ne l'a jamais été. Il fait l'erreur d'associer la réalité de la prison avec sa vérité d'enfant meurtri. Il croit qu'il est au bout de la douleur, de la souffrance et qu'ici il gagne la paix. Que personne, pas même lui, ne pourra lui faire du mal. Il ne sait pas le danger de faire l'amalgame entre prison extérieure et liberté intérieure. Ce mariage crée des hybrides et la prison hait tant la vie dans ses embryons qu'elle ne souhaite engendrer que des monstres. Faraht Bounoura fait alors cette chose étrange, au-dessus du lavabo, il se débraguette, sort son sexe et commence à se masturber. Si ici il arrive à bander, à marquer ce territoire avec la substance la plus intime de son être, alors il arrivera à y vivre. Il en est sûr ! Certain. Tous les muscles tendus, il se masturbe et de se voir faire le fait joyeusement rire. À la limite de la crampe, il éjacule et son sperme éclabousse l'évier. Fafa a marqué un point contre l'existence... Pas la vie ! Il a marqué son nouveau territoire, même s'il est aussi clos que le limité en lui. Fafa engrosse la prison et devine que sa sortie sera comme une remise au monde. Qu'il se remettra de lui-même au monde, sans père ni mère ni adulte. Orphelin total. La prison étant la mort, il lui faudra y revenir, y repasser, dans celle-ci ou dans une autre, peu importe, toutes les prisons de France seraient les siennes et dans chacune d'elles il marquerait son empreinte. Il confiait aux cellules le soin de l'attendre, de l'héberger, de le protéger de son dégoût du monde et de son désir de mort. Par la prison, il mourrait et ressusciterait, crèverait et renaîtrait phénix carcéral. Il avait enfin trouvé la fontaine de jouvence où boire, étancher sa soif. Il touchait là à l'immortalité. L'avocat lui a dit qu'il ne resterait pas plus de quinze jours à cause de la loi. Quinze jours, quinze ans, Fafa s'en foutait puisque le temps carcéral se lit à une montre peinte par Dalì. En quinze jours il aurait largement le temps de s'élargir, s'étendre, de ses seize ans à la maturité d'un centenaire. Fafa eut un fou rire dans la cellule, il revoyait la mine de Léo quand il avait décidé de scier les fusils :*

– Le docteur pour la tête dit qu'un calibre, c'est comme ma bite que je voudrais plus grosse. Alors moi je scie le canon du flingue. Vu qu'j'suis musulman, j'circoncis.

Mais il fallait encore un peu payer. Léo et Fafa, remis en liberté provisoire au bout de quinze jours, se retrouvèrent à la porte de la prison. Léo fit un signe à Fafa pour lui montrer la Simca 1000 stationnée :

– Putain d'enculé de karma !

– On se retrouve chez Jésus ?

– Si mon père ne m'a pas tué avant.

– Bon, t'y vas ?

– Ouais…

Les deux enfants s'embrassent, se serrent l'un contre l'autre :

– Ton père aurait pu v'nir t'chercher en vélo !

Fafa, bloquant le genou de Léo qui s'aventure vers ses couilles, rajoute très vite dans un souffle :

– Je t'aime, mec.

Benamar ne frappa jamais plus Fafa, il en avait trop peur. La peur, la seule ennemie de Faraht Bounoura, venait de lever le camp pour en changer.

Rivages / noir
Dernières parutions

Petits Romans noirs irlandais (nº 505)
Sherlock Holmes dans tous ses états (nº 664)

Eric Ambler — *Au loin le danger* (nº 622)
Je ne suis pas un héros (nº 661)
Le Masque de Dimitrios (nº 680)
Sale histoire (nº 721)

Claude Amoz — *Bois-Brûlé* (nº 423)
Étoiles cannibales (nº 487)
Racines amères (nº 629)

Raul Argemi — *Les morts perdent toujours leurs chaussures* (nº 640)

Olivier Arnaud — *L'Homme qui voulait parler au monde* (nº 547)

Ace Atkins — *Blues Bar* (nº 690)

Cesare Battisti — *Terres brûlées* (nº 477)
Avenida Revolución (nº 522)

William Bayer — *Tarot* (nº 534)
Le Rêve des chevaux brisés (nº 619)
Pèlerin (nº 659)
La Ville des couteaux (nº 702)

Marc Behm/Paco Ignacio Taibo II
Hurler à la lune (nº 457)

A.-H. Benotman — *Les Forcenés* (nº 362)
Les Poteaux de torture (nº 615)
Marche de nuit sans lune (nº 676)
Éboueur sur échafaud (nº 729)

Joseph Bialot — *La Ménagerie* (nº 635)

James C. Blake — *Les Amis de Pancho Villa* (nº 569)
Crépuscule sanglant (nº 637)

Lawrence Block	*Moisson noire* (n° 581)
Michel Boujut	*La Vie de Marie-Thérèse qui bifurqua quand sa passion pour le jazz prit une forme excessive* (n° 678)
Marc Boulet	*L'Exequatur* (n° 614)
Frederic Brown	*La Nuit du Jabberwock* (n° 634)
	La Fille de nulle part (n° 703)
Edward Bunker	*L'Éducation d'un malfrat* (n° 549)
Declan Burke	*Eight Ball Boogie* (n° 607)
James Lee Burke	*Sunset Limited* (n° 551)
	Heartwood (n° 573)
	Le Boogie des rêves perdus (n° 593)
	Purple Cane Road (n° 638)
James Cain	*Au bout de l'arc-en-ciel* (n° 550)
G. Carofiglio	*Témoin involontaire* (n° 658)
Daniel Chavarría	*Le Rouge sur la plume du perroquet* (n° 561)
George Chesbro	*Chant funèbre en rouge majeur* (n° 439)
	Pêche macabre en mer de sang (n° 480)
	Hémorragie dans l'œil du cyclone mental (n° 514)
	Loups solitaires (n° 538)
	Le Rêve d'un aigle foudroyé (n° 565)
	Le Seigneur des glaces et de la solitude (n° 604)
Andrew Coburn	*Des voix dans les ténèbres* (n° 585)
	La Baby-sitter (n° 712)
Piero Colaprico	*La Dent du narval* (n° 665)
	Derniers coups de feu dans le Ticinese (n° 722)
Michael Connelly	*Moisson noire* (n° 625)
Christopher Cook	*Voleurs* (n° 501)
Robin Cook	*Quelque Chose de pourri au royaume d'Angleterre* (n° 574)
Peter Craig	*Hot Plastic* (n° 618)
David Cray	*Avocat criminel* (n° 504)
	Little Girl Blue (n° 610)
Jay Cronley	*Le Casse du siècle* (n° 468)
A. De Angelis	*Le Banquier assassiné* (n° 643)
J.-P. Demure	*La Culotte de la mort* (n° 682)
J.-C. Derey	*L'Alpha et l'Oméga* (n° 469)
Pascal Dessaint	*Les Paupières de Lou* (n° 493)

Mourir n'est peut-être pas la pire des choses (nº 540)
Les hommes sont courageux (nº 597)
Loin des humains (nº 639)

Peter Dickinson — *L'Oracle empoisonné* (nº 519)
Quelques Morts avant de mourir (nº 537)

Tim Dorsey — *Triggerfish Twist* (nº 705)
Stingray Shuffle (nº 706)

L.L. Drumond — *Tout ce que vous direz pourra être retenu contre vous* (nº 717)

James Ellroy — *Le Dahlia noir* (nº 100)
L.A. Confidential (nº 120)
Crimes en série (nº 388)
American Death Trip (nº 489)
Destination morgue (nº 595)
Revue POLAR *spécial Ellroy* (nº 662)
Moisson noire (nº 668)

V. Evangelisti — *Anthracite* (nº 671)

Howard Fast — *Un homme brisé* (nº 523)
Mémoires d'un rouge (nº 543)

François Forestier — *Rue des rats* (nº 624)

Kinky Friedman — *Passé imparfait* (nº 644)
Une fessée pour Watson (nº 720)

B. Garlaschelli — *Alice dans l'ombre* (nº 532)
Deux Sœurs (nº 633)

Doris Gercke — *Aubergiste, tu seras pendu* (nº 525)

A. Gimenez Bartlett — *Meurtres sur papier* (nº 541)
Des serpents au paradis (nº 636)
Un bateau plein de riz (nº 719)

Joe Gores — *Privé* (nº 667)

James Grady — *Comme une flamme blanche* (nº 445)
La Ville des ombres (nº 553)
Les Six Jours du condor (nº 641)

Davis Grubb — *Personne ne regarde* (nº 627)

Wolf Haas — *Silentium !* (nº 509)
Quitter Zell (nº 645)

Joseph Hansen — *Le Poids du monde* (nº 611)
À fleur de peau (nº 631)
Promesses non tenues (nº 681)

Cyril Hare — *Meurtre à l'anglaise* (nº 544)
Le Clarinettiste manquant (nº 686)

John Harvey	*Couleur franche* (n° 511)
	Now's the Time (n° 526)
	Derniers Sacrements (n° 527)
	Bleu noir (n° 570)
	De chair et de sang (n° 652)
	De cendre et d'os (n° 689)
M. Haskell Smith	*À bras raccourci* (n° 508)
Tony Hillerman	*Blaireau se cache* (n° 442)
	Le Peuple des ténèbres (n° 506)
	Le Vent qui gémit (n° 600)
	Rares furent les déceptions (n° 605)
	Le Cochon sinistre (n° 651)
	L'Homme squelette (n° 679)
	Le Chagrin entre les fils (n° 713)
Craig Holden	*Les Quatre Coins de la nuit* (n° 447)
	La Rivière du Chagrin (n° 685)
Rupert Holmes	*La Vérité du mensonge* (n° 699)
Philippe Huet	*L'Inconnue d'Antoine* (n° 577)
Fergus Hume	*Le Mystère du Hansom Cab* (n° 594)
Eugene Izzi	*Le Criminaliste* (n° 456)
Bill James	*Protection* (n° 517)
	Franc-Jeu (n° 583)
	Sans états d'âme (n° 655)
	Mal à la tête (n° 684)
	Club (n° 708)
Hervé Jaouen	*Les Moulins de Yalikavak* (n° 617)
Stuart Kaminsky	*Biscotti à Sarasotta* (n° 642)
Thomas Kelly	*Le Ventre de New York* (n° 396)
Claude Klotz	*Darakan* (n° 730)
Helen Knode	*Terminus Hollywood* (n° 576)
Jake Lamar	*Le Caméléon noir* (n° 460)
Michael Larsen	*Le Serpent de Sydney* (n° 455)
	Le Cinquième Soleil (n° 565)
Hervé Le Corre	*L'Homme aux lèvres de saphir* (n° 531)
Alexis Lecaye	*Einstein et Sherlock Holmes* (n° 529)
Cornelius Lehane	*Prends garde au buveur solitaire* (n° 431)
	Qui sème le vent (n° 656)
Dennis Lehane	*Un dernier verre avant la guerre* (n° 380)
	Ténèbres, prenez-moi la main (n° 424)
	Sacré (n° 466)
	Mystic River (n° 515)
	Gone, Baby, Gone (n° 557)

	Shutter Island (nº 587)
	Prières pour la pluie (nº 612)
	Coronado (nº 646)
Christian Lehmann	*Une question de confiance* (nº 446)
	La Tribu (nº 463)
Robert Leininger	*Il faut tuer Suki Flood* (nº 528)
Elmore Leonard	*La Brava* (nº 591)
	Killshot (nº 598)
	Les Fantômes de Detroit (nº 609)
	La Loi de la cité (nº 632)
	Bandits (nº 674)
	Médecine apache (nº 675)
	Glitz (nº 695)
	3 heures 10 pour Yuma (nº 701)
	Dieu reconnaîtra les siens (nº 725)
	Quand les femmes sortent pour danser (nº 726)
Bob Leuci	*L'Indic* (nº 485)
Ted Lewis	*Billy Rags* (nº 426)
Chuck Logan	*Presque veuve* (nº 696)
Steve Lopez	*Le Club des Macaronis* (nº 533)
J.-P. Manchette	*Chroniques* (nº 488)
	Cache ta joie (nº 606)
D. Manotti	*Nos fantastiques années fric* (nº 483)
	Lorraine connection (nº 683)
Thierry Marignac	*À quai* (nº 590)
Ed McBain	*Le Paradis des ratés* (nº 677)
	Alice en danger (nº 711)
Stéphane Michaka	*La Fille de Carnegie* (nº 700)
Bill Moody	*Sur les traces de Chet Baker* (nº 497)
R. H. Morrieson	*L'Épouvantail* (nº 616)
Tobie Nathan	*613* (nº 524)
	Serial eater (nº 718)
Jim Nisbet	*Comment j'ai trouvé un boulot* (nº 710)
Jean-Paul Nozière	*Le Silence des morts* (nº 596)
	Je vais tuer mon papa (nº 660)
Jack O'Connell	*Et le verbe s'est fait chair* (nº 454)
	Ondes de choc (nº 558)
Renato Olivieri	*Ils mourront donc* (nº 513)
	L'Enquête interrompue (nº 620)

J.-H. Oppel	*Chaton : trilogie* (nº 418)
	Au Saut de la Louve (nº 530)
	French Tabloïds (nº 704)
Samuel Ornitz	*Monsieur Gros-Bidon* (nº 716)
Abigail Padgett	*Poupées brisées* (nº 435)
	Petite Tortue (nº 621)
Hugues Pagan	*Tarif de groupe* (nº 401)
	Je suis un soir d'été (nº 453)
Robert B. Parker	*Une ombre qui passe* (nº 648)
David Peace	*1974* (nº 510)
	1977 (nº 552)
	1980 (nº 603)
	1983 (nº 672)
Pierre Pelot	*Les Chiens qui traversent la nuit* (nº 459)
	Pauvres Zhéros (nº 693)
Anne Perry	*Un plat qui se mange froid* (nº 425)
Andrea G. Pinketts	*La Madone assassine* (nº 564)
Gianni Pirozzi	*Hôtel Europa* (nº 498)
Philip Pullman	*Le Papillon tatoué* (nº 548)
Michel Quint	*À l'encre rouge* (nº 427)
Rob Reuland	*Point mort* (nº 589)
John Ridley	*Ici commence l'enfer* (nº 405)
Christian Roux	*Les Ombres mortes* (nº 575)
Marc Ruscart	*L'Homme qui a vu l'homme qui a vu l'ours* (nº 657)
D. Salisbury-Davis	*L'Assassin affable* (nº 512)
James Sallis	*Drive* (nº 613)
Louis Sanders	*Passe-Temps pour les âmes ignobles* (nº 449)
G. Scerbanenco	*Le sable ne se souvient pas* (nº 464)
	Les Amants du bord de mer (nº 559)
	Mort sur la lagune (nº 654)
John Shannon	*Le Rideau orange* (nº 602)
Roger Simon	*Final Cut* (nº 592)
Pierre Siniac	*Carton blême* (nº 467)
	La Course du hanneton dans la ville détruite (nº 586)
Maj Sjöwall/Per Wahlöö	
	Roseanna (nº 687)
	L'Homme qui partit en fumée (nº 688)
	L'Homme au balcon (nº 714)
	Le Policier qui rit (nº 715)

La Voiture de pompiers disparue (nº 723)
Meurtre au Savoy (nº 724)

Jerry Stahl — *À poil en civil* (nº 647)

Richard Stark — *Backflash* (nº 473)
Le Septième (nº 516)
Flashfire (nº 582)
Firebreak (nº 707)

Jason Starr — *Mauvais Karma* (nº 584)
La Ville piège (nº 698)

Rex Stout — *Le Secret de la bande élastique* (nº 545)

Paco I. Taibo II — *Le Trésor fantôme* (nº 465)
Nous revenons comme des ombres (nº 500)
D'amour et de fantômes (nº 562)
Adios Madrid (nº 563)

Paco I. Taibo II/Sous-Commandant Marcos
Des morts qui dérangent (nº 697)

Hake Talbot — *Le Bras droit du bourreau* (nº 556)

Josephine Tey — *Le Plus Beau des anges* (nº 546)

Tito Topin — *Photo Finish* (nº 692)

Nick Tosches — *Dino* (nº 478)
Night Train (nº 630)

Jack Trolley — *Ballet d'ombres à Balboa* (nº 555)

Cathi Unsworth — *Au risque de se perdre* (nº 691)

E. Van Lustbader — *Tableau de famille* (nº 649)

Marc Villard — *La Guitare de Bo Diddley* (nº 471)
Entrée du diable à Barbèsville (nº 669)

M. Villard/J.B. Pouy — *Ping-Pong* (nº 572)
Tohu-Bohu (nº 673)

J.-M. Villemot — *Ce monstre aux yeux verts* (nº 499)
Les Petits Hommes d'Abidjan (nº 623)

M. Wachendorff — *L'Impossible Enfant* (nº 653)

John Wessel — *Le Point limite* (nº 428)
Pretty Ballerina (nº 578)

Donald Westlake — *Le Couperet* (nº 375)
Smoke (nº 400)
Le Contrat (nº 490)
Mauvaises Nouvelles (nº 535)
La Mouche du coche (nº 536)
Jimmy the Kid (nº 554)
Dégâts des eaux (nº 599)
Pourquoi moi ? (nº 601)
Pierre qui roule (nº 628)

	Adios Shéhérazade (nº 650)
	Personne n'est parfait (nº 666)
	Divine Providence (nº 694)
	Les Sentiers du désastre (nº 709)
	Bonne conduite (nº 727)
	Motus et bouche cousue (nº 728)
J. Van De Wetering	*Le Perroquet perfide* (nº 496)
	Meurtre sur la digue (nº 518)
	Le Cadavre japonais (nº 539)
Charles Willeford	*Combats de coqs* (nº 492)
	La Différence (nº 626)
John Williams	*Gueule de bois* (nº 444)
Colin Wilson	*Meurtre d'une écolière* (nº 608)
	Le Doute nécessaire (nº 670)
Daniel Woodrell	*La Mort du petit cœur* (nº 433)
	Chevauchée avec le diable (nº 434)

Achevé d'imprimer en mars 2009
Par Novoprint (Barcelone)

Dépôt légal: mars 2009

Imprimé en Espagne